HERMAN BANG

Aus der Mappe

Erzählungen und Betrachtungen

HERMAN BANG

Aus der Mappe

Erzählungen und Betrachtungen

Herausgegeben von
HEINRICH DETERING
und
CLAIRE-CHRISTIN BUSCHE

Verlegt bei Wachholtz

Dieses Buch ist Teil des von der
Kunststiftung HSH Nordbank
ermöglichten Projekts »Landessprachen:
Literatur in Schleswig und Holstein«,
kuratiert von Heinrich Detering.

KunSt.
Kunststiftung
HSH Nordbank

Erste Auflage 2014

GESTALTUNG UND GESAMTHERSTELLUNG:
Wachholtz Verlag

Printed in Germany
ISBN 978-3-529-02375-0
Besuchen Sie uns im Internet: www.wachholtz-verlag.de

Aus der Mappe

Novellen

von

Herman Bang

Berlin 1908
Verlag von Hans Bondy

Inhalt

Vorwort

Sicherlich haben diese Skizzen und Studien an und für sich oder einzeln, nur geringen künstlerischen Wert.
Aber im Zusammenhang und von der Geschichte jedes einzelnen Blattes begleitet, werden die flüchtigen Skizzen dieser Mappe doch vielleicht ein gewisses Interesse erwecken, weil sie Einblick in eine Werkstatt gewähren, in eine Entwicklung und – in ein Leben.
Auf diesen Seiten werden die Freunde, die ich, der Einsame, mir vielleicht gewonnen habe, im „Pfarrer" den Keim zu „Am Wege", sie werden im „Fragment" den Sproß zu „Hoffnungslose Geschlechter" finden.
Sie werden Vorstudien zu meinen Romanen antreffen. Sie werden Variationen über die Themata hören, die durch mein ganzes Schaffen widerklingen.
Und vielleicht werden sie aus diesen anspruchslosen Seiten, die ihnen den Künstler etwas näher bringen, auch lernen, den Menschen etwas inniger zu schätzen.
Als Künstler bewundert zu werden, ach, wie wenig bedeutet das und in wie geringem Maße sättigt es unser Herz.
Als Mensch die Freundschaft einiger Mitmenschen zu gewinnen – ist das nicht des armen Lebens armseliger Gewinn?

Berlin, 28. März 1908

Herman Bang.

Der Priester

Einleitung

„Der Priester" war meine erste anständige Novelle.
Nicht meine erste, sondern meine erste anständige.
Und es machte mir viel Mühe sie zu schreiben. Denn ich war sehr jung, als ich sie schrieb.
Die Novelle aber mußte und sollte anständig werden, koste es, was es wolle.
Denn sie sollte in der „Illustrierten Zeitung" veröffentlicht werden. Die „Illustrierte Zeitung" ist Dänemarks Pantheon, wo wir alle auf der ersten Seite auf dem „Lit de Parade" liegen, wenn eine gnädige Vorsehung uns vom Leben befreit hat. Die übrigen Seiten der „Illustrierten" sind der ernsthaften Kunst geweiht, der ernsthaftesten Kritik und der Tugend. Wenn die Redaktion dieses ausgezeichneten Botens, vielleicht nicht ohne peinliche Überwindung, sich wegen einer Novelle an mich wandte, machte sie damit meinem jugendlichen und sehr unverdienten Ruhm ein Zugeständnis: mit meinen einundzwanzig Jahren war ich der erste Feuilletonist eines sehr kleinen Königreiches, was verhältnismäßig leicht war, da ich gleichzeitig als der einzige dastand. Meine Popularität aber, die ich mehr meinem Geschlecht und den Verdiensten meiner Ahnen, als just meinem Talent verdankte, war groß – ja, so groß, daß die „Illustrierte Zeitung" mich um eine Novelle bat.
Ich fühlte mich sehr geschmeichelt und sehr beunruhigt. Denn, wie gesagt, mein Name war für die „Illustrierte" bereits reichlich tugendlos ... die Novelle mußte tugendhaft, ja sogar sehr tugendhaft werden. Wo in aller Welt aber sollte ich den Stoff zu einer sehr tugendhaften Novelle hernehmen?
Ich war in tödlichster Verlegenheit und richtete instinktiv meine Augen auf meine Kindheit. Und *dort* fiel mein Blick plötzlich und

unwiderstehlich auf ein altes und liebes und taubes Gesicht, auf den alten Pfarrer mit dem grönländischen Gesangbuch.
Und ich schrieb auf wenigen Seiten seine Geschichte nieder.
In späteren Jahren ist diese einfache Erzählung durch viele Länder gegangen. Auch deutsch mag sie schon früher vorgelegen haben.
Doch nicht so, wie man sie auf diesen Seiten findet.
Denn hier ist „Der Priester“ so von mir diktiert, wie ich die Erzählung *vorzutragen* pflege. So wie ich sie während vieler Jahre und in vielen Ländern vorgetragen habe – viele, viele Male. Denn von meinem ganzen „Repertoire“ auf den Tribünen ist „Der Priester“, so einfach und ungekünstelt und unbedeutend wie er auch ist, die Lieblingserzählung meiner Zuhörer geblieben.
Lieber Gott, wer hätte gedacht, daß ich gerade diese Geschichte an so vielen Abenden und in so vielen Sälen wiederholen sollte. Denn als ich sie zum erstenmal vortrug, hatten sowohl sie wie ich gar wenig Erfolg ... oder das Gegenteil.
Es war mein Debüt als Rezitator und es war in Kopenhagen.
Ich war noch niemals aufgetreten und nun sollte es zum erstenmal – zugunsten einer Nähmaschine sein. Das heißt, zugunsten eines armen Fräuleins, das sich durch Maschinennähen ernähren sollte und das keine Nähmaschine besaß.
Auf Ehre, sie kam in den Besitz der Maschine. Denn bei dem bloßen Gerücht, daß ich „auftreten“ sollte, wurde der Saal ausverkauft: *dem* Skandal wollte man zu erhöhten Preisen beiwohnen!
Meine Angst war unbeschreiblich. Am Abend vor der Hinrichtung wurde eine Hauptprobe abgehalten. Das ganze Publikum bestand aus Kopenhagens intelligentestem (und sehr kundigem) Theaterdirektor.
Ich „las“ unter Angst und Beben. Ich las wunder wie schlecht.
Als ich geendigt hatte, sagte mein Zuhörer und klopfte mich gutmütig auf meine einundzwanzigjährige Schulter:
„Lieber Freund – es ist ja zu einem wohltätigen Zweck. Aber ich rate Ihnen, *wiederholen* Sie es nie ...“
Das größere Publikum war – ganz derselben Meinung wie dieser vortreffliche Mann ...
Und später habe ich den „Priester“ in sieben, acht Ländern und in drei Sprachen vorgetragen.
Vorgetragen, wie die Erzählung hier zu Papier gebracht worden ist.

Es führte ein kleiner Seitenweg zum Hause hin, ein ganz kleiner Weg mit Weiden auf beiden Seiten und mit großen Steinen. Die Steine konnten das Wagenfahren gefährlich machen. Es tat aber nichts. Denn es kam so selten ein Wagen auf den Weg. Der taube Pastor Skeel, der in diesem kleinen Hause wohnte, mußte sich mit seinen Beinen begnügen, wenn nicht der Hauptpastor ihm einen Platz in seiner Kalesche gönnte, wenn er ein Kind zu Hause getauft hatte.

Der Hauptpastor war mit den Jahren etwas stark geworden und auch ein wenig faul. Er hatte das Zuhausetaufen gar nicht gern. Es geschah sogar, daß der Herr Hauptpastor der Frau Hauptpastor – abends im ehelichen Schlafzimmer, wenn sie sich auszogen – sagte: Kathrine, hol mich der Teufel, na, Gott hüte, das Gesindel kann die Würmer in der Kirche taufen lassen. Nein, der Herr Hauptpastor hatte dies Herumtaufen gar nicht gern! Der taube Pastor Skeel aber, der sah so glücklich aus, wenn er in seinem heiligen Amte, auf dem kleinen Wege hin und her ging, daß man beinah geneigt wäre, dem Hauptpastor recht zu geben, wenn er meinte, es sei ein wahres Glück, den alten Mann in so ein Wetter hinaus zu jagen.

Na, sagte die junge Frau des Arztes, er hat ja Zeit genug, um in seinem Museum zu hocken. Die junge Frau des Arztes war der helle Kopf der Gegend. Wissen Sie, es gehört gar nicht allzuviel dazu, der helle Kopf so einer Gegend, oder gar einer Gesellschaft zu sein. Es gehört eigentlich nur zweierlei dazu. Ein paar lange Ohren, die alles aufschnappen und eine lange Zunge, die mit dem Aufgeschnappten rasch läuft. Frau Doktor hatte beides und sie funktionierte als heller Kopf, zur vollsten Zufriedenheit der Gegend.

Vom tauben Skeel wußte sie aber nichts weiteres zu sagen, als daß sein Häuschen ein Museum war und das war richtig. Ach, so voll von allerlei war das kleine Haus. Da waren all die alten Möbel im Stil des „Empire" und das zu einer Zeit, wo Möbel des „Empire" gar nicht modern waren. Und dann all die Sachen aus Grönland, die Teppiche aus Vogelfedern und die Schirme und die Decken und die Vogeleiersammlung. Das Dach des geschnitzten Pfarrershofes konnte man fortnehmen und drinnen in der Wohnstube steht jedes einzelne Möbel auf demselben Platz, wie einst in Grönland. An der Wand der nachgebildeten Kirche mit der Kanzel und dem Altar waren die Lieder angeschlagen, die die Gemeinde gesungen, als er zum letzten

Mal zu ihr gesprochen hatte. Es gehört viel Liebe dazu, das alles fertig zu bringen, mit einem einzigen Messer fertig zu bringen, da oben in der ewigen Nacht.

Sie haben ihn aber auch geliebt und er hatte ihre Liebe verdient. Denn nicht alle Priester, die die königliche dänische Regierung so weit entsendet wie nach Grönland, halten es für ihre Pflicht, in jeder einzelnen Hütte von Ihm zu predigen, dessen Weg zur Erlösung der Welt von Bethlehem nach Golgatha ging. Skeel aber hat es für seine Pflicht gehalten. Er hat geglaubt, daß je tiefer des Lebens Nacht, je enger des Elends Käfig, je dunkler die Finsternisse, desto größer mußte wohl auch die Sehnsucht der Seelen sein, die Sehnsucht nach dem ewigen Trost, nach dem Lichte des heiligen Sternes. Und deswegen fuhr er da oben bei den Eskimos herum und in jeder einzelnen Familie, in jeder Hütte, in jedem Häuschen, auf jeder Stelle, wo sich Menschen zusammenfanden, hat er gepredigt – von Ihm gepredigt, dessen Weg nach Golgatha ging.

Dann geschah es, daß er auf einer seiner langen Fahrten, wo es bald übers Eis und bald übers gefrorene Land geht – da geschah es, daß das Eis zerbrach, und er mußte volle acht Stunden mit dem ganzen Unterkörper in eiskaltem Wasser verbringen. Als er nach Hause kam, kam die Krankheit und nach der Krankheit folgte die Taubheit. Und die Augen seiner Frau litten auch gar sehr beim Anblick des ewigen Schnees. Also verließen sie Grönland und kehrten nach Hause, nach Dänemark zurück – nach Hause, wo sie fremd geworden, wo die Verwandten gestorben und wo sie selber von den Freunden vergessen waren. Nach Dänemark, wo sie vereinsamt lebten.

Doch – die Tage vergehen so schnell. Vormittags kocht die Frau Pastor. Es sind immer seine einfachen Lieblingsgerichte. Übrigens sind sie im Laufe der Zeit auch die ihrigen geworden. Sie haben dasselbe Essen gern, wie sie denselben Tritt haben, wenn sie gehen – immer in Galoschen, selbst wenn es trocken ist. Skeel übersetzt das Psalmbuch ins Eskimoische, und wenn er ein Verschen übersetzt hat, starrt er das Manuskript an, stundenlang, und er streichelt es mit der Hand, als sei es ein kleines Kind. So glücklich ist er darüber, daß jetzt auch dies Lied von jenen da oben gesungen werden kann.

Nachmittags aber ziehen sie hinaus in die Laube und er liest vor. Gräßlich liest er, so wie die Tauben immer lesen, auf einen Ton. Sie strickt und zankt sich mit ihm.

– Jakob!
Er hört nicht.
– Jakob!
Er liest weiter.
– Jakob! schreit sie noch lauter.
– Was sagst du, Mutter? Er nennt sie oft Mutter. Es stammt aus jener Zeit, wo der Knabe noch lebte: der einzige, den sie hatten. Und ihn mußten sie begraben, da oben im ewigen Schnee.
Ich sage Jakob, es ist gar nicht wahr, was die Dichter alles schreiben. Im Leben kommt's ganz anders. Skeel lacht.
– Du glaubst, daß es für jede so leicht geht, wie für dich. Du, Mutter, hast mir aber keine Schwierigkeiten gemacht.
– Hast du's bereut, Jakob?
Nein, bereut hat ers nicht ... Aber, daß sie Schwierigkeiten – na, – –
Wollen Sie wissen, wie es kam?
Es ist ganz kurz.
Er war ja Hilfspfarrer damals bei ihrem Papa, und sie war zwanzig Jahre alt und schön und schlank, schlank wie eine Gerte. Und ihre Wangen, die waren so fein gerötet wie – wie ein Pfirsich. Und er liebte sie, ach, großer Gott, wie hat er sie geliebt. Ihrs zu sagen aber, nein, es blieb ihm immer hier im Halse stecken. Eines Sonntags aber geschah es, daß er vor dem Altar stand, er sprach das Vaterunser und plötzlich guckte er sie an und sie hat ihn angeguckt und er – blieb mitten im Vaterunser stecken. Am nächsten Mittwoch wollte sie einem Kranken im Dorfe was bringen, etwas Himbeersaft, und sie ging durch den Garten.
Da sah sie Skeel unten in der Allee kommen. Herr Gott, wie sah er denn elend aus ... so blaß und elend.
– Skeel!
– Skeel, rief sie.
– Skeel!
– Ja, gnädiges Fräulein.
– Wo wollen Sie denn hin? fragte sie.
– Ich, gnädiges Fräulein, ich will nirgends hin, stammelte er.
– Dann können Sie ja ebensogut mich begleiten, Skeel, sagte sie.
– Jawohl, gnädiges Fräulein, sagte er und blieb stehen.
– Dann kommen Sie aber, Skeel, kommen Sie doch.
Er kam, und sie gingen nebeneinander. Ein jeder dachte wohl an das Seinige oder vielleicht – an dasselbe.

– Woran denken Sie eigentlich, Skeel? fragte sie plötzlich.
– Ich, – an gar nichts ...
– Das ist nicht viel, sagte sie.
– Nein, sagte er.
Und sie schwiegen wieder.
– Aber was tun Sie da, Skeel?
– Ich, – gnädiges Fräulein, ich tue gar nichts ...
– Gewiß. Sie zerpflücken die schönsten Rosen Papas.
– Jawohl, Fräulein.
Und er zerpflückte weiter.
– Dann wäre es doch viel besser, ... mir eine Rose zu geben, sagte sie, aber leise.
– Jawohl; und er nahm eine Rose und gab sie ihr.
Und dann waren sie verlobt.
Na, vieles kann man sagen, aber daß sie Schwierigkeiten gemacht hat – unmöglich.
Seit jener Stunde aber haben diese beiden Menschen das große Glück erreicht, o nein, das einzige Glück, denn es gibt nur eins: zu zweien zu sein und froh zu sein, weil man sich liebt. Zu zweien zu sein und dieselben Träume zu träumen. Zu zweien zu sein und dieselben Gebete zum selben Himmel hinauf zu senden. Zu zweien zu sein und sich treu zu bleiben, bis man ergraut. Dies Glück, das große und einzige haben sie erreicht – die beiden da am Wege. Und wenn jetzt der Abend naht, zieht er die Galoschen an und sie die Galoschen und sie trippeln dem Bache zu, und sie setzen sich auf die Brücke und starren in die sinkende Sonne.
So wechselt Frühling mit Sommer und Sommer mit Herbst – so still. Und wir alle wollen hoffen, daß der taube Skeel sein grönländisches Liederbuch enden darf, bevor er seine Augen schließt. Denn in dieser schönen Welt des Elends – die wir schön nennen, weil wir keine andere kennen – in diesem Krähwinkel des Daseins gibt es gar wenige, die Tage, Wochen, Monate, Jahre, das Leben hergeben, damit einige arme Eskimos da oben in der ewigen Nacht die schönen Lieder von Bethlehem singen können.

Fragment

Einleitung

„Ein Fragment“ war die dritte Novelle, die ich in meinem Leben schrieb. Die beiden ersten waren noch schlechter, so schlecht, daß die Zeit sie fortgespült hat. „Ein Fragment“ aber ist geblieben. Zum Teil hab ich selbst diese wenigen Blätter behütet.

Denn so unbedeutend dieses Bruchstück einer Erzählung heute auch erscheint, so war es doch das erste Mal, daß ich mich damit einer künstlerischen Anstrengung unterwarf, indem ich „das eine Wort“ suchte und den Satz um die Stahlleisten der Stimmung zu formen versuchte. Das erste Mal, daß ich versuchte, *Künstler* zu sein – wenn ich es auch nicht wurde.

Siebenundzwanzig Stunden haben diese Seiten mich gekostet. „Siebenundzwanzig“ – denn ich war damals zwanzig oder einundzwanzig Jahre alt und zählte die Stunden gewissenhaft zusammen. Ich addierte diese ersten Arbeitsstunden mit Stolz und ich habe sie nie vergessen – denn sie sollten mir viel Verzweiflung bringen.

Und das kam so.

Mit der Überzeugung des Jünglings glaubte ich selbst an „Ein Fragment“ und, auf Ehre, die anderen sollten auch daran glauben. Mit einem Korrekturbogen in der Tasche lief ich von einem Bekannten zum anderen und las mein Dichterwerk laut vor: war es doch endlich mal eine Sache, die des Anhörens wert war – und, zum Kuckuck, die Leute *mußten* hören! Mit Feuer und Flamme und Gesten las ich unzählige Male am Tage aus meinem Korrekturbogen vor. Ach, wie sind wir unermüdlich mit zwanzig Jahren. Wenn ich jetzt, während zwei langer Jahre einen ganzen Roman durchgearbeitet und Tag für Tag an meinem Tisch gesessen und mit meinen „Menschen“, die in meinen einsamen Stuben sprechen und sich bewegen, gesprochen habe, hat selten bis zu dem Tage, an dem die Arbeit beendigt und die

Summe von Leben und Lebenden, die nun ich zu schaffen vermag, erfüllt ist, auch nur ein Einziger ein einziges Wort von dem gehört, was in den schweren Monaten mein ganzes Denken war.
Damals aber – –
Niemand entging seinem Schicksal. Alle mußten hören.
Eines Tages las ich mit gewohntem Feuer zwei jungen Handlangern der Göttin der Gerechtigkeit mein „Fragment“ vor. Es waren zwei junge Rechtsanwälte. Ich trug vor und sie lachten, lachten, daß sie sich vor Lachen auf der Erde wälzten, und ich – fing an zu weinen. Sie aber lachten immer weiter, bis ich voller Wut den Korrekturbogen zerriß und ihn in den Ofen warf ...
Als ich es aber getan hatte, weinte ich noch lauter:
Denn nun war mein Meisterwerk, das Fragment, ja vernichtet, ausgelöscht, verschwunden ... vom Erdball verschwunden.
Ich weinte so laut, daß die beiden Juristen aufhörten zu lachen.
Und vergebens versuchten sie mir klarzumachen, daß das Meisterwerk ja gar nicht verbrannt und zugrunde gegangen, daß es ja nur ein Korrekturbogen und eine Drucksache gewesen sei und daß die Erzählung selbst in der Druckerei – lebte.
Ich aber verstand sie nicht und glaubte ihnen nicht und weinte weiter. Bis die beiden, um mich zu trösten und meinen Tränen Einhalt zu tun, den ganzen Ofen durchstöberten, wo nur noch einige Funken unter der Asche geglimmt hatten; und zwischen der Asche fanden sie in kleinen Fetzen das zerrissene „Fragment“, und sie klebten es Stück für Stück auf einen starken Bogen Papier – – – und ich hatte mein Meisterwerk wieder.
So wenig wußte ich damals von Typographie ... Ach, du lieber Gott, es gab zwischen Himmel und Erde und zwischen Menschen hunderttausend Dinge, von denen ich – noch weniger wußte ...
Das „Fragment“ aber war gerettet und blieb.
Zum Teil hat es sich vielleicht auch selbst behütet.
Denn ebenso wie in dem „Pfarrer“ zum erstenmal der Ton von „Am Wege“ durch den tastenden Anschlag klingt, so sind im „Fragment“ die Melodien zu „Hoffnungslose Geschlechter“ verborgen. Von diesem schwachen Sprungbrett stürzte ich mich einige Monate später in das Brausen des großen Romans ...
Im „Fragment“ wurde zum erstenmal William Högs Profil skizziert, dessen Kindergesicht später in „Dem weißen Haus“ und in „Tine“

wiederkehrte, und das zum letztenmal unter der schönen Maske des jungen Fritz Hoide in „Dem grauen Haus" vorübergleitet – „Das Grabmahl" über einem großen Geschlecht.

Ein seltsamer Duft lag über dem Zimmer, nicht von Hyazinthen, auch nicht von Rosen oder Heliotrop, überhaupt nicht von Blumen – nein, es war, als atmeten die Gardinen, die schweren, dunkelroten Vorhänge, die Kissen auf der Chaiselongue einen sinnberauschenden Wohlgeruch aus, der die Luft schwer machte und den Atem beklemmte ...

Es gibt späte Augusttage, wenn der Sommer zur Neige geht, wo die Hitze drückend ist, die Luft gewitterschwanger, und wo alle Blumen stärker duften, der Heliotrop und der verspätete Jasmin, berauschender, betäubender. Solche Tage sind gleichzeitig des Sommers Höhepunkt und des Sommers Lebewohl.

Das Licht der hohen Stehlampe verirrt sich in dem dunkelroten Atlas der Portieren, blitzt und funkelt zwischen dem Nippes der Etageren, legt sich schmeichelnd über die weichen Polster des Divans; und der dunkelrote Atlas glüht in dem Lampenschimmer wie eine vollrote Traube, die selbst in dem schützenden Halbdunkel des Weinstockes noch im Widerschein der Sonne funkelt. Der Schein des Kaminfeuers gleitet ein und aus und tändelt munter mit den Rosenbuketts des Teppichs. Licht und Schatten wechseln auf dem Panterfell vor dem Kamin, die Linien der Dunkelheit recken sich vor und weichen wieder zurück. Nur über den Tisch und über ihn, der über das Buch gebeugt sitzt, gießt die Lampe ihr volles Licht. Er, ein Jüngling, fast ein Kind noch, mit kindlich weichen Zügen und Wangen, zart flaumig wie die einer Frau. Als die großen Meister des Altertums einst den jungen Augustus meißelten, da gaben sie ihm diese Stirn und diese Lippen. Und die großen Augen schauen träumerisch ins Weite, als erwarteten sie beständig Antwort auf eine Frage. Ein Kind noch – selbst seine Stimme klingt sanft, wie die eines Weibes, einschmeichelnd, wie die eines Kindes, wenn es bittet.

Sie sitzt in die Kissen des Sofas zurückgelehnt und lauscht, den Kopf auf den Arm gestützt, mit halb geschlossenen Augen: wie eine Juno anzuschauen. Die mattweiße Haut des Halses schimmert durch die schwarzen Spitzen, die Brust wölbt sich hoch unter dem dunklen

Atlas. Der Ärmel ist zurückgeglitten, und vom Handgelenk, das rund ist und zart, verfolgt man den vollen Arm bis zum Ellenbogen. Ihr Antlitz liegt im Schatten: die vollen, roten Lippen, die gerade Nase, die niedrige Stirn unter dem reichen, welligen Haar. Und die Augen hinter den langen Wimpern blitzen wie aufglühende Flammen, die entzündet werden und wieder verlöschen.
Aber die schöne Frau ist zerstreut und träumt mehr, als daß sie zuhört. Sie weiß, daß er von Liebe liest, und seine Stimme klingt ihr in die Seele wie eine wiegende Musik, zu der sie selbst Worte formt. Aber wenn er das Blatt wendet und den Blick hebt, treffen sich ihre Augen hastig, die seinen mit einer bangen, fast angstvollen Frage, die ihren leuchtend im Strahlenglanz. Und während er liest, hört er sein Herz unruhig schlagen, und ist die Kehle ihm wie zugeschnürt. Seine Stimme wird immer heiserer, die Röte auf seinen Wangen wechselt mit Blässe. Der Glanz seiner Augen wird feucht und schwimmend ... Rund um ihn her funkelt der rote Atlas wie in dem träumenden Dämmer eines dunklen Heiligtums. Krampfhaft hält er das Buch umschlossen, fühlt einen plötzlichen Kälteschauer, fürchtet einen nahenden Schwindelanfall.

Sie lehnt sich tiefer zurück und wickelt eine Haarlocke um ihren Finger. Die Buchstaben tanzen vor seinen Augen, die schwere Luft des Zimmers verwirrt ihn, er sehnt sich nach frischer Luft; seine Zähne schlagen klappernd aufeinander, und doch fühlt er eine brennende innere Hitze. Es ist ihm, als müsse er laut herausschreien, um das Sausen des Blutes, das in seinen Ohren lärmt, zu übertäuben; aber jeglicher Ton erstickt in seiner Kehle ... Im nächsten Augenblick wird er in Tränen ausbrechen.

Sie hat die Augen geschlossen, die Wimpern zittern leise und ihre Nasenflügel beben.
„Armer Felix!" flüstert er und denkt an den toten Helden des Dichters.
„Weshalb? Er *mußte* sterben."
„Mußte sterben?" Er schließt das Buch und schaut zu ihr hinüber. Wie Schleier liegt es vor seinem Blick.
„Ja, denn seine Liebe war ja nur ein Traum."
Sie erhebt sich und lächelt:
„Aber was verstehen Sie von Liebe, Sie Kind!"

Kind! Nein, er ist kein Kind; er liebt ja wie ein Mann, liebt, o, sie weiß es ja, *muß* es wissen.
Sieh, wie sie langsam durchs Zimmer schreitet, sich in den runden Hüften wiegend. Und jetzt wendet sie sich um und lächelt. So lokkend, so bestrickend, wie nur sie zu lächeln versteht. Ach, nur einen einzigen Kuß auf diese lächelnden Lippen drücken!
Sie setzt sich, halb liegend, auf die Chaiselongue vor dem Kamin.
„Die Liebe muß *leben,*" sagt sie gedämpft, mehr zu sich selbst, wie es scheint, als zu ihm. „Liebe heißt Leben – die seine war nur ein Traum."
Sie schweigt. Das Blut lärmt in seinen Ohren, und durch den Lärm hindurch tönen ihre Worte mit einem fremden Klang und wie aus weiter Ferne. Er starrt zu ihr hin ... Wenn er nur ihre Augen sehen könnte, die leuchtenden – in dem Glanz, der vorhin von ihnen ausstrahlte! ... Aber sie hat ihr Antlitz abgewendet und starrt ins Feuer ...
Ihn fröstelt, und ihm ist zu Mute, als müsse er ersticken, als presse eine grausame Hand seine Kehle mit langen Fingern zusammen.
Wie, wenn er flüchtete? Fort, hinaus in die frische Luft ... oder wenn er ...? Nein, unmöglich, er wagt es nicht ...
Aber er muß etwas sagen. Dies Schweigen kann doch nicht ewig dauern. Und mit jeder Sekunde, die verstreicht, wird es schwerer es zu brechen ... Und sie sagt nichts, gar nichts.
Jetzt aber wendet sie sich um und lächelt wie in weiter Ferne ... wie in weiter Ferne liegt sie und lächelt ihm zu mit jenem wundersam leuchtenden Schimmer über ihrem Antlitz ...
„Ja, Liebe ist Leben," sagt sie.
Wie ein ersterbender Ton zittern die Worte durch den betäubenden Lärm seiner Sinne. Und trotzdem – er brauchte ja nur die Hand auszustrecken, um ihr Haar zu berühren ...
Sie sieht ihn lange unverwandt an, stützt den Kopf in die Hand und sagt:
„Kind!"
Tausend Liebkosungen liegen in dem einen Wort, tausend Küsse und tausend Liebkosungen.
„Großes Kind, Sie großes Kind!"
Wie um ihn zu beruhigen, streicht sie ihm mit der Hand übers Haar.
Er aber reißt die Hand an sich, und während er Worte murmelt, kaum ihm selbst verständlich, bedeckt er ihre Finger mit den zahllosen Küssen seiner dürstenden Lippen ... eines Jünglings erste Liebesküsse ...

Miss Ellinor

Einleitung

Weihnachtserzählungen und immer wieder Weihnachtserzählungen und noch eine Weihnachtserzählung.

Natürlich, weil das Leben eines Schriftstellers lang ist und die Weihnachtslichter jedes Jahr wieder entzündet werden und weil wir außerdem jedes Neujahr mit einem neuen *Ersten* beginnen – in einem neuen Almanach.

Die Almanachs – da haben wir es. Auch die Schriftsteller eines kleinen Landes müssen leben und ein Dach überm Kopf haben und, wenn sie schwächlich sind, müssen sie massiert werden und bei feierlichen Gelegenheiten müssen sie einen schwarzen Frack tragen und bisweilen müssen sie mit der Eisenbahn fahren. Der Buchverkauf aber ist schwankend, und die Lippen der Verleger fließen über von Klagen, wenn sie ein schmalbemessenes Honorar auszahlen. Wohin soll man da seine Zuflucht nehmen? Die Redakteure der Almanachs aber sind so höflich – sie bitten so inständig. Ihre Lettern stehen so hübsch auf dem Papier und das Honorar, das erklecklich ist, wird beim Empfang des Manuskripts ausgezahlt. Weihnachtserzählungen aber werden doppelt bezahlt.

Bei der Peitsche des Mandarinen, die Versuchung ist groß und das Resultat ist eine Weihnachtserzählung im Jahr – – oder zwei, in den lieben und gesegneten Almanachs, die sicher ein Geschenk Apollos an seine bedrängten Söhne sind.

Aber Scherz beiseite, wenn ich so viele Weihnachtserzählungen schrieb, hat es wohl noch einen anderen Grund.

Und dieser Grund ist meine Mutter.

Sie lebt in fast allem, was ich geschrieben habe.

Wie das Wasserzeichen sich unter der Fläche des Papieres verbirgt, aber gegens Licht gehalten, als der heimliche Stempel des Papieres

leuchtet, so lebt das schöne Bild meiner schönen Mutter hinter jedem Blatt, das ich beschrieb. Ihr Lachen klingt durch das Lachen all der anderen. Sie weinte – und aller Tränen wurden geboren.
Jedesmal, wenn in meinen Büchern Freude herrscht, ist sie es, meine Mutter, die sie schuf. Sie liebte die Freude, sie, deren eigene Seele sie nicht besaß, aber sie wollte sie stets so gern für andere schaffen. Deshalb liebte und bereitete sie die blumengeschmückten Feste, wenn Lichter strahlten und Menschen jubelten. Am meisten aber liebte sie Weihnachten. Denn da konnte sie *geben.*
Bei dem Licht der Weihnachtskerzen strahlte ihr Gesicht, ach, denn dann ist es am leichtesten, Menschen glücklich zu machen. Glücklich? Ach nein – nur sie lächeln machen.
Von Weihnachten zu schreiben – selbst in den kleinsten Almanachs – das heißt für mich, zu den Füßen meiner Mutter zurückzukehren. Dann höre ich wieder die Weihnachtslieder von ihren Lippen und ihre frohen Schritte durchs Haus und ihr Scherzen mit den alsischen Mädchen und die Rufe der Knechte, wenn sie mit den hochgeladenen Weihnachtswagen in den Hof einfuhren:
„Gnädige, Gnädige, da sind wir!"
Und ich sehe meine Mutter wieder mitten im Schnee stehen, wie sie jubelnd die Pakete entgegennahm, die sie gar nicht tragen konnte.
Durch alle Stuben lief sie und überall lagen Strohhalme und Papier.
Sie packte aus und niemand durfte es sehen – – –
Es war Weihnachten, Weihnachten, und sie konnte *geben* ...
Du, meine Mutter.
Die Weihnachtspsalme leben nicht mehr auf meinen Lippen. Sie starben, während die Mundwinkel herabgezogen wurden ... Und selbst die Weihnachtskerzen verschleierten sich vor meinen matt gewordenen Augen.
Du aber lebst, Mutter, dein Gesicht strahlt noch durch die Lichter aller Feste ...
Auch Sie, Miß Ellinor, sind Mutters Tochter. Es ist ihr Lächeln, das durch Ihre wehmütige Freude zittert. Sie starb an den Tränen, die auch Sie, Ellinor, in Ihrer Brust verbargen.

„Jetzt da eine ...“

„Jetzt hier eine Rose.“

Miß Ellinor stand mitten im Zimmer, ich stand oben auf einer Leiter.

„Hierher?“ rief ich.

„Ja, ja, ja, da soll sie hin.“

Wir schmückten den Weihnachtsbaum. Miß Ellinor und ich. Wir hatten ihn drei Tage lang geschmückt. Denn jeden Tag wollte Miß Ellinor Terry ihn anders geschmückt haben. Erst sollte es mit Silber sein. Und am nächsten Tage sollte er nur in Gold erstrahlen. Aber nun war es Weihnachtsabendtag, und jetzt sollten es lauter Rosen sein.

„Frische Rosen!“ rief Miß Ellinor. „Da und da und da eine Rose!“

„Ja, ja,“ sagte ich und befestigte die Rosen an den großen Zweigen, während Miß Ellinor sich von Franz, dem Zimmerkellner, helfen ließ, der Draht um jede Blume band, so daß sie festsaß.

„Nein, nein,“ sagte Miß Ellinor. „Ihre Hände zittern ja.“

Und sie nahm Franz die Blumen aus der Hand.

„Wie seine Hände zittern,“ sagte sie zu mir.

Franz war hübsch, rot und weiß im Gesicht, und seine Augen hatten eine Farbe wie Buchenlaub, das von der Sonne beschienen wird. Sie ruhten ein wenig zu oft auf Miß Terry.

„Da und da!“ rief Miß Ellinor.

„Der Baum wird wundervoll,“ sagte sie.

Wie seltene Früchte hingen die gelben Rosen zwischen den dunklen Tannenzweigen.

„Ja, er ist schön,“ flüsterte Franz leise.

Der Piccolo kam herein. Er brachte ein Paket. Seine Augen wurden rund und weit, während sie den Baum anstarrten. Miß Ellinor war auf die Leiter hinaufgesprungen:

„Sehen Sie nur – sehen Sie doch nur den Kleinen,“ sagte sie, und ich lachte. Das erstaunte Gesicht des Piccolos glich dem Mond – dem Mond mit seinem schiefen Mund.

„Bekommst du auch einen Baum?“ fragte Miß Terry.

„Nee,“ sagte der Junge.

„Hast du denn keine Eltern?“ fragte Miß Ellinor.

„Doch,“ sagte der Piccolo.

„Aber keinen Baum?“

„Nee,“ sagte der Junge.

Und oben auf der Leiter sagte Miß Ellinor betrübt zu mir – betrübt und erstaunt, wie alle „Sterne“, die über alles erstaunen, weil sie nichts vom Leben wissen.

„Wie traurig.“

Und sie warf dem Knaben ein Zehnmarkstück hinunter.

„Da, Kleiner,“ sagte sie.

„Aber Sie bekommen doch einen Baum?“ sagte sie zu Franz.

„Nein,“ antwortete Franz.

„Sie auch nicht?“

„Nein,“ sagte Franz.

Miß Ellinors Erstaunen wuchs.

„Und die Zimmermädchen auch nicht?“ fragte sie.

„Nein,“ sagte Franz.

Miß Ellinor stand eine Weile nachdenklich.

„Nein, wissen Sie,“ sagte sie zu mir, „das ist doch zu traurig.“

Aber plötzlich sprang sie von der Leiter herab.

„Der Baum ist hübsch genug,“ sagte sie, „jetzt müssen wir ausgehen.“

„Ausgehen?“ sagte ich.

„Ja, und zwar sofort.“

Selbst Mrs. Terry war erwacht. Mrs. Terry schlief sonst immer, was auch vor sich gehen mochte – in dem Lehnstuhl, der zwischen Ellinors Violinkasten und dem Karton mit ihren Photographien plaziert war.

„Aber Ellinor,“ sagte die Mutter, die immer hilflos war, „was willst Du?“

„Lassen Sie einen Wagen holen,“ sagte Ellinor zu Franz, und zu mir: „Wir wollen ausfahren.“

„Aber wohin denn?“ fragte Mrs. Terry.

„Besorgungen machen,“ sagte Miß Ellinor, die bereits ihren Hut aufsetzte. „Wir müssen doch etwas für die armen Leute kaufen.“

„Aber für wen denn, Darling,“ sagte Mrs. Terry, die eben solche runde Augen machte, wie der Piccolo.

„Für sie alle,“ sagte Miß Ellinor, und wir eilten davon, sie und ich.

Wir liefen die Treppen hinunter wie zwei Kinder.

„Wie sind Sie gut,“ sagte ich, und meine Stimme zitterte ein wenig.

Blitzschnell wandte Ellinor den Kopf.

„Finden Sie?“ sagte sie und sah wieder fort.

Wir fuhren und wir kauften. Wir kauften in allen Läden der Friedrichstraße. Miß Ellinor ging ein und aus. Der Wagen war voll von Paketen und Kisten und Kasten.

„Halt!“ rief Miß Ellinor.
Der Kutscher hielt und wir kauften mehr.
„Wie er traurig dreinschaut,“ sagte Ellinor, als sie wieder im Wagen saß.
„Wer?“ fragte ich.
„Franz,“ sagte sie.
Ich lachte.
„Er ist verliebt.“
„So–o? ...“
„In Sie,“ sagte ich.
Miß Ellinor sah mich äußerst überrascht an, und kurz darauf sagte sie ganz gleichgültig:
„Glauben Sie?“
Plötzlich wandte sie mir ihr Antlitz, das einen neuen Ausdruck bekommen hatte, wieder zu.
„Sind Sie froh?“ fragte sie.
„Ja,“ antwortete ich.
„Wirklich froh?“ fragte sie wieder und sah mir in die Augen, hastig, nur eine Sekunde.
„Wirklich froh,“ sagte ich.
Es ging wie ein leises Beben über ihre Lippen.
„Das ist schön,“ sagte sie.
Wir saßen eine Weile schweigend nebeneinander.
Dann lachte sie und sagte:
„Jetzt wollen wir zu einem Juwelier fahren.“
„Weshalb?“
Ellinor lachte glückstrahlend.
„Ich will ihm ein Zigarrenetui schenken.“
„Wem?“
Sie lächelte.
„Dem Franz,“ sagte sie.
Das Etui wurde erstanden, und mehr gab es nun nicht zu kaufen. Wir kehrten nach Hause zurück. Sie packte aus und sie packte ein, und sie schrieb auf jede Gabe, für wen sie bestimmt war, für Hausknechte und Mädchen, für Franz und für den Piccolo.
Plötzlich aber sagte sie in einem sehr unschlüssigen, fast erschreckten Tone:
„Kann man auch dem Oberkellner etwas schenken?“

Der Herr Oberkellner war eine respekteinflößende Persönlichkeit.
„Aber sicher,“ sagte ich.
„Und dem Portier?“ sagte sie.
„Selbstredend,“ antwortete ich.
Miß Ellinor war wieder vergnügt.
„Gut,“ sagte sie, „dann müssen Sie gleich hinfahren und etwas für den Oberkellner kaufen.“
Ich fuhr davon – und kaufte ein für den Oberkellner.
Aber als ich zurückkam, konnte ich Miß Ellinor nicht gleich im Zimmer entdecken:
„Hier bin ich,“ klang ein Stimmchen, eine Kinderstimme, aus der Ecke. Miß Ellinor saß in dem Lehnstuhl der Mutter.
„Was ist geschehen?“ sagte ich. Ihr schönes Antlitz war ganz weiß, kaum zu erkennen.
Sie schlug ihre Augen zu mir auf:
„Das hab ich eben bekommen,“ sagte sie.
Und sie zeigte auf ein Telegramm, das auf dem Tisch lag.
„Lesen Sie.“
Ich nahm das Telegramm und las:
„Reisen Sie heute um 6 Uhr nach Moskau. Wolff.“
„Das ist ja einfach unmöglich,“ sagte ich und las das Telegramm des Impresario noch einmal.
Sie aber stand auf und strich sich nur mit der Hand über die Augen.
„Nein, es muß sein!“ sagte sie.
„Ellinor!“
Zwei oder drei Minuten war es so still, daß wir das Ticken der Uhr vernahmen, oder so still, als husche das Schicksal an uns vorbei.
Dann sagte Miß Ellinor und starrte den Baum in seiner Rosenpracht an:
„Wir haben ja kein Heim.“
Und mit einer Stimme, die fast brach, fügte sie hinzu:
„Und müssen immer scheiden.“
Sie stand einen Augenblick mit zusammengepreßten Händen – sie preßte sie so fest, als wolle sie einen Traum oder ihr eigenes Leben ersticken.
Dann ging sie hin und klingelte.
„Wir wollen an die anderen denken,“ sagte sie.
Franz kam herein.

Miß Ellinor stand gegen einen Stuhl gelehnt. Das Sprechen wurde ihr schwer.

„Ich muß abreisen, Franz," sagte sie.

„Abreisen?" platzte der junge Mann heraus, und seine Lippen schlossen sich wieder fest.

„Ja."

„Aber heute Abend, Franz, wenn ich fort bin ... wollen Sie dann den Baum ... für die anderen anzünden ... für alle anderen."

Miß Ellinor schwieg.

„Ja," sagte der junge Mann – und auch ihm fiel das Sprechen schwer: „es soll geschehen."

Er zögerte noch einen Augenblick. Dann ging er hinaus.

Als Miß Ellinor und ich wieder allein waren, sagte sie hastig:

„Und jetzt habe ich eine Bitte an Sie."

„Welche?"

„Daß – Sie gehen ..."

„Jetzt gleich?"

„Ja."

Wir sahen uns nicht an. Miß Ellinor kam auf mich zu und nahm meine Hand.

„Leben Sie wohl," sagte sie, „leben Sie – recht wohl."

Sie machte ein Zeichen, daß ich nicht antworten solle. Und die Tür fiel zu, und ich war draußen ... um Miß Ellinor nie wiederzusehen.

Weihnachtsgeschenke

Einleitung

Wie eine Erzählung entsteht – woraus?
Ach, bisweilen aus weniger als nichts.
Man kann einen Satz hören, einen einzigen Satz aus dem Munde eines Menschen. Man kann ihn hören und glaubt, daß man ihn vergessen hat, wie tausend andere. Der Satz aber kehrt zurück. Er klopft bei einem an. Man hört ihn wieder und wieder. Man sieht den Gesichtsausdruck, der ihn begleitete, man hört den Tonfall, in dem er gesagt wurde. Man fängt an, sich mit dem Menschen zu beschäftigen, der ihn gesagt hat und der durch diesen Satz – denn sonst würde er uns kaum verfolgen – einen Teil seiner Seele offenbart hat. Der Satz, der immer und immer wiederkehrt, wird nach und nach zu einem Menschen, den man nicht loswerden kann, und der Mensch, den man unaufhörlich vor sich sieht, erweitert und vertieft sich zu einem Menschenleben, das einen einfängt und nicht wieder freigeben will.
Ein Leben – nein, mehrere. Denn ein Mensch hat immer Umgebungen. Andere Gesichter tauchen neben dem seinen auf. Ein Kreis von Gesichtern, die uns rufen und zu uns reden ...
Der Stoff ist in uns geboren: die lebenden Menschen leben in uns, und übrig bleibt dann nur noch, sie leben zu lassen – außerhalb unseres eigenen Ichs, mit Hilfe der toten Buchstaben.
Nur – – –
Welch furchtbare Anspannung umschließt dieses „nur“, diese drei hastigen Buchstaben.
Sich zu einem Zusammenleben mit all diesen fremden Menschen zwingen. Sie zu belauern und zu bewachen und zum Reden zu bringen. Jeden ihrer Schritte zu verfolgen, bis sie sich verraten. Und dann in Worten den verratenen Augenblick festhalten – Augenblick nach Augenblick ...

Bis endlich, endlich *das*, was in uns lebte, auch vor uns auf einem weißen Stück Papier lebt.
Der Weg ist lang. Nur der, der ihn selbst gewandert ist, weiß auch, wie schwer er ist und welche Willenskraft er erfordert ...
Was aber kümmert das andere ...
Just aus *einem* Satz, einem einzigen, ist „Weihnachtsgeschenke" entstanden.
Er war ein Mann vom Lande, ein stiller und trauriger Mann. Wir kannten einander nur wenig, er und ich. Hin und wieder aber plauderten wir zusammen. Eines Tages nun sprachen wir vom Theater und daß es für Leute vom Lande recht beschwerlich sei, ins Theater zu kommen. Und da sagte der Mann, daß er voriges Jahr sogar zur Stadt gereist sei, um ins Königliche Theater zu gehen:
„Wir wollten ‚Aladdin' sehen," sagte er, „aber es wurde nur ‚Pontemollen' gegeben."*
Das sagte der Mann. Und diese Worte waren wenig bemerkenswert. Aber so wenig ihrer auch waren, sie verblieben in meinem Gehirn oder vielleicht in meinem Herzen. Sie blieben dort jahrelang. Sie blieben dort, bis sie nach sechs oder sieben Jahren so stark geworden waren, daß „Weihnachtsgeschenke" aus ihnen hervorging.
Im Lichte dieser zehn Worte sah ich nach und nach, unwiderstehlich vorwärts getrieben, Schritt für Schritt, ein Menschenleben, ein Heim und ein Schicksal – –
Wie liebe ich diese stillen Menschen am Wegsaum des Lebens. Wie sind sie tapfer und genügsam. In bittren Stunden, wenn ich an meinem Vaterland verzweifle, dem das Schicksal und wir selbst so viel blutige Wunden geschlagen haben, dann denke ich an sie und schöpfe wieder neuen Mut. Wenn die Bitternis des Lebens mein Herz zusammenschnürt, rufe ich sie in meiner Erinnerung wach und dann ist mir, als spüre ich den Händedruck eines braven und treuen Freundes. Und wenn ich durch fremde Länder und an kleinen Städten, deren Namen ich gar nicht kenne, vorbeifahre, an Städtchen, deren niedriger Kirchturm über niedrige Häuser emporragt – ach ja, seht, dort ist das Schild des Uhrmachers und dort, das des Schneiders und dort wohnt der Sargtischler und da ist das Wirtshaus.

* „Aladdin", das dramatische Gedicht von Adam Oehlenschläger. „Pontemollen", ein kleines Ballett von August Bournonville.

Und rings umher Felder, wo Menschen mit gebeugten Rücken arbeiten – –
Wenn ich an den fremden Städtchen vorbeifahre, sage ich mir: Auch hier leben die Stillen des Landes. Die Tapferen und Genügsamen und Bescheidenen, Menschen, deren Leben ich liebe.
Aber hoben die Männer dort bei ihren Spaten nicht die Köpfe? Und folgten von ihren kleinen Fenstern aus die Frauen nicht unserem hastigen Zug, der vorbeisauste.
Vielleicht.
Denn die Sehnsucht lebt in allen Menschen. Und wir glauben alle, daß das Glück *dort* ist – – wo wir nicht sind.

Sigwald Hansen war im Begriff zu schließen. Langsam setzte er die Läden vor die beiden Schaufenster, und als das getan war, blieb er noch einen Augenblick in der Tür stehen: es konnte doch vielleicht noch ein verspäteter Kunde kommen. Aber es zeigte sich keiner. Ein feiner Regen fiel über den öden Weg, wo die beiden Öllampen mit trägem Glanz brannten und die Bäume wie große Schatten hervorwuchsen. Dann ging er hinein. Drinnen im Laden löschte er vorsichtig die eine der beiden Lampen aus, und setzte sich dann hinterm Ladentisch vor die Geldschublade. Nachdenklich, mit den Tauben eigenen, halb angespannten halb wehmütigen Augen, zählte er den Inhalt der Schublade und häufte die Schillinge, Stapel neben Stapel, vor sich auf.
Die Tür wurde aufgerissen, während Sigwald Hansen langsam zu zählen fortfuhr. Es war der junge Maler, der Einmieter, der nach Hause kam. „Guten Abend," rief er. „Sind Sie's?" sagte Sigwald Hansen nur und fuhr fort zu zählen. Und sie saßen sich schweigend am Ladentisch unter der schläfrigen Lampe gegenüber, während auch der Maler die wachsenden Stapel mit den Augen verfolgte. Als Sigwald Hansen fertig war, legte er das Geld in einen kleinen, roten Schrein und verschloß ihn. Der Maler sah ihn an: Sigwald Hansen hantierte mit dem Schlüssel und mit dem Schrein – wie mit den meisten Dingen dieser Welt – auf eine eigene vorsichtige Weise. Sigwald Hansen erhob sich mit dem Geldschrein in der Hand: „Jetzt kommt unsere Vorlesestunde," sagte er. „Ja, ja," antwortete der Maler.

Sigwald blieb stehen: „Ich finde," sagte er – seine Worte kamen immer ein wenig schleppend und als suche er Bekräftigung bei dem, mit dem er sprach –, „ich finde, daß es ein hübsches Weihnachtsgeschenk ist ... wenn man bedenkt, wie die Verhältnisse liegen ..." Der Maler nickte nur, wie er es fast jeden Abend zu fast denselben Worten tat. „Und im Januar," fuhr Sigwald fort, „ist es ja soweit ... und wer weiß, ob sie es übersteht – das weiß ja niemand ... Und dann hat sie doch die Freude gehabt ..." Sigwald Hansen stand einen Augenblick und sah ins Leere: „Und Aladdin"* – Sigwald Hansen legte den Hauptdruck auf die letzte Silbe – „ist ein herrliches Stück."

„Das ist es," sagte der Maler. „Ein wundervolles Schauspiel ..." „Na," – und der Maler erhob sich – „ich geh ins Wirtshaus."

„Schon wieder?" sagte Sigwald.

„Tja, man muß doch das Leben leben," sagte er. „Gute Nacht." Er lebte das Leben – während er nebenher seeländischen Regen malte – mit einer rundlichen Kopenhagener Büfettmamsell, die vom Lande stammte.

Sigwald ging über den Korridor in die Stube, wo seine Frau im Ruhestuhl am Ofen saß. „Wie war es heut?" fragte sie mit der etwas schläfrigen Stimme, die Frauen in anderen Umständen eigen ist.

„Geld ist knapp unter den Leuten," sagte Sigwald, über sie gebeugt, mit so lauter Stimme, als sei sie es, die taub war.

„Ja, das ist wahr," sagte die Frau, während sie mit ihren müden Armen im Schoß dasaß.

„Soll vorgelesen werden?" fragte die Schwiegermutter, indem sie sich von ihrem Platz im Sofa erhob und den Schwiegersohn ansah. Sie war knochig, trug die Haube fest ums Kinn gebunden und hatte den Blick derer, die gewohnt sind, einem Betrieb vorzustehen.

„Wenn Ellen will," sagte Sigwald, der den Schrein mit dem Geld in die Schublade eines alten Schreibtisches stellte.

„Ich will wie du willst, Sigwald," klang es vom Stuhl zurück. Und die Schwiegermutter begann alles zur Vorlesung zu ordnen – langsam und mit einem Gesicht, als bereite sie eine Andacht vor, während Sigwald „Aladdin" vom Bücherbort überm Schreibtisch nahm, wo

* Aladdin wird immer am zweiten Weihnachtstag im Königl. Theater in Kopenhagen gegeben.

er mit der Bibel, einer kurzgefaßten Handelslehre und zwei Psalmbüchern in einer Reihe stand. Ellen erhob sich aus dem Ruhestuhl, der an den Tisch gerückt wurde, während die Schwiegermutter das Gold- und Silberpapier brachte, aus dem Ellen Körbe zum Weihnachtsverkauf für den Laden flocht.

„Jetzt muß das Weihnachtsgeschäft doch bald anfangen, nicht, Sigwald?" sagte Ellen, deren Augen unter den Lidern immer so weit aufgerissen waren, wie zwei zu große Glaskugeln.

„Wenn überhaupt 'was draus wird," sagte Sigwald.

„Ja, darauf kommt's an," sagte Ellen langmütig.

„Soll Mortensen geholt werden?" fragte die Schwiegermutter. In die Frage des Weihnachtsgeschäftes mischte sie sich nicht. Sie glaubte überhaupt an kein Geschäft mehr in dem Örtchen, seit „die Bahn gekommen war".

„Ja, hol ihn nur."

„Machst du dann auch seinen Grog?" sagte Ellen, und die Schwiegermutter ging, um den Gendarm-Sergeanten Herrn Mortensen zu holen, während die Eheleute sich schweigend bei der Lampe gegenübersaßen. „Es ist schön," sagte Sigwald nur, während er mit der Hand über den Goldschnitt von „Aladdin" strich. „Ja, es ist wunderschön," sagte die Frau.

Mortensen kam, dem Säbel längs seiner Reiterbeine, hereingeschlendert. „Guten Abend," sagte er – Mortensen sprach immer so, als schlüge er zu gleicher Zeit die Hacken zusammen – und er setzte sich in die Ecke neben dem Ofen, wo die Schwiegermutter seinen Grog hingestellt hatte.

„Guten Abend." Herr Mortensen, der gewissenhaft die öffentliche Ordnung aufrecht erhielt und gleichzeitig sein Teil an dem fortgesetzten Gedeihen der Gemeinde beitrug, betrachtete „Aladdin" als eine Art Ruhepause. „Es ist gerade, als ob man dabei Kräfte sammelte," sagte er zu dem Großknecht des Pfarrers. „Und dann ist es ja soweit auch ganz hübsch, was die Deern sagt." Mit der „Deern" meinte Sergeant Mortensen Gulnare. Die Schwiegermutter hatte auch Platz genommen. Sie saß auf einem harten Stuhl, um nicht einzuschlafen und strickte rosa Babystrümpfe. „Wir waren ja bis dahin gekommen, wo sie das Schloß gebaut hatten," sagte Sigwald, der das Buch aufgeschlagen hatte. „Ja, Sigwald."

Er begann zu lesen, ganz plötzlich und überstürzt:

„Des Sultans Harem. Gulnare allein auf ihrer Kammer.
Es nähert sich die schauervolle Stunde,
O, Himmel, habe Mitleid, und sieh …“

Er fuhr fort zu lesen, ohne Pause, mit einer ganz fremden Stimme, tief, und immer auf *einen* Ton gestimmt, als stieße er alle Worte durch ein gebrochenes Horn hervor:

„Wohltätig auf die junge Hindin, die zitternd,
Und bald ein Raub des Tigers, hinterm Busche steht.“

Er fuhr immer in demselben Ton fort, während ihm das Blut zu Kopf stieg und die Stirnadern vor Atemverbrauch und Anstrengung schwollen; seine Hände waren ganz naß von Schweiß, während er die Seiten des Buches umschlug, das vom Pfarrer entliehen war.

„O, der du dich mein Liebster nanntest, Engel,
War nicht das Ganze nur ein Fiebertraum,
So tritt herein, tritt kraftvoll auf
Stark wie der Elefant, geschmeidig wie der Tiger.
Stolz wie der Löwe, mild wie Hyazinthen,
Warm wie die Sonne und liebeglühend wie der Mond.“

Mortensen, der bequeme Stellungen liebte, streckte bei den langen orientalischen Tiraden seine blauen Sergeantenbeine so weit von sich wie seine Hacken reichten, und die kleine Frau saß mit ihren Fingern unbeweglich über ihrem Schoß gespreizt, die Glaskugelaugen ununterbrochen auf ihren Mann geheftet, während sie ganz sachte mit dem Kopf wackelte. Die Schwiegermutter saß so gerade auf ihrem Stuhl, wie eine Krankenwärterin vor Mitternacht. Hören tat sie nichts, ihre Gedanken umkreisten, wenn sie bei den rosa Strümpfen angelangt war, immer nur das eine: „Knabe oder Mädchen.“ Sigwald las. Er las eine Stunde lang, bis Aladdin aufs Schafott sollte. Die Augenlider begannen der kleinen Frau schwer zu werden. Sie gingen auf und zu, während der Scharfrichter zu seinem Knaben sprach.

„Es ist wundervoll!“ sagte Sigwald plötzlich mit seiner natürlichen Stimme.

„Aber schrecklich," sagte die kleine Frau. Und Mortensen, der etwas eingenickt war, aber beim Klang von Hansens gewöhnlicher Stimme erwachte, sagte: „Ja, ganz wunderhübsch ... überhaupt."
Sigwald wollte weiter lesen, Ellen aber sagte: „Kannst du noch, Sigwald? Du bist ganz naß vor Hitze." Und Sigwald sagte: „Gut, dann machen wir eine Pause," und er schlug das Buch zu.
„Und Mutter bringt den Kaffee," sagte Ellen.
„Und Zwiebäcke," sagte Sigwald, der in beständiger Angst lebte, daß seine Frau nicht genug zu essen bekäme.
Als die Mutter draußen war, sagte Ellen mit etwas veränderter Stimme und leiser – sie war noch bei Gulnare und Aladdin, es war, als säße sie in einer Wolke von all den fremden Worten, die sie nur halb verstand, wenn Sigwald las: „Was so ein Dichter für Worte finden kann," sagte sie.
„Ja, die verstehen's," sagte Sigwald, der in die Lampe sah.
Ellen riß sich los und fragte Mortensen, ob es 'was Neues gäbe. Aber es gab nichts. „Hier passiert ja nicht viel," sagte Mortensen. Und Sigwald, der noch immer in die Lampe sah, sagte im selben Tone wie vorher: „Nein, hier ist nicht viel los." „Ja, das ist wahr," sagte Ellen.
Und sie saßen alle drei schweigend da, bis der Kaffee kam, und Ellen legte das Silber- und Goldpapier fort, an dem sie nichts geschafft hatte. Sie wurden alle sehr lebhaft und ganz angeregt, als der dampfende Kaffee kam, und sie sprachen wieder davon, wie es würde, wenn sie nach Kopenhagen kämen, von der Reise, wie alles geordnet werden sollte, bis ins kleinste Detail ... „Ich bin dafür," sagte Sigwald, „daß wir bei Lauritßen einkehren. Bei Lauritßen ist man gut aufgehoben."
„Ja," erklärte Mortensen, der an den Kaffeetisch gerückt war, „bei Lauritßen kann man's schon aushalten."
„Und nachts ist es dort ruhig," sagte Sigwald, „unter diesen Verhältnissen ..."
„Freilich," sagte Mortensen, „da gibt's keinen nächtlichen Spektakel. Lauritßen ist reell."
„Das ist er", sagte Sigwald. „Und", fügte er hinzu, „eine Hand wäscht die andere." Der Gastwirt Lauritßen in der Westergade, bei dem sie einkehren wollten, hatte seinerzeit, als er noch das Gut hatte, seinen ganzen Bedarf an Butter und Fleisch beim Schwiegervater gekauft.
„Das ist wahr", sagte Ellen und nickte. Sie war ganz gerührt, denn Sigwald war immer so „gerecht".

Sie fuhren fort von der Reise zu sprechen. Sigwald sollte schon morgens früh nach Kopenhagen fahren und die Theaterbillette nehmen ... „Wir müssen die Plätze so weit nach vorn wie möglich haben," sagte Sigwald. Sie wollten im Parterre sitzen. „Und in der Mitte," fügte er hinzu, „unter diesen Verhältnissen ..." Aber er sollte auch für Zimmer sorgen, und daß gut geheizt würde. „Bei Lauritßen sind gute Öfen, da wird's schon warm werden," sagte Sigwald und nickte seiner Frau zu.

„Du bist so gut, Sigwald," sagte Ellen und ihre Augen strahlten.

„Aber Wärmflaschen hat er nicht", setzte Sigwald seinen Gedankengang fort. Er dachte an Wärmflaschen und an die Nacht.

Die Schwiegermutter sprach nicht, sondern führte nur schweigend die Kaffeetasse auf und nieder, von und an ihre strammen Lippen. Sie dachte jeden Abend, wenn von der Reise die Rede war, nur an die Betten und an alle möglichen Krankheiten und dergleichen, die man sich in dem fremden Bettzeug holen konnte. Ganz gewiß, sie nähme Bettücher mit, denn sie wolle sich nicht in Lauritßens legen. „Aber das kannst du ja auch, Mutter," sagte Ellen, wenn davon die Rede war. Und Mortensen stimmte der Schwiegermutter bei. „Obgleich es bei Lauritßen sauber ist – alles was recht ist."

Und sie sprachen weiter: Ins Theater aber müßten sie frühzeitig kommen, „auch deinetwegen," sagte Sigwald, „unter diesen Verhältnissen ..." und sie müßten alles sehen und sozusagen mit allem vertraut werden. „Das Theater ist prachtvoll," sagte Sigwald, „auch von draußen." Und er erzählte vom Theater, wo er fünfmal gewesen war, als er damals das halbe Jahr in Kopenhagen auf Wunsch des Vaters Buchführung lernte. Ja, fünf Male sei er dagewesen. Er erzählte von der Decke und dem Vorhang und von den Stücken, die er gesehen hatte, und von den Schauspielern und was sie für Rollen gaben. „Und wie tief es ist", sagte er und nickte in die Lampe. So schloß er immer, wenn er von dem Königlichen Theater sprach: er hatte ja immer auf der Galerie gesessen. Ellen fragte weiter, während sie einen Zwieback nahm. Ja, den Wein wollten sie mitnehmen – dadurch würden sie fast die Hälfte sparen ...

„Darin muß ich Ihnen Recht geben," sagte Mortensen.

„Wir nehmen zwei Flaschen mit," sagte Sigwald, „wir wollen ordentlich trinken, wenn wir dagewesen sind."

„Ich krieg' einen Schwips“, sagte Ellen und lächelte.
„Na, einmal ist keinmal“, sagte Mortensen und schlug die Reiterbeine zusammen.
Die Schwiegermutter erhob sich und räumte die Tassen beiseite. Sie fand wohl, daß es jetzt Schlafenszeit sei. Auch Ellen stand auf. Sie blieb neben ihrem Manne stehen und blickte in die Lampe, während sie lächelte: „Ja,“ sagt sie langsam, „es ist ein herrliches Weihnachtsgeschenk, Sigwald.“
„Und gerade weil wir Aladdin jetzt kennen“, sagte er langsam, ebenso wie sie.
Dann begannen sie aufzubrechen. Ellen ging ins Schlafzimmer, und Sigwald nahm die Laterne, um Mortensen hinauszuleuchten und um alle Türen zu prüfen, ob sie auch verschlossen seien.
„Gute Nacht“, sagte Ellen, als er ins Schlafzimmer kam; und sie war eingeschlafen, bevor er sich ausgekleidet hatte.
Sigwald lag noch lange wach. Er malte sich aus, daß er „die Reise“ an den Weihnachtsbaum hängen wollte. Das würde Spaß machen. Er wollte auf eine seiner Anweisungen schreiben, auf eine richtige, gedruckte: „Zahlbar an Frau Ellen Hansen Kr. 40.“ Jetzt war er im Begriff einzuschlafen, aber erst richtete er sich noch einmal im Bett auf und sah nach, ob Ellen ordentlich zugedeckt sei. ...
Zwischen drei und vier Uhr tönte ein Krach durchs Haus. Es war der Maler, der mal wieder das Leben gelebt hatte, und seine Stiefel hart vor die Tür setzte. Dann schliefen sie alle, bis Sigwald um sechs Uhr aufstand und den Ofen im Schlafzimmer heizte. Das hatte er während der drei Jahre, die sie verheiratet waren, stets getan.
Die Tage vergingen, Tag um Tag, und die Abende, bis sie mit Aladdin fertig waren. Am letzten Abend weinte die kleine Frau. Das tat sie immer, wenn etwas so glücklich endete. Sigwald schloß das Buch und sah lange in die niedrige Lampe. „Ja, jetzt ist es vorbei,“ sagte er.
„Nein, Sigwald,“ sagte Ellen, „wenn sie es nun erst spielen.“ Sigwald antwortete nicht, aber er nickte plötzlich zweimal.
„Bringst du den Kaffee, Mutter“, sagte Ellen.
Als die Schwiegermutter hinausgegangen war, stand Ellen auf, und während sie sich an Sigwalds Schulter lehnte, schlug sie das Buch wieder auf und las auf der letzten Seite:

„Und laß uns nun, dieweil das Volk
Zu unserer Krönung festlich sich bereitet,
Zum Tore wandern, und gedankenvoll verweilen,
Auf Morgianens Grab beim Fliederbaum."

Wieder zeigte sich etwas Feuchtigkeit in ihren Augenlidern, während sie langsam das Buch schloß.
„Ja, hübsch ist es, das muß man sagen", sagte Mortensen. Es lag etwas in seinem Ton, das gleichsam ein Punktum hinter das Ganze setzte.

*

Es war am Weihnachtsabendtag und das ganze Haus duftete nach Apfelkuchen. Die Schwiegermutter buk jedes Jahr so reichlich, als hätte sie noch den Gutshof. Aufbewahrt wurden sie in der Teigschüssel. Es fing schon an zu dunkeln, und Ellen saß in ihrem Ruhestuhl neben dem Ofen. Es war so behaglich warm, und sie dachte an mancherlei, während das Torffeuer glühte. Nun wurde es Weihnachtsabend, und dann kam „Aladdin", und nächste Weihnachten – – Ellen lächelte still vor sich hin. Die Tür wurde geöffnet. Es war Sigwald. „Bist du da?" sagte er durch die Dunkelheit. „Ja, hier." Er ging zu ihr hin, und suchte nach ihrer Hand und streichelte sie – Sigwald war so unbeholfen mit Liebkosungen: „Wie geht es dir?" sagte er.
„Ich bin so glücklich."
„Ich auch", flüsterte er und preßte plötzlich ihre Hand. Dann ging er still in den Laden zurück.
Ellen blieb unbeweglich in ihrem Stuhl sitzen, während die Leute im Laden aus und ein gingen: Sigwald würden die Filzschuhe recht zustatten kommen, ihm, der des Morgens immer auf den kalten Fußböden umherging. Die Tür zur Küche wurde geöffnet. Es war die Mutter: „Ich geh nach oben."
„Bist du fertig", fragte Ellen.
„Ja." Es klang sehr kurz und die Tür wurde geschlossen. Die Schwiegermutter ging durch die Küche und über den kleinen Küchengang in den Hof hinaus.
„Sind Sie da?" flüsterte sie durch die Dunkelheit.
„Hier bin ich", antwortete eine Frauengestalt, die an die Hausmauer gedrückt stand.

„Kommen Sie," sagte die Schwiegermutter und schob die Frau durch die Tür, und die Treppe hinauf. „Gehen Sie leise ..."
„Ja", flüsterte die Frau, die wie eine Katze auf ihren Füßen ging.
Die Schwiegermutter öffnete leise die Tür zu ihrer Stube. „Kommen Sie herein", flüsterte sie, und sie schloß die Tür hinter der Frau ab. Sie zündete ein Licht an, und mit ihrer gewohnten, strammen Stimme – jetzt war sie ja in Sicherheit – sagte sie: „So – fangen Sie jetzt an die Karten zu legen."
„Ja", sagte die Frau und nahm ihr Tuch ab, unter dem noch ein anderes Tuch zum Vorschein kam.
Die Schwarze machte überhaupt den Eindruck, als bestehe ihr Oberteil aus lauter Tüchern, die kreuzweise über einander gebunden waren. Das Unterteil war ein Unterrock, der einst eine Farbe gehabt hatte. Sie wühlte die Karten aus einer Tasche hervor, zwischen einem Dutzend Nägel, einem Hufeisen und vielen Lappen – die Schwarze ließ nie etwas auf ihren Wegen liegen, sondern bückte sich danach und nahm es in Verwahrung – und sie begann die Karten neben dem Messingleuchter aufzulegen, während die Schwiegermutter im Roßhaarsofa saß, ohne daß sich eine Fiber in ihrem Gesicht bewegte. Die Schwarze begann zu reden, atemlos, in einem andern Tonfall als in ihrem gewöhnlichen, unaufhaltsam, als lese sie aus einem Katechismus: – Es läge ein Glück ans Haus – ein großes Glück. – Es läge ein rechter Segen ans Haus – da läge eine Freude – eine sehr große Freude ... bald ... Die Schwarze redete immer weiter, über die Karten gebeugt – wenn sie die Augen hob, konnte sie gerade das Gesicht der Schwiegermutter sehen – und sie fuhr fort von Freude und Segen zu weissagen. „Es wird ein Junge", dachte die Schwiegermutter. Die Schwarze fuhr fort, so schnell, als fürchte sie, daß das eine Wort das andere festhalten könne: – Da lägen zwei Herren ans Haus – zwei blonde Herren – der eine heller als der andere – aber der eine solle reisen ... es sähe aus, als solle er eine Wasserreise machen – – „Der Maler-Aff' reist fort", dachte die Schwiegermutter. Die Schwarze legte andere Karten auf, der Wortschwall aber blieb derselbe: – Es läge eine Reise ans Haus – mit vielen Paketen – es gäbe Schneewetter. „Das ist Aladdin", dachte die Schwiegermutter. Es sähe aus, als ob vier reisen sollten. Die Schwiegermutter zuckte zusammen, ihr Gehirn arbeitete wild, während ihre Augen starr wurden ... Plötzlich dachte sie: „Ach, es ist Mor-

tensen – es ist Mortensen, den sie dazu überreden ...“ Und ohne es selbst zu wissen, nickte sie plötzlich zu ihren eigenen Gedanken: „Ja, es war Mortensen.“ – Ja, die Schwarze war überzeugt, daß eine Reise daläge ... aber es lägen auch viele Schwierigkeiten – es lägen viele Schwierigkeiten da ... und dort läge ein Fehlschlag ... die Schwarze fuhr mit Schwierigkeiten fort, während die Schwiegermutter die Arme auf dem Tisch gekreuzt hatte. Es sähe aus, als ob es ein weiter Weg sei ... „Ja, es war Aladdin – natürlich war es Aladdin ... Es war auch keine Art mit einer Frau unter solchen Umständen zu reisen ...“ die Schwiegermutter rutschte unruhig auf ihrem Stuhle hin und her. „Und noch dazu das Erste – – nach drei Jahren.“ – Ja, da läge ein Fehlschlag, fuhr die Schwarze fort; während sie neue Karten auflegte, blieb sie beim Fehlschlag. „Es wird ein Mädchen“, dachte die Schwiegermutter, und plötzlich vergaß sie Aladdin. Aber sie hätte sich auch an einem heiligen Abend lieber nicht die Karten legen lassen sollen, obgleich es hieß, daß es am wahrhaftigsten sei. Nein, sie hätte die Schwarze nicht an einem hochheiligen Abend kommen lassen dürfen, obgleich die Glocken ja noch nicht den heiligen Abend eingeläutet hatten. „Es wird ein Mädchen.“

Die Schwarze, die geendigt und ihr Tuch umgelegt hatte, sagte: „Jetzt beginnt der heilige Abend.“

„Ja“, sagte die Schwiegermutter und sie wurde plötzlich rot. Sie gab der Schwarzen 50 Öre und führte sie leise die Bodentreppe hinunter. Dann kehrte sie in ihre Kammer zurück.

Die Kirchenglocken begannen zu läuten, rufend und klangvoll. Die Schwiegermutter schlug das Psalmbuch auf. Es lagen Merkzeichen bei den Psalmen, die beim Begräbnis ihres Mannes gesungen worden waren. Sie saß beim Licht und laß einige Strophen. Dann schloß sie das Buch: Ja, sie wollte den echten Schal umbinden. Es war doch das höchste Fest des Jahres. Sie ging in dem feinen Tuch hinunter und öffnete die Tür zur Wohnstube: „Wo gehst du hin, Mutter?“ sagte Ellen erstaunt.

„Ich geh' zur Kirche“, sagte die Mutter, und sie ging durch die Haustür hinaus.

Die Glocken läuteten noch immer. Sigwald war drinnen beim Weihnachtsbaum, denn das Geschäft war jetzt geschlossen. Die Tür wurde geöffnet: „Ellen, bist du da?“

„Ja, Sigwald.“

„Es wird doch etwas mager aussehen," sagte er. Die Anweisung füllte nicht recht, der Baum sah so leer aus.
Ellen stützte ihre Schulter gegen seine Hüfte: „Aber das Gute kommt ja nach, Sigwald", sagte sie und lächelte.
Die Glocken läuteten. Ihr Klang tönte wie aus weiter Ferne an Sigwalds Ohr. „Wie hübsch es klingt", sagte er. Und er saß Ellen gegenüber auf dem Roßhaarstuhl, mit Tränen in den Augen. ... Der Maler war nach Hause gekommen. Aber er war schlechter Laune. Das Mädel im Wirtshaus ging mit rotgeweinten Augen umher, und es war überhaupt nicht gut Kirschen essen mit ihr – sie hatte Zahnschmerzen und was der Böse sonst an Übel geschaffen hat ... Hm, das war auch ein „Geschenk". Aber es war ja nun einmal Weihnachten, und der Maler zog sich einen anderen Rock an.

*

Sigwald war schon um fünf Uhr auf. Das Holz im Ofen wollte nicht brennen, so fieberhaft war er: er sollte um 7 Uhr 22 reisen. Der Koffer war gepackt, und die beiden wollenen Decken hatte er und den Korb mit Wein: er hatte doch von Mönsters Wein genommen, denn das war der beste. Aber ein gestricktes Bettband wollte er noch für die Schwiegermutter mitnehmen, denn das gab es vielleicht nicht bei Lauritßen, und sie würde sich dort sozusagen mehr zu Hause fühlen, wenn sie eines hatte.
„Sigwald, wieviel ist die Uhr?" Es war Ellen, die vom Bett sprach. Sie konnte nicht schlafen.
„Schlaf nur, schlaf nur," sagte Sigwald, der selbst um jede Minute bangte, „es ist erst sechs."
Sigwald ging durch alle Zimmer, und ohne es selbst zu wissen, zündete er alle Lampen an, so daß es eine wahre Illumination gab. Berta sollte das Geschäft den halben Tag versorgen. „Aber es kommen ja nicht viel" – hatte er wieder und wieder zu Mortensen gesagt – „alle wissen ja, daß wir verreisen." Alle wußten es.
Die Schwiegermutter kam herunter. Sie machte ein Gesicht wie jemand, dem Unrecht geschieht.
„Schönes Wetter", sagte Sigwald.
„Es gibt Schnee", sagte die Schwiegermutter, wie jemand, der sein Teil weiß, und sie ging hinaus, um den Himmel von der Küchentür aus zu betrachten.

Um halb sieben Uhr trat Mortensen an. „Ich will Ihnen doch das Geleite geben“, sagte er. Sigwald war drinnen und Sigwald war draußen. „Mortensen muß Kaffee haben.“ Selbst aber stand er reisefertig in der Schlafstube.

„Also paßt auf, daß Ihr rechtzeitig zum Zug kommt“, sagte er. Den Korb und den Koffer hatte er, und die Wärmflaschen.

„Ja, Sigwald.“

„Mortensen begleitet Euch.“

„Ja, Sigwald.“

„Adieu.“ Er küßte sie und war an der Tür.

„Hast du deine Wollhandschuhe, Sigwald?“ Sigwald litt immer so an Frost in den Fingern. „Hast du sie?“

„Ja.“ Sigwald war fort.

Mortensen stand auf dem Perron und blickte dem Zug nach, der davonrollte. „Da geht er hin“, sagte er und es war, als atme er erleichtert auf. Er schlug an diesem Tage sein Standquartier bei Hansens auf. Es war doch besser, die Frauenzimmer im Auge zu behalten, bis man sie expediert hatte. Ellen ging in einem lose sitzenden Kleid umher und sagte alle zehn Minuten: „Wenn Sigwald sich nur zurechtfindet ... er ist so gut ... aber er läßt sich so leicht verblüffen.“

Die Schwiegermutter war auf ihrem Zimmer. Sie zog manche wollene Lage unter das Schwarzseidene, das sonst nur einmal im Jahre ans Tageslicht kam, wenn sie nämlich zum heiligen Abendmahl ging.

Sigwald ging durch Lauritßens Torweg, wo Lauritßen breitbeinig stand, mit den Händen in den Hosentaschen.

„Ja, da haben Sie mich“, sagte Sigwald, der den Koffer und den Korb und die Wärmflaschen trug.

„Guten Morgen, Hansen!“ sagte Lauritßen, der so breit war wie eine Flügeltür und so kurz wie ein Spundpfropfen. „Willkommen. Bitte treten Sie näher.“

„Danke“, sagte Sigwald, der mit dem Gepäck herumhantierte, wie er es die ganze Zeit getan hatte. „Reisen ist nicht so leicht für jemanden, der es nicht gewöhnt ist“, sagte er und sah Lauritßen dabei ins Gesicht.

„Nee, der Verkehr ist ja groß“, sagte Lauritßen.

„Ja“, sagte Sigwald, der inzwischen eine Tasse Kaffee bekommen hatte; und er fing an zu erzählen, wie alles geordnet wäre und wie alles sein solle: „Unsereiner hat ja keine Übung“, sagte er, und sah Lauritßen noch immer ins Gesicht.

„'s wird schon alles glatt gehen", sagte Lauritßen. Für Lauritßen ging immer alles glatt, während er mit seinem Getränk neben dem Schenktisch saß.
„Wenn wir sie nur recht nah bekommen", sagte Sigwald zum drittenmal. Seine Gedanken weilten beim Parterre.
„Meine Frau hat es gesehen", sagte Lauritßen, der angefangen hatte, Bieretiketten zu zählen.
„Und man kann ja keinen Außenplatz nehmen", sagte Sigwald, der seinen Gedankengang fortsetzte, „unter diesen Verhältnissen ..."
Er fuhr fort umständlich von allem zu sprechen, und Lauritßen, dem die Sache langweilig wurde, sagte abschließend: „Ja, ja, hier in der Hauptstadt kann man 'was erleben."
Sigwald war aufgestanden und wollte gern die Zimmer sehen. „Ja, ja, ja," sagte Lauritßen, der sitzen blieb, „Sie kennen ja das Lokal, Hansen." Und Sigwald stieg allein die Treppe zu den beiden Gastzimmern hinauf, die nebeneinander lagen. „Wie die Sonne scheint", sagte er. Er saß unschlüssig auf einem Stuhl mitten in dem größten der Zimmer, bevor er sich an die Bettücher und Wolldecken und Wärmflaschen heranmachte. „Wie die Sonne scheint", sagte er wieder. Er meinte sich nie so glücklich gefühlt zu haben. Und rein war es bei Lauritßen, dagegen ließ sich nichts sagen.
Sigwald hantierte in der Sonne. Er hatte Feuer angemacht und die Laken aus den Betten über alle Stühle gebreitet, und das gestrickte Band hatte er um das Bett der Schwiegermutter gebunden. „Sie werden sich ganz wie zu Hause fühlen", sagte er.
Plötzlich bekam er Angst, daß er zu spät zur Theaterkasse käme, und er zog sich hastig an und lief fast durch die Stadt zum Theater. Ja, da stand „Aladdin". Mitten in seiner Eile blieb er stehen und starrte das Plakat an. Dann wandte er den Kopf: Ja, *dort* saß er. Und mit den seltsamen Augen eines Tauben sah er zu Öhlenschläger hinauf. „Ja, es ist merkwürdig", sagte er und ging hinein. Aber er kam reichlich früh genug. Es stand nur ein Polizist an der Tür, und zwei strikkende Frauen vor dem Kassenfenster. Sie sahen aus, als seien sie das Warten gewöhnt. Selbst die Münder waren stehengeblieben, nur die Stricknadeln klapperten. Sigwald redete den Angestellten an, der ein höflicher Mann war: Ob er glaube, daß er sie nah bekäme ... Und er begann ihm alles zu erzählen, von seiner Frau und von der Reise und von den Mittelplätzen. „Da wird schon nichts im Wege sein, wenn

Sie sich nur rechtzeitig aufstellen", sagte der Angestellte. Sigwald stellte sich hinter den Frauen auf. Es verging eine Viertelstunde und es verging eine halbe Stunde. Zwei dicke Herren kamen an Stelle der strickenden Frauen, und viele standen dahinter.

Und jetzt hatte er die Billette und gerade in der Mitte. Er stand in der Vorhalle und betrachtete die Billettstreifen: Ja, nebeneinander und in der Mitte ... gerade vor, so daß sie das Ganze übersehen konnten, alles, auch die Decke: denn die Decke war so schön. Er ging wieder über den Platz vorm Theater; in der Mitte aber blieb er stehen. Er stand lange und schaute zum Theater hinüber, auf die Loggia, auf alle Einzelheiten und auf Apollo. „Ja, es ist ein herrliches Gebäude", sagte er, und er fuhr fort, das große Gebäude mit Blicken zu betrachten, mit denen man das umfaßt, was einem teuer ist. „Da drinnen sollte es sein ..." Dann ging er nach Hause. Er dachte daran, wenn sie kommen würden! Es waren noch fünf Stunden bis dahin. Aber er wollte den Tisch decken. Der konnte gern fertig dastehen. Er ging hin und her in den Zimmern, legte die Bettücher auf die Betten. Er konnte sich nicht ruhig verhalten.

Schließlich begann es zu dämmern und er ging aus. Er ging von Schaufenster zu Schaufenster. Hinter den Scheiben wurde bereits hier und dort Licht angezündet: Wie hübsch es aussah, wenn plötzlich alle Sachen beleuchtet wurden ... die vielen, vielen Sachen. Er bekam Lust zu kaufen, für Ellen zu kaufen und auch für die Schwiegermutter – kaufen, kaufen, wenn man nur Geld hätte. Er dachte an damals, an das einzige Mal, als er mit Ellen während ihrer Verlobungszeit in Kopenhagen gewesen war. Damals waren sie auch umhergegangen und hatten alles angeschaut und hatten gesagt, wenn sie nur kaufen könnten und waren so froh gewesen – auch damals.

Er war wieder zum Theaterplatz gekommen. Da lag das Theater – da lag es. Er ging wieder darauf zu, er mußte es. Auf dem Plakat las er „Aladdin". Dann sah er einen kleinen roten Zettel, und las: „Wegen Erkrankung wird ‚Henrik und Pernille' und ‚Pontemolle'. gegeben." Er las wieder: „Henrik und Pernille" und „Pontemolle". Was war das? Was war das? Sie gaben nicht „Aladdin". Er wußte kaum, daß er durch die Halle ging und beim Kassierer anklopfte und daß eine Stimme geantwortet hatte: Ja, die Vorstellung ist geändert. Er dachte nur: „Sie geben nicht Aladdin."

Er sah nicht die Lichter und nicht die Menschen und nicht die Häuser. Er dachte nur, daß sie kommen würden, und daß er sagen müßte: „Aladdin“ wird nicht gegeben – jetzt, da Ellen so froh war. Er ging durch Straßen, die er nicht kannte, fuhr fort, zwischen unbekannten Häusern umherzuirren. Aber nun mußte er zum Bahnhof, um sie abzuholen. Er lief den Weg bis zur Station und stand auf dem Bahnsteig. Da war der Zug, ja, und da waren sie ... Oh, wie Ellen froh war. „Hier sind wir“, rief sie. Ja, sie hatte sich gedacht, daß Sigwald verstört sein würde ... das war er immer so leicht, denn er war so ungeübt. „Hier sind wir“, rief sie, sie hatte ihn schon lange gesehen. Sie kamen aus dem Coupé heraus: erst ein Bündel und dann ein Bündel, das letzte war die Schwiegermutter.

„Guten Tag,“ sagte Sigwald. Und ganz still sagte er, denn gesagt mußte es ja werden: „Ellen, Aladdin wird nicht gegeben.“

Es ging ein Ruck durch Ellen: „Gehen wir dann gar nicht hin?“ sagte sie und blickte zu ihm auf.

„Doch, aber sie spielen nicht Aladdin.“

Ellen hatte Tränen in die Augen bekommen. Und jetzt würde Mutter Sigwald gegenüber Recht behalten, dachte sie plötzlich, während Sigwald erzählte, was gegeben wurde, und sie hob den Kopf wieder, den sie gesenkt hatte: „Aber das kann ja auch sehr schön sein“, sagte sie. Sie wußte nicht, was „Pontemolle“ war, aber sie wollte so gern lächeln. Sigwalds Gesicht klärte sich auf: sie war also garnicht so traurig.

„Laß mich es Mutter sagen“, sagte sie.

Und sie gingen alle drei. Sigwald voran, und als sie ein Stückchen gegangen waren, sagte Ellen: „Denk' dir nur wie schade, Sigwald sagt, daß Aladdin nicht gegeben wird.“

Die Mutter ließ eine Weile verstreichen. Dann sagte sie: „Das hab' ich ja immer gesagt.“ Was von ihrem Gesicht zu sehen war, war stramm: „Was sollen wir dann da?“ fragte sie.

„Er hat ja bezahlt“, sagte Ellen sehr leise.

„So“, sagte die Mutter.

Sie kamen zum Gasthaus und Sigwald half Ellen die Treppe hinauf, bis sie ins Zimmer kamen, wo es warm war und nach Räucherkerzen duftete. „Oh, Räucherkerzen,“ sagte Ellen und lächelte, „wie schön ...“ Sie betrachtete den Tisch mit den beiden Weinflaschen und mit der Butter, die sie selbst mitgebracht hatten, und ihre Sandtorte, auf der mit Zuckerguß „Aladdin“ stand. „Ich hatte schon gedeckt“, sagte Sigwald. Es kam ganz leise heraus. Die Schwiegermutter hatte sich eingeschlossen. Sie nahm Lauritßens Bettzeug in Augenschein, bevor sie langsam ihre eigenen Bettücher über die Lauritßenschen Federdecken breitete. Drinnen in der andern Stube saß Ellen im Lehnstuhl. Sie bewegte unruhig ihre Hände über ihrem Schoß: sie wollte Sigwald so gern etwas sagen, aber sie konnte nichts finden. „Wir müssen uns wohl anziehen", sagte sie zuletzt und versuchte zu lachen. Sie sollte ihr Brautkleid anhaben, das vorn länger gemacht worden war. Sigwald hatte es schon auf dem Bett zurechtgelegt. „Wie hübsch es war ..." „Für Aladdin ist nichts zu schön", hatte Sigwald zu Hause gesagt. „Ja", antwortete Sigwald, und sie saßen wieder schweigend vor der Sandtorte und vor dem Kleid, bis Sigwald sagte – er sah sie nicht an –: „Ich kann ja nichts dafür." „Aber Sigwald", sagte Ellen und setzte sich zu ihm ins Sofa.

Sigwald saß still da und sah vor sich hin: „Aber es ist seltsam," sagte er, „wie es so geht, wenn Menschen eine Freude haben sollen."

„Ja, das ist wahr", sagte Ellen, und sie saßen wieder still nebeneinander.

Sie waren nach Hause gekommen. Die Schwiegermutter hatte auf dem Heimweg kein Wort gesagt. Jetzt aßen sie. Gesprochen wurde nicht viel. Von „Henrik und Pernille" sprachen sie nicht. Ellen hatte im Theater gesessen, als hätte sie einen Kloß im Hals. Sigwald hatte nur immer geradeaus gesehen.

„Wie hübsch getanzt wurde", sagte Ellen.

„Ja", sagte Sigwald.

„Aber es waren nicht viele da", sagte Ellen. Sie hatten sehr vereinsamt im Parterre gesessen.

„Das ist begreiflich", sagte die Schwiegermutter.

Es war das erste, was sie sagte.

„Es ist ja auch ein altes Stück", sagte Ellen.

„Ja", sagte Sigwald, und sie schwiegen wieder, während die beiden Lichter neben der Sandtorte brannten.

„Jetzt kommt der Kuchen," sagte Ellen. Ihre Stimme kippte bei dem Worte „Kuchen" etwas um und sie begann in „Aladdin" hineinzuschneiden. Alle bekamen ein Stück.

Jede Krume wurde Sigwald so groß im Mund: „Iß, Schwiegermutter", sagte er.

„Ich bin satt", antwortete die Schwiegermutter.

„Wollen wir nicht anstoßen“, sagte Sigwald, und schweigend, ohne sich anzusehen, stießen sie, über den Kuchen hinweg, der zerschnitten war, miteinander an. Die zweite Flasche wurde nicht angebrochen. „Gute Nacht“, sagte die Schwiegermutter. Keiner von ihnen schlief sonderlich gut in Lauritßens Betten.

Am nächsten Vormittag waren sie zu Hause. Der Maler saß auf dem Holzstuhl vor Sigwalds Ladentisch. „Nein,“ sagte Sigwald, der immer dasselbe wiederholte, „es war ja kein Stück ... unter diesen Verhältnissen.“ Der Maler antwortete nicht. Seine Laune war in den letzten Tagen immer bissiger geworden: jetzt war im Wirtshaus kein Zweifel mehr möglich. Sigwald beachtete seine Schweigsamkeit nicht. Er stand nur und nickte vor sich hin. „Nein,“ sagte er und nickte, „es war kein Vergnügen.“

Bei „Vergnügen“ war es, als wenn der Maler erwache. „Nee,“ sagte er und spuckte aus, „das Vergnügen hat man gehabt.“

Sigwald hörte es nicht. Aber mit einem Blick, der weiter sah, als „Pontemolle“, sagte er: „Das Leben ist nicht heiter, Maler – überhaupt ...“ Und sie schwiegen beide.

Der rumänische Weihnachtsbaum

Einleitung

Ich wußte es vom ersten Augenblick an, daß ich diesen Anblick nie vergessen würde:

Wie die Steininsel plötzlich in dem schäumenden Strom dalag, grau und nüchtern und kahl und eiskalt und ohne Baum und Strauch, streng und fern wie eine Erscheinung und nah wie eine Drohung. Ihre Öde war wie ein Fluch und ihr Steinboden der leibhaftige ...

Und grau waren ihre Häuser und grau ihre Kirche und grau ihr Herrensitz ... dieses Steinhaus, schwerfällig und verschlossen, aus den grauen Steinen der grauen Insel erbaut.

Wenn hier nicht Hades war, dann gab es überhaupt keinen Hades.

Dies war die Heimat von allem Unglück und das Grau der Häuser war wie ihr eigenes Gespenst. –

Nein, ich würde den Anblick nie vergessen und vergaß ihn nie.

Und ich sah „die Insel der Verbannten" wie ich sie in Gedanken getauft hatte, wieder.

Als ich nach Bukarest reiste, sah ich sie wieder. War es vielleicht der eigentliche Grund, weshalb ich mich dorthin wandte? Ich habe mich selbst ernsthaft danach gefragt. Wir Ärmsten aber kennen nie den wirklichen Ursprung, die völlige Entstehung unserer Handlungen. Wir meinen unsere Entschlüsse und unser Vorhaben verfolgen zu können, ihre Wurzeln aber verlieren sich in dem Sumpf des Unbewußten, wo Wünsche, deren Gesichter uns unbekannt sind, emporschießen und Kräfte und Triebe und Begierden und Selbstsucht, deren verfilzte Gewebe die Ursache unseres Wesens und unseres Schicksals sind – wir Ärmsten aber kennen sie nicht. Und wir wissen mehr von dem verborgenen Feuer in der Erdkugel, als von den Untiefen in unserer eigenen sogenannten Seele, wo jede Lebensäußerung gleich einer Koralleninsel ist, die die Oberfläche

erreicht – von Millionen von Wesen geschaffen und gebaut, die wir niemals sahen. – –
War deshalb meine Reise nach Bukarest, der Hauptstadt Rumäniens, der lügenhafte Vorwand, der mich dazu zwang, jene Insel wiederzusehen, obgleich ich sie nicht sehen wollte?
Denn ich wußte wohl, daß jener Steinort sich meiner bemächtigen würde, sobald ich ihn wiedersähe. Der Anblick desselben würde mich dazu treiben endlich, endlich, die große Arbeit, die lange Wanderung zu beginnen – jene Wanderung, die von dieser Insel „der Insel der Verbannten" ausgehen sollte: Joán Ujházys Lebenslauf, sein „Ohne Vaterland".
Die „Insel" hatte nämlich in meinem Gehirn Wurzel geschlagen.
Oder richtiger, sie hatte sich, ganz still, ohne mein Wissen oder halb gegen meinen Willen, zum Herrn über den Kreis meiner Gedanken gemacht, in dem mein nächster Roman „Die, ohne Vaterland" lebte ...
Und darum wurde ich eines Tages dazu *getrieben*, sie wiederzusehen.
Und als ich sie von neuem gesehen hatte, da trugen die heimlichen Mächte, die uns gegen unseren Willen binden und fesseln und vorwärts treiben (ach, ich hatte es ja so genau im voraus gewußt), den Sieg davon: Ich war ganz in der Gewalt meines „Stoffes", ich war ganz von Joán Ujházy und seinem „Ohne Vaterland" erobert worden.
Auf dieser Insel war er geboren und hier hatte er gelebt. Hier war sein Stammhaus und hier sein Landbesitz. Diese grauen Steine hatten seine Kinderfüße betreten und neben dieser Kirchhofsmauer sollte er begraben werden.
Hier, ja, dieser Stein war das Vaterland aller Ujházys.
Einem wirklichen Werk aber nähert man sich nur furchtsam und zögernd. Man will nichts davon wissen. Man schließt alle Gehirnräume, in denen es rumstiert, mit eisernen Läden ab. Man entläuft ihnen hundertmal und weiß doch, daß man ihnen nicht entgehen kann ...
Man schleift auch seine Waffen – – –
In Skizzen, in Tagebuchblättern, in Erzählungen umkreist man die Idee oder den Schauplatz des Werkes. So wie ich es in dem „Rumänischen Weihnachtsbaum" tat, in der Erzählung von dem Weihnachtsfest der *Heimatlosen*, das ich nach Bukarest verlegte.
Immer engere Kreise wurden um mich gezogen. Bald würde ich nicht mehr entschlüpfen können. Die Heimatlosigkeit sang bereits

ihre trostlosen Lieder in meinen Gedanken und immer mehr wurde ich zu dem Ort, wo Joán Ujházys Wiege stand, hingezogen.
Das Weihnachtsfest in dem deutschen Gesandtschaftspalais in Rumänien wurde der Auftakt zu den wehmütigen Menschen in meinem Roman „Die, ohne Vaterland" ...
In Frau von Bülow aber errät man wiederum das Profil meiner Mutter.

Frau v. Bülows Wagen rollte um die Ecke des „Grand Hôtel du Boulevard" in Bukarest und bog in den Hof der Gesandtschaft ein, wo die Adler sich über dem goldenen Gitter erhoben. Als der Wagen unter dem Glasdach des Portals hielt, kam Johann, der erste Diener, herbei und öffnete die Wagentür. Er war alt und schwachbeinig geworden, während er der Herrschaft auf ihrer diplomatischen Laufbahn durch drei Weltteile gefolgt war.
Frau v. Bülow stieg aus und indem sie auf den Wagen zeigte, auf dessen Rücksitz einige kleine Pakete lagen, sagte sie mißmutig:
„Johann, das ist alles, was ich bekommen konnte ..."
„Und an Lichter," fuhr sie fort, „war gar nicht zu denken ... Da bekam ich eine Idee und ging in die Kathedrale und kaufte den Priestern dreißig Altarkerzen ab – – die müssen wir nun in kleine Stücke zerschlagen ..."
Johann hatte die Pakete und die Kerzen genommen.
„Wundert mich nicht ... wundert mich gar nicht," sagte er und folgte der gnädigen Frau.
Johann wunderte sich über nichts mehr. Er kannte alle Hauptstädte und alle Völkerschaften der Welt und alle waren in seinen Augen minderwertig. Denn nirgends war es wie daheim in Holstein.
Frau v. Bülow stieg die Treppe hinauf. Ihre beiden kleinen Mädchen riefen übers Geländer der zweiten Etage herunter:
„Mama, Mama, der Tannenbaum ist gekommen." Paul, der Sohn, aber schrie, während er die Treppe heruntergestürzt kam:
„Aber er ist scheußlich, Mama, er ist scheußlich." Die Mutter mußte über den Knaben und sein „scheußlich" lachen. Der alte Johann aber, der beim Gehen so seltsam mit den Knien zusammenstieß, murmelte bei jeder neuen Stufe:
„Wundert mich nicht, wundert mich gar nicht."

Johann ging voraus und öffnete die große, mit Bronze verzierte Tür zu den Repräsentationsräumen, in denen alle Vorhänge zugezogen waren, so daß eine halbe Dämmerung herrschte.
„Zieh die Vorhänge zurück, Johann," sagte Frau v. Bülow. Und Johann zog zurück und rollte auf, so daß das Winterlicht in die großen Säle fiel. Es beleuchtete die Berliner Prunkmöbel, die leblos an den Wänden standen und das Bild des Kaisers, der mit dem Marschallstab in der Hand – ein Bild, das für die Balkanstaaten gemalt war, – kalt und herrschergleich durch die Räume blickte.
„Sieh nur, Mama," sagte Paul und zeigte auf den Baum, der in dem mittleren der Säle stand.
Ja, der Baum war jämmerlich. Er glich einem langen Stock mit einigen mageren Rippen daran.
„Aber er wird schon hübsch werden, wenn er erst geschmückt ist," sagte Frau v. Bülow ..... „er wird schon hübsch werden – –"
Die französische Gouvernante war hereingekommen. Sie war blond wie ein Weizenfeld und fast beängstigend schlank, dank eines Korsetts, das alle Fülle nach hinten drängte. Sie musterte den Baum von oben bis unten mit ihren grauen Augen.
„Mama," sagte Dorothea, die älteste der beiden kleinen Mädchen, „wir müssen mehr Girlanden schneiden ..."
„Ja, Mama," sagte Adelheid, die jüngere, „wenn wir viele Girlanden schneiden, wird der Baum sich schon machen."
„Ja, Kinder, schneidet nur zu," sagte die Mutter – „Mademoiselle kann euch helfen ..."
Die Kinder gingen hinaus, von Mademoiselle gefolgt, die die Tür etwas unsanft hinter sich zuzog. Mademoiselle sah nicht aus, als ob Girlandenschneiden sie sonderlich ergötzte. Während die Kinder die Treppe zur zweiten Etage hinaufsprangen, sagte sie mit vorgeschobenen Lippen zu der englischen Bonne, die vom Vestibül heraufkam: „Diese sentimentalen, deutschen Veranstaltungen .." – Und sie schritt in ihren Chevreauxstiefeln, in denen ihre Pariser Extremitäten ganz blau gefroren waren, hinter den Kindern her.
Die Bonne stieg die Treppe hinauf und ging in ihr Zimmer. Sie trug ein kleines, längliches Paket in der Hand. Als sie in ihrem Zimmer stand, löste sie das Seidenpapier davon ab. Es war ein kleiner Mistelzweig, den sie beim königlichen Hofgärtner bekommen hatte. Sie stieg auf einen Stuhl und befestigte den grünen Zweig oben unterm

Türrahmen. Als sie damit fertig war, blieb sie mitten im Zimmer stehen und blickte zu ihrem Weihnachtszweig hinauf. Plötzlich aber setzte Miß Tobb sich ans Fenster und neigte ihre Plättbrettbrust auf die Fensterbank hinab. Sie weinte.

... Frau v. Bülow stand auf einer Leiter und hing Silberflitter an die dünnen Äste des Baumes.

„Zerteil' die Lichter in kleine Stücke," sagte sie und Johann begann mit einem Beil die orthodoxen Osterkerzen in Stücke zu hauen, so hitzig, daß das Wachs in kleinen Stücken über den Teppich sprang.

„Etwas behutsamer, Johann," sagte Frau v. Bülow von der Leiter herab.

„So'n katholischer Priesterkram," murmelte Johann und hieb noch immer drauf los, als wollte er einen Schinken vom Bauch trennen.

Frau v. Bülow stieg von der Leiter herab. Den Silberflitter in der Hand, musterte sie den Baum.

„Nein, es wird nie ein ordentlicher Weihnachtsbaum," sagte sie.

„Doch," sagte Johann und zerhackte die Kerzen, daß das Wachs nur so tanzte: „Ein rumänischer Weihnachtsbaum."

„Und wie sollen wir die Dinger befestigen?" sagte Frau v. Bülow und betrachtete die zerhackten Kerzen.

Ein Diener kam herein, mit einer Visitenkarte auf einem Tablett. Es war ein Rumäne, mit einem Kopf wie ein Römer aus der Dekadenzzeit, aber mit einem Gesichtsausdruck wie ein Zeitungsausrufer auf den Pariser Boulevards.

„Die Frau Gräfin wollte sich bei der gnädigen Frau verabschieden."

„Wer denn – und jetzt?"

Frau v. Bülow nahm die Karte:

„Ah, die Frau des italienischen Gesandten ... ja ... ich lasse bitten ... Führen Sie die Gräfin hierher."

Der Rumäne verzog sein Gesicht zu einer Grimasse und als er draußen war, begann er „Heil dir" zu flöten. Das tat er immer, wenn „die deutsche Bande" ihm gar zu übergeschnappt vorkam ...

Frau v. Bülow kam der Gräfin Albutieri im ersten Saal entgegen und sagte:

„Entschuldigen Sie, Gräfin, aber ich bin beschäftigt ... Ich schmücke den Weihnachtsbaum ..." Sie hielt plötzlich inne, verwirrt über das unverhohlene Erstaunen, das aus den Augen der italienischen Dame sprach, die auf das lange Rekel von einem Tannenbaum gerichtet

waren. Und sie fügte hinzu: „Sie verstehen, es ist ... der Kinder wegen.“ Und im selben Augenblick ärgerte sie sich über ihre Feigheit.
Die Gräfin lächelte verbindlich, während ihre Augen denselben Ausdruck von unverhohlenem Erstaunen beibehielten.
„Ja, ja, die schönen Gebräuche des Nordens – ich kenne sie ...“ Und noch immer lächelnd sagte sie, und Frau v. Bülow schien es, als würde der rekelige Baum noch verkrüppelter bei dem fremden Lächeln: „Wie entzückend.“
Die beiden Damen nahmen Platz, während die Gräfin eine Wolke von „Blossom“ verbreitete, und sprachen von einer Dilettantenvorstellung am kronprinzlichen Hof, bei der die ganze rumänische Aristokratie in einem Märchenspiel Ihrer Majestät mitgewirkt hatte. Sie sprachen von den Toiletten und die Gräfin sagte:
„Hierzulande hat man eine Leidenschaft für Diamanten, als ob die rumänischen Damen ihre Schmucksachen zur Schau trügen, um dadurch den Kredit des Vaterlandes zu stärken ...“ Und sie fügte hinzu und lachte: „Nur schade, daß die Banken, wo man die echten Steine verpfändet hat, sich nicht von den Simili, die getragen werden, blenden lassen.“
Sie sprachen von dem Märchenspiel Ihrer Majestät und der Gräfin hatte der Akt, der nach Mitternacht gespielt wurde, am besten gefallen, „weil es der letzte war“ – – und Gräfin Albutieri verabschiedete sich, während sie ihre Augen noch einmal über den Tannenbaum schweifen ließ und sie sagte:
„Die nordischen Gebräuche sind so reizend naiv. Wir südländischen Völker haben jegliche Treuherzigkeit verloren.“
Frau v. Bülow antwortete nicht und die Gräfin war gegangen.
Johann, der noch beim Weihnachtsbaum stand und damit begonnen hatte, die Wachsstummel an die Zweige zu kleben, sagte: „Diese armselige Bagage will mitreden –“ und er bedeckte die Gräfin und alle anderen Italiener mit einer Flut von holsteinischen Flüchen.
Frau v. Bülow lachte und sagte:
„Aber Johann, man darf doch am Weihnachtsabendtag nicht fluchen.“
Johann aber, der bereits auf der Grafschaft in Holstein in Dienst gewesen war, als Frau v. Bülow geboren wurde, ließ sich keinen Einhalt tun. Plötzlich griff Frau v. Bülow sich an den Kopf:
„Ach, Johann, hol doch mal den Koch.“

Das Weihnachtsessen war Frau v. Bülow eingefallen – die Reismehlgrütze, die sie wie eine Weihnachtstradition von ihrer dänischen Mutter geerbt hatte, und die ihr „bei der Karriere“ in den Residenzstädten zweier Weltteile viel Schwierigkeiten bereitet hatte: „Und in diesem Jahre wird es wohl seine liebe Not damit haben,“ dachte sie –. Der rumänische Koch war in Paris ausgebildet und parisischer in seiner Kochkunst als irgendein Meisterkoch im „Château de Madrid“ ... Johann ging. Als er in die Küche kam, fand er eine große Versammlung vor. Der rumänische Diener stand zwischen Köchen, Stubenmädchen und Waschfrauen und er erzählte mit vielen Worten und Gebärden etwas auf Rumänisch, worüber gelacht und gekreischt wurde. Johann verstand wohl, um was es sich handelte und er ballte die Hände, während er dem Koch den Bescheid der gnädigen Frau ausrichtete. Der Koch, ein Bursche von zweiundzwanzig Jahren, das schwarze Haar unter der weißen Mütze ins Gesicht gekämmt, sagte, während er verächtlich tänzelnd zur Tür ging:
„Soll wohl mal wieder eine Unterrichtsstunde in ihrem Hundeessen haben.“
Johann bekam einen roten Kopf.
„Was sagst du?“ und er ging auf den Koch zu, der jedoch im nächsten Augenblick draußen war, während sich ein Hagel von rumänischen Schimpfworten aus zehn Kehlen über Johann ergoß, dessen krumme Knie zitterten und der nicht zu antworten vermochte – bis er sich mit einem Schwall von holsteinischen Flüchen auf den Küchenjungen stürzte und dem höhnenden Jungen zwei Ohrfeigen versetzte. In der Küche war es einen Augenblick ganz still geworden.
Der Koch war die Treppe hinauf gestiegen und trat in den Saal, wo Frau v. Bülow sich beim Geräusch der Tür umwandte. Sie sagte wegen der ererbten Grütze Bescheid, während der Koch sich geschmeidig verbeugte und verstohlen zu dem Tannengerippe hinaufblickte.
„Mais oui, madame, mais oui, madame,“ sagte er unablässig, während er ein Gesicht machte, als sagte er: „Idiot.“
Frau v. Bülow wurde plötzlich ganz blaß:
„Sie können gehen,“ sagte sie trocken.
Der Koch machte kehrt und ging. Der rumänische Diener wartete draußen auf dem Treppenabsatz.
„Das Hundeessen laß ich anbrennen,“ sagte der Koch und sie liefen zusammen die Treppe hinunter.

Frau v. Bülow hatte sich in den Stuhl gesetzt. Sie fühlte sich so müde, erschöpft, sie hätte weinen mögen und wußte doch selbst kaum weshalb. Plötzlich erhob sie sich. Ja, sie wollte zu ihren Kindern gehen. Mademoiselle sprang hastig vom Schreibtisch auf, als sie hereinkam. Sie war damit beschäftigt gewesen, Neujahrswünsche für ihre Freunde zu schreiben. Dorothea und Adelheid saßen an dem großen Mitteltisch und schnitten Girlanden. Sie schnitten langsam, mit steifen Augen.

„Mama, das Papier taugt nichts," sagte Adelheid.

„Nein, Mama, es ist viel zu steif," sagte Dorothea.

Sie zerschnitten das widerspenstige, rumänische Papier, aber Paul, der im Auslande geboren war, während der langen Reisejahre im diplomatischen Dienst, warf seine Schere fort und sagte:

„Mama, das langweilt mich."

„Es ist hier auch so dunkel," sagte die Mutter und drehte das elektrische Licht auf, „und kalt ist es, Mademoiselle," fügte sie hinzu.

Mademoiselle stand auf und warf etwas heftig drei bis vier Briketts in den französischen Kamin, während Frau v. Bülow sich ins Sofa setzte. Sie starrte in das knisternde Feuer und dachte an die Heimat, an das Gut in Holstein. Dort dauerte das Weihnachtsfest immer mehrere Tage. Sie sah die Gutsangehörigen vor sich, wie sie mit ihren Kindern um den Weihnachtsbaum tanzten – den großen, herrlichen Baum.

Frau v. Bülow hatte sich erhoben und stand und strich Adelheid übers Haar. Das Kind, das aufgehört hatte zu schneiden, hob den Kopf und während es zu den Briketts im Kamin hinübersah, sagte es wie in einer Ideenverbindung:

„Weißt du, Mama, ich finde, es ist hier auch viel kälter als zu Hause."

„Ja," sagte die Mutter und wandte sich ab. Ihre Stimme wäre bei diesem einen Wort fast gebrochen. Sie stieg hastig die Treppen hinunter und lief fast bis zum Parterre durch die leeren Gesandtschaftskontore zu ihrem Mann hinein ...

„Was willst du, Clara!" sagte der Gesandte und richtete seinen Kopf vom Schreibtisch auf.

„Ach, Karl, Karl, ich weiß es nicht ..."

Und plötzlich begann Frau v. Bülow zu schluchzen, widerstandslos, verzweifelt, während sie sich an ihren Mann klammerte.

„Ach, Karl, Karl, es ist so schwer ... mir ist, als hätten wir *kein Vaterland ...*"

Es ging wie ein Zucken über Herrn von Bülows Gesicht, während seine weißen Hände liebkosend über die Stirn seiner Frau strichen.
„Wir *dienen* dem Vaterland,“ sagte er.
Nach und nach hörte Frau v. Bülow auf zu schluchzen und saß still an der Seite ihres Mannes.
Der Gesandtschaftsdiener öffnete die Tür zum Vorzimmer und meldete, daß zwei junge Leute draußen seien, die Seine Exzellenz so gern sprechen möchten.
„Jetzt – heute Abend,“ fragte Frau v. Bülow, die aufgestanden war.
„Ja, Kind,“ sagte der Gesandte, „vielleicht sind es Hilfsbedürftige.“
„Das ist wahr ...“
Und Frau v. Bülow trat selbst schnell in die Tür zum Vorzimmer. Da saßen zwei junge Leute mit wollenen Tüchern um den Hals und mit großen Stiefeln ... Sie sahen Frau v. Bülow nicht und setzten ihre Unterhaltung fort.
„Sind Sie aus Holstein?“ fragte Frau v. Bülow plötzlich
„Ja,“ antwortete sie wie aus einem Munde und sprangen auf.
„Und woher kommen Sie?“
Der eine antwortete:
„Wir sind wandernde Handwerksburschen und kommen aus Konstantinopel.“
Der andere fügte etwas mißmutig hinzu:
„Und sind gerade am Weihnachtsabend hier angekommen.“
„Ja,“ sagte Frau v. Bülow und es ging wie ein Aufleuchten über ihr Gesicht, „heute ist Weihnachtsabend.“
Sie öffnete die Tür zu Ehrentreppe:
„Kommen Sie, meine Herren, kommen Sie ...“
Und sie führte die beiden Männer, die ihre groben Stiefel nicht vorsichtig genug auf die feinen Läufer setzen konnten, die Treppe hinauf:
„Kommen Sie ...“
Sie ging in den Saal.
„Kommen Sie ...“
Und plötzlich hatte sie die elektrischen Wandkerzen aufgedreht – rings um den rumänischen Weihnachtsbaum herum.
„Sieh doch nur, Georg,“ rief der eine der Burschen (und man wußte nicht recht, ob er lachen oder weinen sollte) „sieh doch nur den Weihnachtsbaum ...“

*

Die beiden Handwerksburschen waren gegangen. In drei Stunden aber sollten sie wiederkommen.
„Johann, Johann ...“
Frau v. Bülow rief es laut übers Treppengeländer hinüber:
„Die Leiter soll geschoben, der Baum fertig geschmückt werden!“
Noch nie hatte Johann gesehen, daß die gnädige Frau so viel Gold an den Baum gehängt hatte.
Gold an den Baum ...
Mehr, immer mehr Gold an den Weihnachtsbaum!

Geschlagen

Einleitung

Tastend wird hier die zweite Saite des „Instrumentes" angeschlagen.
Heimlich von „Die, ohne Vaterland" belagert, kreise ich um die Heimatlosigkeit und verlege das Weihnachtsfest einer Schar Heimatloser nach Bukarest – einer Stadt, die Joán Ujházys Jugendland so nah liegt.
Und gleich darauf skizzierte ich dieses Profil: „Der Geschlagene", das durch das andere Grundmotiv des Romans hervorgezwungen wird: die Niederlage.
Der Überwundene heißt Joán Ujházy. Joán ist der Heimatlose und der Überwundene ...
Die Niederlage und die Geschlagenen aber schilderte ich aus meiner Jugend. Nur die Geschlagenen sah ich damals.
Erst in „Ludwigshöhe" bekomme ich Zeit oder Überlegenheit genug, um auch die Siegreichen zu sehen, und Kate Mourier wird Seite an Seite mit Ida Brandt geschildert ...
Und von dem Augenblick an, als mein Blick auf den Sieger fiel, beschäftigte er mich unaufhörlich. In einem kleinen Band „Leben und Tod" – der sicherlich die Brücke von meiner früheren zu meiner späteren Produktion ist – versuchte ich den Schutzgeist des Sieges unter Fräulein Alices silberschimmerndem Gewand zu malen. Und in einer „Erzählung von der Liebe" schilderte ich von neuem den Sieger – und *weshalb* er siegt.
In „Michael" wird dieselbe Gestalt dann zusammengesetzter.
Eugène Michael ist nicht nur stark wie das Leben und der Trieb. Er ist mannigfaltig wie die Jugend – *oder er sollte es jedenfalls sein* – und er bleibt siegreich wie die Jugend.

Während Claude Zoret, der vom Schmerz Geschlagene, mit dem langsamen Tode kämpft, siegt das Leben im Hof des Louvre und Eugène Michael folgt der Geliebten.
So will es das Leben.
Laß die Toten ihre Toten begraben. Das Leben entzündet in seinem ewigen Lauf – welchen Zielen entgegen? – seine ewigen Hochzeitsfackeln. Ist ihr Pech vielleicht geronnene Tränen? Und wenn dies auch tausendmal der Fall wäre, so brennen die Fackeln dennoch und werden immer wieder entzündet, und die Jugend folgt ihnen und läßt alles im Stich und – hat Recht ...
Denn so will es das Leben.
Das grausame und jubelnde Leben, das unbarmherzige und öde, das qualvolle und liebegebärende.
Das sieghafte Leben, das vorwärts will.
Nicht nur den Geschlagenen, sondern auch den, der ihn schlug, versuchte ich in „Michael" zu sehen und zu zeichnen.
Und als „Die, ohne Vaterland" sich durch meine Gedanken kämpften, stand der Triumphator, hochaufgerichtet, neben dem in die Knie Gesunkenen. Es handelt sich hier um eine Variation. Denn es handelt sich um den Zweikampf der Kunst. Die beiden Kämpfenden aber stehen mitten auf der Bühne: Jens Lund neben Joán Ujházy ...
Bereits in „Geschlagen" kann man sie beide unterscheiden ...
Vielleicht ist die Skizze viel zu nichtssagend, um bewahrt zu werden. Diejenigen aber, für die der künstlerisch schaffende Prozeß Interesse hat – und ihre Zahl wird wachsen, je mehr die psychologische Wissenschaft fortschreitet – werden vielleicht auch diese Seiten mit Aufmerksamkeit lesen und sich darüber wundern, wie tastend, wie episodenhaft der erste Anfang zu dem Werk eines Schriftstellers sein kann, dessen „Technik" in der fertigen Arbeit bereits seit Jahren bewundert wird.
„Technik" –
Ach, dieses flache und hohle Wort, das so viel Mühe in sich schließt.
Weiß man überhaupt, was „Technik" bedeutet?
Es bedeutet: Beherrschung des Stoffes und – Selbstbeherrschung.

Geschlagen – geschlagen.
Und auf die lumpigste Weise geschlagen – von höflichen Händen.
Höfliche und kalte, kalte und höfliche Hände – –
Ins Gesicht geschlagen, mitten ins Gesicht ...
Joseph Caiz warf seinen Pelz ab, so daß er wie ein ährenschwerer Sack zur Erde fiel.
„Zünden Sie Licht an," rief er dem Diener zu.
„Ja, Meister," antwortete der Diener, der den Violinkasten beiseite stellte.
„Beeilen Sie sich."
„Ja, Meister."
Der Diener zündete Licht an und plötzlich drehte Joseph Caiz sich zu seinem Diener um und betrachtete dessen Gesicht, das höflich unwissend war – obgleich er alles wußte.
„Sie können gehen."
„Jawohl, Meister."
Der Diener ging.
Geschlagen – also geschlagen.
Joseph Caiz hob die Arme, und man wußte nicht, ob es zum Schlage oder zum Gebet war:
Geschlagen. Im Trocadéro. Mitten in Paris zu Boden geschlagen. Besiegt. Das Spiel verloren.
Joseph Caiz schloß die Augen und sein Gesicht erschien plötzlich so schlaff, als ob es seine eigene Totenmaske sei.
Ja, ja. Einmal mußte es ja kommen, und nun war es geschehen. Er war nicht mehr der Größte. Es gab einen anderen – einen anderen, der größer war als er.
Wieviele Jahre sind dem Künstler zugemessen? Zehn, fünfzehn Jahre des Ruhmes und Glanzes ... und der König ist tot – es lebe der König ...
Joseph Caiz schlug wieder die Augen auf:
Aber gerade hier geschlagen zu werden – und von Joán de Lonja ...
Joán de Lonja, dem Kroatenknaben, dem Burschen aus Agram!
Und Joseph Caiz hörte von neuem den Beifallssturm des Trocadéro – fühlte ihn wie einen körperlichen Schmerz. Wie ein Gewehrfeuer, wie ein Hagelschauer, wie ein Jubelsturm hatte er de Lonja umtost ... Wie ein kochendes Meer der Begeisterung von Tausenden; und wieder das Knattern des Gewehrfeuers, und wieder der tausendstimmige Ruf, der immer höher schwoll:

Vivat, vivat de Lonja ...
Vive le roi –
Le roi est mort.
Und als er selbst, Joseph Caiz, zum zweitenmal gespielt und seine ganze Seele in vollen Schalen über die Zuhörer ausgeschüttet hatte, da hoffte er, daß der Beifallssturm endlich geweckt sei. Seinen Namen, seine Kunst, seinen Bogen, alles hatte er eingesetzt, um ihn zu wecken – nur noch dieses eine Mal.
Und dann war der Beifall gekommen – freundlich und einstimmig; das gleiche taktfeste Klapp-Klapp, das Zusammenschlagen von tausend Händen, Hände ohne Nerv, Hände ohne Glut, Hände ohne Seele. Ach, wie oft hatte er müde und ohne Freude den Jubel gehört, der nach ihm rief, noch im Wagen hatte er den Beifallslärm gehört und ihm nicht einen einzigen Gedanken geschenkt.
Er betrachtete den Jubel als eine Pflicht der Menge, und dankte es ihr nicht, daß sie sie erfüllte.
Und am Morgen nach den Konzerten, wenn sein Impresario in die Zeitungen, die er selbst nie las, vertieft war, fragte er kurz, ohne weiter an dem ewigen Einerlei der Reisen Anteil zu nehmen:
„Was schreiben sie?"
Der Impresario sah kaum von seiner Zeitung auf:
„Was sie schreiben müssen."
Und Joseph Caiz fragte nicht weiter und schenkte den Herren von der Presse keinen Gedanken mehr.
Er hatte genug über sein Genie vernommen. Ein Leben lang hatte er über die Interviews gelächelt, die der Impresario im Coupé vorzulesen pflegte, und in denen die Herren von der Presse, seine höfliche Freundlichkeit – das bequemste Alltagskleid der Gleichgültigkeit – als Anspruchslosigkeit und Herzensgüte priesen ...
„Anspruchslos" – ja, weil man ihm immer alles gegeben hatte – – bescheiden, ja, bescheiden wie jemand, der gar nicht darauf achtet, daß er als *Erster* in einer Prozession geht, weil er weiß, daß er überhaupt der *Einzige* in der ganzen Prozession ist – –
Was für eine Prozession!
Der Einzige – bis jetzt ...
Jetzt, da Joán de Lonja ...
Er hatte sich nie mit einem anderen verglichen. Darum war er auch nie eifersüchtig gewesen.

Niemals.
Und was seine Bewunderer für Charaktergröße hielten, hatte nur darin seinen Grund, daß er keinen anderen als seinesgleichen betrachtete.
Keinen – außer Joán de Lonja.
Denn er hatte es vom erstenmal, als er den Knaben, den Bauernburschen aus Agram, spielen hörte, es war im deutschen Theater in Prag gewesen, er erinnerte sich dessen genau – vom ersten Bogenstrich an hatte er es gewußt: der Knabe kann mehr als du ...
Und jetzt – jetzt wußten sie es *alle*. Von heute ab würden alle es wissen.
Es half nichts. Und wenn er sich auch mehr und mehr anstrengte, es würde doch nichts helfen.
Während dreißig Jahre hatte er seine Finger trainiert, hatte mit dem Bogen gekämpft und gestritten – – bis er *alles* konnte.
Und dann kam eines Tages der Kroatenknabe und – konnte *mehr*. Weshalb? Weil er zu „mehr" geboren war.
Zu dem *geboren*, was er hatte *lernen* wollen.
Geschlagen – geschlagen.
Joseph Caiz strich sich mit den Händen über die Stirn und wieder glitten sie schlaff herab und wieder durchmaß er das Zimmer.
Jetzt war es also geschehen:
Ein anderer hatte ihn überflügelt.
„Es lebe der König" ...
In den Zeitungen würden sie es ausrufen und in den Konzertbureaus würden sie es flüstern ...
Der König – tot.
Joseph Caiz zündete plötzlich alle Lichter im Zimmer an, alle elektrischen Flammen und in die letzte hineinstarrend blieb er stehen:
Und wem hatte er eigentlich sein Leben geopfert?
Le succès.
Das Wort, das sich durch alle Sprachen der Welt bohrt und das Leben von Millionen verschlingt, ohne jemand zu sättigen – le succès.
Joseph Caiz fuhr zusammen.
Die Tür ging.
„Was wollen Sie?" rief er dem Diener zu.
„Die Post bringen, Meister."
„Danke. Legen Sie sie dorthin."

„Es sind viele Telegramme dabei", sagte der Diener. Joseph Caiz setzte sich.
„Lesen Sie sie vor."
Der Diener begann die Telegramme und Briefe zu öffnen und las sie einförmig und ohne Ausdruck vor.
Joseph Caiz hörte nichts, kein Wort drang ihm ins Bewußtsein.
Und was jetzt? was jetzt? Was sollte er jetzt anfangen; als „der Zweite" weiterleben mit dem „König" über sich; mit zusammengesunkenen Knien weiterleben – – in Magdeburg spielen und bei einem Hofkonzert in Sofia – –
Der Diener las noch immer:
„Ein fröhliches Weihnachtsfest wünscht Ihnen, verehrter Meister ... "
Joseph Caiz hob plötzlich den Kopf. Das Wort „Weihnachten" hatte sein Ohr getroffen:
Ja, es war ja Weihnachten – Weihnachtsabend ... Und was ging das ihn an? Er hatte den Weihnachtsabend an so manchen Orten verbracht. Wo? Erinnerte er sich dessen noch? Einmal in Melbourne. Ein andermal mitten auf dem Ozean. Ein Sturm, ein Orkan hatte sich erhoben und eine Panik war ausgebrochen. Einen Weihnachtsabend hatte er auf dem Rücken eines Maultieres verbracht. Er erinnerte sich dessen noch. Es war in Columbia gewesen, auf dem Wege nach Bogota. Er hatte drei Stunden auf einem Maultier reiten müssen. Aber der Ritt war schön und der Himmel war so herrlich gewesen, als wären Goldsterne auf Sammetgrund geheftet. Die herrlichen Sterne ...
Bereits als Kind hatte er sie geliebt ... An stillen Herbstabenden hatte er mit der Mutter auf der Terrasse gestanden und sie hatte ihm alle Sternbilder erklärt ... Wie still war es in dem großen Garten gewesen und die Erde schneegedeckt. Viele Jahre waren vergangen, seit er seine nordische Heimat gesehen hatte. Er war in die Welt hinausgezogen, um den Namen des Vaterlandes mit Ruhm zu bedecken ...
Joseph Caiz fühlte von neuem einen brennenden Schmerz in der Brust:
„Den Namen des Vaterlandes mit Ruhm bedecken" ... Das war jetzt vorbei. Und was hat er dem Vaterland genützt? Was? Ein Spielmann zwischen Hunderten war er gewesen ... ein *Name*. Ein Name, den die Menge gab und nahm, ein Name, der den Besitzer in Fesseln legte. Ach, ungekannt zu sein und Frieden zu haben – wie oft hatte er das gewünscht. *Frieden* ...

Der Diener öffnete noch ein Telegramm.

„Wie immer sind meine Gedanken heute Abend bei Dir.
Deine alte Mutter."

Joseph Caiz wandte den Kopf:

„Was ist das?" sagte er. „Gib mir das Telegramm."

„Ja, Meister."

Der Diener reichte es ihm und Joseph Caiz las:

„Wie immer sind meine Gedanken heute Abend bei Dir.
Deine alte Mutter."

Von seiner Mutter. Lange war es her, seit er ihr geschrieben hatte! Wohl schon während eines ganzen Jahres hatte er ihr nicht auf ihre Briefe geantwortet. Sie aber folgte ihm getreulich, wo er auch war ... Seine Mutter, seine Mutter ... Wie alt war sie eigentlich! Sie mußte schon sehr alt sein ... Ja, dreiundsiebzig Jahre. So alt, und sie würde vielleicht bald sterben ...

Der Schmerz verzog Joseph Caiz Gesicht:

Sterben ... ohne ihn noch einmal gesehen zu haben. Der Diener schwieg:

„Das ist alles," sagte er dann.

Joseph Caiz rührte sich nicht:

Sie würde sterben und er war weit fort ...

Joseph Caiz hob den Kopf:

„Sie können gehen," sagte er.

Der Diener ging.

Joseph Caiz erhob sich und schritt durchs Zimmer. Und gegen die Wand gelehnt, im Lichte der zahlreichen Lampen, weinte er, schluchzte er wie ein Verzweifelter: Nach Hause – nach Hause.

Nein, nein, auch das konnte er nicht. Es war zu spät. Das Leben hielt ihn gepackt und ließ ihn nicht wieder los ...

Weiter also. Geschlagen und doch weiter ... Weiter bis der Bogen ihm aus der Hand *fiel*. Weiter als der *Nächstbeste* ...

Joseph Caiz wandte sich um. Sein starres Antlitz blickte in die elektrischen Flammen.

Eine sonderbare Geschichte

Einleitung

Woher kommen unsere Beschlüsse? Von wo gehen unsere Handlungen aus?

Ein Wort entschlüpft uns, an das wir eine Sekunde vorher gar nicht gedacht haben. Und dennoch – muß dasselbe nicht aus einer Stimmung tief in uns, einer Stimmung, die wir selbst nicht kannten, geboren sein? Das gesagte Wort aber schärft jenes heimliche Gefühl oder jene Stimmung – Freude oder Zorn, Neid, Hohn oder Begierde – aus denen das gesagte Wort unbewußt entsprang, und wir werden zu dem nächsten Wort getrieben, das wir nicht sagen wollten. Und von unseren eigenen Worten aufgestachelt, werden wir zu einer Handlung getrieben, von der wir nie geträumt und die wir uns selbst nie zugetraut hätten. Und durch eine Kette von kleinen Handlungen werden wir gebunden und gefesselt und zu der entscheidenden Handlung geführt, die wir nie für möglich gehalten hätten und nie begehen wollten ...

Oder hatten wir es *gerade* gewollt?

Wußten wir in unserem tiefsten Inneren, daß wir just dies gewollt hatten?

Hat unser Wille Blindekuh mit uns gespielt, um seinen Willen bei uns durchzusetzen?

Und jenes erste Wort, das uns „entschlüpfte", war das vielleicht der erste sichtbare Schößling eines Planes, der in der unbewußten Tiefe geboren und ausgebrütet wurde, in der niemals erforschten Tiefe des Unbewußten, wo so viel Brut gezüchtet wird und lebt – so viel Brut und Getier.

Wer kann es wissen.

Wir leben und sterben in Dunkelheit.

Was wissen wir von diesem Urwald von bunten und giftigen Pilzen und verschlungenen Lianen, wo in dem Dunkel des Unbewußten

unsere Worte und Handlungen aus dem dichten und dunklen Boden unserer Begierden hervorsprießen.
Wie weit kennen wir unsere eigene Seele, die sogenannte Seele – die wir gar nicht kennen. Weder ihren Ursprung, noch ihr Wesen, noch ihr Schwinden.
Und wir, die wir nicht mal unsere eigene Seele kennen, wie sollte uns da die der anderen offenbar werden?
Blind bewegen wir uns zwischen Blinden. Wie sehen nicht mal uns selbst und noch viel weniger die andern.
Aber wir möchten gern einen *Schimmer* erfassen.
Und derjenige, der sich damit beschäftigt, das Seelenleben zu erforschen, wird unwiderstehlich zu den Abhängen des Unbewußten hingezogen, um in die Tiefen hinabzustarren, die er doch nicht erforschen kann:
Ich habe dieses Dunkel und Halbdunkel viele Jahre umkreist.
„Barchan ist tot" – „Du sollst meiner gedenken" – und „Am stärksten" – sind Studien aus jenen dunklen und sumpfigen Gefilden in unserer Seele, wo unser Fuß stolpert und unsere tastenden Hände erstarren – –
„Eine sonderbare Geschichte" ist der erste Streifzug in dasselbe Gebiet.
Die Erzählung mag an sich wenig Bedeutung haben. Ihr größter Wert liegt vielleicht in der dumpfen Frage, mit der sie ausklingt:
„Herr Richter, woher kommt das Unglück?"
Aber gerade diese Frage durfte in dieser Mappe nicht fehlen.
„Herr Richter, woher kommt das Unglück?"
Woher, *woher* kommt alles, Stimmungen, Handlungen, Absichten, *Worte* – alles das, was unser ist; alles, was uns treibt und bindet und führt? Unser Wille, unser Schicksal, unser Leben – –
„Woher kommt das, Herr Richter?"
Wir können nur fragen. Darum richte uns als Unwissende, hoher Herr Richter – als Unwissende und Willenlose.

Dies ist eine Kriminalgeschichte. Wo sie sich zugetragen hat, das ist einerlei. Oder nein, doch nicht. Man muß wissen, daß es im Norden war, und übrigens war es in einer kleinen deutschen Stadt, an der die Schnellzüge nach Berlin rastlos vorbeieilen. Alles, was hastig ist, eilt an dieser Stadt vorbei – sogar die Zeit scheint darüber hinzufliegen und sich nie ihrer zu erinnern.

In den stillen Häusern leben und sterben die friedlichen Bürger bei den friedlichen Beschäftigungen, bei denen schon ihre Väter unter denselben Dächern lebten und starben.

Ein ganzes Jahrhundert hatte hier keine Veränderung geschaffen. Wie es einmal war, so blieb es. Hierher kam kein Regiment, wieviele auch über das Reich verteilt wurden. Hier erhoben sich keine Fabriken, wie mächtig sie auch im ganzen weiten Land ihre Rauchwolken gen Himmel sandten. Hier versorgten nur die Handwerker ihren Herd wie seit Urväterzeiten und ungestört. Ihre Tageseinteilung richtete sich nach den Schlägen der verrosteten Kirchenuhr, bald Arbeitsstunde und bald Essenszeit, in der Mittagsstunde Schlaf und der Nachmittag für die Werkstatt, während der Dämmerung Feierabend auf der Bank mit der Pfeife und nach dem Nachtmahl einen Krug Bier. Hatte aber die Uhr ihre neun Schläge getan, dann wurden die Lichter gelöscht, und der Schlaf war Gebieter, und selbst der Wirt „Zum blauen Herzen" setzte die Läden vor die Fenster. Denn nun war es Nacht, und Nachtvögel kannte man nicht.

Freilich konnte es vorkommen, daß man im Sommer unten am Fluß die jungen Burschen lärmen und singen und junge Frauenstimmen laut lachen hören konnte ...

Aber das waren nur die Wäschermädchen, die von auswärts hierher gekommen waren, als man die große Waschanstalt am Fluß anlegte, wo das viele Leinenzeug aus Berlin gewaschen wurde.

Die Wäscherei aber lag außerhalb des Stadtgebietes, und niemand kümmerte sich darum. Das war das einzig Neue, und das ging weder die Stadt noch die Bürger etwas an.

Nur beim Preisschießen des Schützenvereins kamen die Einwohner des Städtchens einmal im Jahre in die Gegend, wo die Wäscherei lag. Und dann konnte es vorkommen, daß spät am Abend eines der ausgelassensten Mädchen zum Tanz in dem Zelt, wo die Festmahlzeit stattgefunden hatte, aufgefordert wurde. Aber das geschah nur an diesem einen Tag.

Von dem Preisschießen wurde lange vorher des Abends beim Bier gesprochen, und wenn der Wirt „Zum blauen Herzen“ seine Gäste hinaus begleitete, wiederholte er noch ein letztes Mal:
„Ja, ja, in diesem Jahre sollt ihr Karpfen bekommen – so groß, das versprech' ich euch ...“ Denn es war eine uralte Sitte, daß nach dem Preisschießen Karpfen gegessen wurden.
Und die Bürger kehrten heim durch die schweigenden Straßen und die Uhr von der Marienkirche schlug neun ...
So waren die Tage vergangen und die Jahre und hundert Jahre, bis zu dem Tage – der Morgenstunde, der entsetzlichen Morgenstunde, als Schuhmacher Heinrichs einziger Sohn, ein elfjähriger Junge, den Frauenleichnam mit durchschnittener Kehle auf dem Schießplatz gefunden hatte. Das Wäschermädchen Laura Hänckel, mit durchschnittenem, ach nein, mit zerfetztem Hals.
Zerfetzt, zerrissen mit einem stumpfen Messer, einem Stück Eisen ...
Weiß im Gesicht, schreiend und weinend kam der Knabe in den Laden gestürzt, als hätte Gott ihn seines Verstandes beraubt. Und in der Tür blieb er stehen, so daß die Ladenglocke unaufhörlich läutete und gellte, während er schrie:
„Vater, Vater – –, komm, komm – draußen liegt eine Leiche, eine Leiche, mit durchschnittener Kehle ...“
Schuhmacher Heinrich hatte sich von seinem Stuhl erhoben:
„Junge, bist du verrückt?“ hatte er gesagt.
Und plötzlich war er gegen den Böttcher getaumelt – denn der Böttcher und er hatten gerade bei einem Glas Bier am Ladentisch gesessen, obgleich das eigentlich gegen Schuhmacher Heinrichs Gewohnheit war –, wie ein Ochse, wenn Schlachter Friedrichs ihn vor die Stirn schlägt, war er gegen den Böttcher getaumelt.
Aber das dauerte nur einen Augenblick. Dann erhob Heinrich sich – denn er war ein Mann, der auf Ordnung im Hause hielt:
„Du hast Visionen, Junge,“ sagte er, „geh in die Stube, in die Stube, hörst du!“
„Der Junge ist von Sinnen,“ sagte er und nahm einen großen Schluck von seinem Bier.
„Wir sollten doch lieber nachsehen,“ hatte der Böttcher gesagt. „Wenn wirklich eine Leiche unter den Weiden liegt, wie er gesagt hat, dann ...“ Schuhmacher Heinrich aber war aufgefahren – und war doch sonst solch bedächtiger Mensch:

„Hast du sie vielleicht umgebracht?" sagte er. „Überlaß die Sache doch der Polizei und den Richtern – wenn überhaupt jemand umgebracht ist."

Drinnen in der Stube begann jetzt auch Madam Heinrich mit dem Jungen um die Wette zu weinen ... Heinrich aber riß die Tür auf und schrie hinein:

„Ruhe, in drei Teufels Namen! Seid Ihr allesamt von Verstand?" Der Böttcher hatte Schuhmacher Heinrich noch nie so wütend gesehen, ganz wild war er gewesen ...

Aber der Böttcher wollte dennoch Gewißheit haben, und er ging zur Ladentür:

„Ich will doch mal nachsehen," hatte er gesagt. „Und es ist auch Pflicht, es der Polizei zu melden, wenn es wahr ist."

Als er sich aber noch mal umwendete, um Heinrich zum Abschied zuzunicken, stand der Schuhmacher gegen die Wand gelehnt, das Bierseidel in der Hand, mit solch merkwürdigem Gesicht und ganz blutunterlaufenen Augen.

„Was ist denn los, Heinrich?" fragte der Böttcher.

Da hatte Heinrich aber gelacht.

„Was soll denn los sein? Glaubst du, daß jemand mir die Kehle durchgeschnitten hat?"

– – Die Leiche aber war wirklich da. Und der Böttcher sah sie und alle Nachbarn sahen sie. Und die Polizei kam und der Richter und der Gerichtsschreiber mit den Protokollen. Und die Mordstelle wurde abgegrenzt und den Fußspuren nachgeforscht und die Leiche forttransportiert. Sie trugen sie auf einer Bahre um die Stadt herum, an Schuhmacher Heinrichs Garten vorbei.

Meister Heinrich stand und grub im Garten. Er hatte sich mit Gartenarbeit zu schaffen gemacht, und das war eigentlich sonderbar, denn es gab vollauf im Geschäft zu tun. Aber er grub so eifrig drauf los, daß der Schweiß über sein großes und braves Gesicht herabrann. Dann trat er ans Gitter.

„Ja, das ist eine böse Geschichte," sagte der Polizeibeamte übers Gitter hinüber, und blieb einen Augenblick stehen.

„Ja," sagte der Schuhmacher, „es war ja mein Max, der die Leiche zuerst entdeckte."

„Ja, ja," sagte der Beamte, „er soll auch wohl verhört werden." Der Schuhmacher stieß den Spaten tief in die Erde.

„So?“ sagte er, „ja, ja, das mag wohl sein ..“
„So etwas macht ja Eindruck auf ein Kind,“ sagte der Polizeibeamte. Der Schuhmacher hatte ihn wohl nicht gehört. Denn er stand und starrte hinter der Bahre her – na, das taten ja alle Leute, wo sie vorbeikamen.
„Und hat man einen Verdacht – wer – – es getan haben könnte?“ fragte Heinrich dann.
„Nee,“ sagte der Beamte (er gehörte zum selben Stammtisch im „blauen Herzen“ wie Heinrich), „wie der Richter sagte: es sind schon einige Tage her, und der Täter kann über alle Berge sein.“
„Vielleicht,“ sagte der Schuhmacher.
„Aber mit einem Messer ist es nicht gemacht, meint der Assessor, und das glaub ich auch nicht ... eher mit einem Werkzeug ...“
„Was für einem Werkzeug?“ fragte der Schuhmacher.
„Tja, wer das wüßte! Ich glaube, es kann eine Feile gewesen sein oder ein anderes Handwerkergerät ...“
„Na, adieu, Heinrich,“ sagte der Beamte und lief hinter der Bahre her, die schon ein Stück weitergetragen war. Leute folgten nicht mit, sie wurden vom Grauen zurückgehalten.
Meister Heinrich aber ging in seine Werkstatt.
Madam Heinrich sah wohl, daß er die Rumflasche mitnahm, und sie merkte auch, daß er davon trank ... Aber das konnte ja leider so drei-, viermal im Jahr über ihn kommen und dauerte seine Zeit. Dann hielt Heinrich sich aber zu Hause, so daß, gottlob, niemand etwas davon wußte, nicht einmal die Nachbarn. Madam Heinrich ging dann auch nicht aus und machte sich im Hause zu schaffen, wusch, scheuerte den Boden und was sich sonst anstellen ließ, um ihren Mann im Auge zu behalten, damit das Trinken nicht ganz überhand nähme ... Und außerdem war der Junge ja krank, hatte Fieber bekommen, nachdem er auf dem Rathaus gewesen war, wo er zeigen mußte, wie die Leiche gelegen hatte und dergleichen ...
Das war auch wirklich nichts für ein Kind, und nun kränkelte er und mußte die Schule versäumen.
Meister Heinrich hatte einen schlimmen Anfall diesmal, und gut war es, daß alle Welt mit dem Mord beschäftigt war und keine Zeit hatte, an ihn zu denken. Die Nachbarn trafen sich wohl im „Herzen“ – wo Heinrich nicht hinging, wenn er seine Anfälle hatte – und sprachen von nichts anderem als von dem Mord und dem armen Mädchen.

Na, ein loser Vogel sollte sie ja gewesen sein, das hatte Madam Heinrich gehört. Ein paarmal hatte sie sie auch gesehen, dessen erinnerte sie sich jetzt – das Mädchen war mehreremale des Abends am Garten vorbeigegangen ...

Hübsch war sie gewesen – rund und weiß, das hatte Madam Heinrich gesehen.

Madam Heinrich sprach ungern von ihr. Seit dem Tage, als ihr Max mit der Unglücksbotschaft ins Haus gekommen war, hatte sie an Kopfschmerzen gelitten und jede Nacht von Blut und Mord geträumt. Das tat Heinrich, der Ärmste, übrigens auch. Madam Heinrich konnte mitten aus dem Schlaf auffahren, weil er laut im Rausch sprach und des Mädchens Namen nannte.

Sowie man nur über die Straße ging, hörte man nichts anderes als Blut und Mord.

Eines Tages – es mochten wohl sechs Tage seit dem Unglück vergangen sein – kam Madam Heinrich von einem kurzen Gang zum Schlachter heim. Und obgleich sie sah, daß Heinrich schon umnebelt war, blieb sie doch neben seinem Tisch stehen und sagte:

„Nein, nein, nun geh ich bald nicht mehr vor die Tür .. Nirgends kann man mehr hinkommen, ohne von dem Mord zu hören. Und dann sehen die Leute einen so an, als ob man das Mädchen selbst umgebracht hätte."

Im selben Augenblick aber hatte Heinrich sich erhoben, und er sah sie an mit Augen, wie des Bäckers Luise, als sie ihren Verstand verlor.

„Glaubst du vielleicht ...?" sagte er.

„Was soll ich glauben, Heinrich?" schrie sie.

„Frauenzimmergewäsch," sagte er und setzte sich wieder, und Madam Heinrich ging hinaus.

O, du großer Gott, diesmal war es so schlimm wie noch nie. Und wenn Heinrich so fortfuhr und nicht aufhörte, dann würde es wohl so kommen, wie der Doktor gesagt, den Madam Heinrich mal um Rat gefragt hatte.

Madam Heinrich lehnte ihren armen Kopf gegen die kalte Küchenwand und schluchzte.

Es war Max, der sie am Kleid zog. Er stand neben ihr und weinte – er auch –, so daß sein ganzer Körper geschüttelt wurde.

Da hörte Madam Heinrich auf zu schluchzen.

„Was ist denn, Junge, was ist denn?" fragte sie.

Aber Max – er war heute zum erstenmal aus gewesen – fuhr nur fort zu weinen oder zu jammern, still, stoßweise während er sich an die Mutter klammerte:
„Ich kann's nicht sagen ... ich kann's nicht sagen ..."
„Aber was ist's denn ... was ist's denn, was du nicht sagen kannst?"
„Ich kann's nicht sagen ... ich kann's nicht sagen ..."
Die Ladenglocke schlug an und Madam Heinrich sah durch das kleine Guckloch in der Tür. Es war der Böttcher, der kam, und Heinrich saß im Laden.
„Was ist denn los, Max," sagte die Mutter wieder zum Jungen.
Max aber hatte sich auf das harte Sofa gesetzt. Vornübergebeugt wie ein alter Mann saß er da und starrte und starrte ins Leere; und plötzlich fragte Madam Heinrich nicht mehr. Ein kaltes Entsetzen stieg in ihr auf, während sie unbeweglich neben ihrem Knaben im Sofa saß.
Der Böttcher war vor dem Ladentisch stehen geblieben. Er betrachtete den Schuhmacher, der über seine Arbeit gebeugt saß.
„Man hat dich all die Tage nicht gesehen," sagte er.
Heinrich antwortete nicht
„Hast du so viel zu tun gehabt?" fragte er.
„Ja," sagte Heinrich und sah nicht auf.
Der Böttcher setzte sich und wartete eine Weile, bis er wieder sagte:
„Nun ja, das mag ja auf eine Weise gut sein."
„Es ist wohl in jeder Weise gut," sagte Heinrich und dachte: „Was ist das für ein Ton, in dem er spricht?"
Und wieder wurde es still.
„Aber," sagte der Böttcher, „du solltest denn doch – ich meine so ... dich in dieser Zeit etwas mehr zeigen ..."
„Mich zeigen?" Heinrich hob den Kopf.
„Ja, ich meine ..." sagte der Böttcher und sah ihm in die Augen. Sie schwiegen wieder. Es war so still, daß man ihre Atemzüge zu hören meinte.
„Man glaubt ja," sagte der Böttcher, „daß sie ... daß Laura Hänckel mit ... mit einem Schuhmachereisen ermordet ist ..."
Er hatte es sehr leise und langsam gesagt. Es verging eine Sekunde, bis der Schuhmacher auflachte:
„Was du sagst ... soll es nun ein Schuhmachereisen gewesen sein?"
„Ja, es ist ein Schuhmachereisen gewesen ... das ist sicher."

Heinrich antwortete nicht, und der Böttcher konnte sein Gesicht nicht sehen.
„Und nun," fuhr der Böttcher fort, „das eine mit dem anderen ... und alle die, die nicht wissen, daß es ja ganz undenkbar und unmöglich ist ..."
„Was ist unmöglich?" sagte Heinrich und sah auf, und der Böttcher hatte noch nie solche Flamme in seinen Augen gesehen ...
„Alles, was so geredet wird, Heinrich," sagte der Böttcher, „... aber die Wäschermädchen haben es ja herumgebracht ..."
„Was haben sie herumgebracht?" sagte Heinrich und eine tiefe Röte stieg ihm ins Gesicht.
„Man hat alle Mädchen, die voriges Jahr hier am Fluß gewaschen haben und deren man habhaft werden konnte, aus Berlin kommen lassen und die haben ausgesagt ..."
Heinrich war nicht mehr rot, sondern weiß im Gesicht:
„Was haben sie ausgesagt?" fragte er leise und stand auf.
„Daß du ... daß du und Laura Hänckel ... dich und Laura hätten sie zusammen gesehen ... Und das eine mit dem anderen, ich meine ..."
Der Böttcher sah zur Erde: „Ich meine, du solltest in diesen Tagen ... mehr mit uns anderen zusammenkommen ... um das Gerücht niederzuschlagen ..."
Er hob den Kopf und sah auf;
Heinrich war so weiß wie ein Tuch, und wie er dastand, hoch aufgerichtet, als sei er noch in des Kaisers Diensten, zitterte er am ganzen Körper.
„Wer hat uns gesehen?" sagte er.
Und im selben Augenblick begann auch der Böttcher zu zittern, leise, aber am ganzen Körper.
„Heinrich," sagte er, und es klang wie ein Schrei, der erstickt wurde.
Und er sagte sich – und sein Kopf schwindelte ihm und er fühlte den Fußboden nicht mehr und sah nicht die Wände –: Er hat es getan. Er hat sie getötet. Er ist es – er ist es, der sie ermordet hat.
„Wer hat uns gesehen?" fragte Heinrich wieder, als ob nur dieser eine Gedanke in seinem Hirn Raum habe.
Der Böttcher aber antwortete nicht. Er sah dem Schuhmacher nur ins Gesicht, und seine Stimme zitterte, als er sagte:
„Heinrich ... wie konntest du es tun?" Und kurz darauf sagte er und machte einige seltsame Armbewegungen, als schwämme er in einem unergründlichen Wasser:

„Wie ist es nur gekommen ... wie ist es nur gekommen, daß du es getan hast?“
Und ohne zu wissen, ohne zu bedenken, daß er damit alles gestand, sagte Schuhmacher Heinrich, indem er vor sich hin in das Unfaßbare und in ein ewiges Dunkel starrte:
„Ich weiß es nicht.“
Und ohne daß der Gedanke an Leugnen oder an einen Ausweg in seinem redlichen Gehirn aufstieg, das während vierzig Jahren nur gerade und brave Gedanken gedacht hatte, sagte er:
„Dann geh' ich also.“
„Wohin?“ fragte der Böttcher, und konnte das Wort kaum hervorbringen.
„Aufs Rathaus,“ sagte Heinrich.
Er öffnete die Tür zur Stube und sagte mit einer Stimme (wenn Tote sprechen könnten, würden sie gerade so sprechen – so tonlos und so deutlich):
„Ich gehe.“
Madam Heinrich fuhr vom Sofa in die Höhe:
„Du gehst?“ rief sie.
„Ja.“
Und der Schuhmacher wendete sich nicht um, und er sah nicht Weib und nicht Kind – und ging davon.
„Thomas, Thomas ...“, und sie stürzte auf den Böttcher los und rüttelte ihn am Arm, „Thomas!“ schrie Madam Heinrich, „wo geht er hin?“
„Ich kann es nicht sagen, ich kann es nicht sagen!“ rief der Böttcher und fiel über den Ladentisch, als sei er in der Mitte durchgebrochen.

– –

Und Schuhmacher Heinrich war zum Richter gekommen, der glaubte, daß der Mann verrückt, irrsinnig geworden sei ... und hatte gestanden.
Daß es über ihn gekommen sei wie eine Tollheit, wie ein Wahnwitz; wie ein Brand, der ihn wie eine Krankheit verzehrte; wie eine Gewalt, der man nicht widerstehen könne – ihr weißes Fleisch und ihr Mund. Und er konnte an nichts anderes denken, er wollte nur bei ihr sein ...
Und sie waren beieinander gewesen, niemand hatte etwas davon gewußt, denn sie waren vorsichtig:

„Und wir waren sehr glücklich!“ sagte er.
Und er fuhr fort zu erzählen, wo sie sich getroffen, und wie sie sich geliebt hätten. „Und wir waren sehr glücklich,“ sagte er zum Richter. „Aber dann kam ein junger Bursche aus Berlin, und sie ging mit ihm und sprach mit ihm – und all das andere ...“
„Und nachdem ich es gesehen hatte,“ sagte der Schuhmacher, „denn ich sah es ... da geschah es ...“
„Daß Sie, Schuhmacher Heinrich, Laura Hänckel erschlugen,“ sagte der Richter.
„Ja. Da erschlug ich sie.“
Der Richter war ganz bleich:
„Aber wie ist denn der verzweifelte Gedanke in Ihnen entstanden?“
„Er war da,“ sagte Heinrich.
„Aber wie ist er Ihnen gekommen, Mensch? Ihnen, der Sie Zeit Ihres Lebens rechtschaffen und ruhig und ehrbar gewesen sind?“
Derselbe Blick wie vorhin im Laden brannte in den Augen des Schuhmachers.
„Ich weiß es nicht,“ sagte er. Und etwas leiser fügte er hinzu:
„Woher kommt das Unglück, Herr Richter?“
... Sie führten den Arrestanten Heinrich hinaus.
Der Richter aber blieb sitzen und starrte in sein großes Gesetzbuch, als starre er auf die Buchstaben einer fremden Sprache, die er nicht zu deuten und deren Sinn er nicht zu fassen vermochte.

Die Zaghaften

Einleitung

Zwei Menschen, die sich lieben und die es sich nicht sagen können.

Nein, es will nicht heraus.

Dieses Thema habe ich häufig variiert, und aus triftigen Gründen, denn nichts bewundere ich bei anderen Dichtern mehr, als wenn sie die Liebenden weit und breit reden lassen. Meinem Ohr verblieb die Liebe stets stumm. Wie ich auch lauschte und lauschte und forschte und forschte: wenn zwei meiner Menschen liebten, dann konnten sie nie etwas sagen, weder er noch sie. Sie waren stumm, stumm wie die Fische. Und da sie stumm wurden, sobald sie liebten, wie sollten sie es da fertig bringen, es sich zu sagen.

Das hat mir stets Schwierigkeiten bereitet.

Und es mag vielleicht auch der Grund gewesen sein, weshalb ich nie Schauspiele geschrieben habe. Denn ich frage: gibt es ein Schauspiel ohne Liebe? und wie kann man eine Liebesszene schreiben, wenn beide Liebenden stumm sind?

Ich mußte die Schauspieldichtung fahren lassen – – – wenn auch der letzte Grund dazu vielleicht ein anderer war.

Ich kannte das Theater viel zu gut, um nicht zu wissen, daß die Bühne eine Welt für sich ist, eine Welt mit eigener Akustik, eigener Perspektive, eigenen Farben, eigenen Gesetzen. Und diese Gesetze sind unerbittlich. Der, der sie kennt und ihnen gehorcht – und während er ihnen bis zu einem gewissen Grade folgt, sie geschmeidig zu machen und ihre Grenzen zu erweitern versteht – dem lächeln sie und belohnen ihn mit Erfolg. Der, der ihrer spottet oder sie nicht kennt, kehrt als ein gebeugter Invalide heim.

Und was heißt es eigentlich, die Gesetze des Theaters zu kennen? Sie lernen, sie sich aneignen – kann niemand. Man muß den Instinkt dafür im Blute haben. Man ist Bühnenschriftsteller, oder man ist es nicht. Die Menschen, die ein Dichter schafft, sind entweder auf den schrägen Brettern geboren oder sie lernen es nie, sich darauf zu bewegen, so von dort zu sprechen, daß sie gehört werden, so zu atmen und zu leben, daß sie dem Auge des Zuschauers als lebend erscheinen.

Darum ist der heutige Sturmlauf auf das Theater so schicksalsschwanger für die meisten Schriftsteller.

Das Theater reizt und lockt.

Es führt schnell zu Ruhm. Nur *ein* Schauspiel das gefällt und man hat einen breiten Namen auf den breiten Lippen der Menge. Es führt schnell zu Geld. Die Theater sind zahlreich und ihre Prozente fallen wie ein linder und andauernder Regen auf Steine, die meistens dürsten.

Deshalb werden die Theater gestürmt – – auch von denen, die sich ihnen niemals nähern dürften: von den Romanschriftstellern.

Denn die Welt des Romans ist so verschieden von der der Bühne, wie der Himmel von der Erde. Sein Licht ist so verschieden von dem des Theaters, wie der Tagesschein vom Kuppelglanz. Die Menschen des Romans sind Wesen von ganz anderem Organismus, von anderer Natur, anderem Wuchs und anderer Größe. Die Perspektive des Romans ist eine andere und seine Lautverhältnisse sind andere.

Versucht einmal eine noch so „dramatische" Szene aus einem Roman auf der Bühne darstellen zu lassen, und sie wird – zum Erstaunen aller – so undramatisch sein wie ein Hering. Nimm nur eine einzige Replik aus einem Roman und sprich sie von den Brettern herab, und so prachtvoll sie auch im Roman wirkte, sie wird nicht über die Rampe zum Zuschauer gelangen.

Denn selbst der allerkleinste Teil eines wirklichen Romans ist als ein Teil des Romanorganismus geprägt und geboren, und ist etwas ganz Wesensverschiedenes von einem Schauspielorganismus.

So ist es.

Aber bei dem Wettlauf nach dem hastigen Namen und dem plötzlichen Geld wollen die meisten es nicht sehen. Novellisten und Romanciers setzen scharenweise mit einem Sprung über die Rampe und brechen sich den Hals im Orchester.

Wer aber nur dem einen lebt: das Beste zu geben, was er besitzt, der bleibt auf seinem ureigensten Gebiet. Er geht unverdrossen hinter

dem Pflug auf seinem eigenen Acker her und – läßt sich nicht verlocken.
Und ich glaube, daß sein „künstlerisches Gewissen“ ihn belohnt – –

„Nun aber heraus mit euch,“ sagte die Hofjägermeisterin und schob mit fester Hand die beiden Kinder aus dem Wintergarten hinaus, wo der brennende Weihnachtsbaum stand.
Paul und Else hatten nun auch schon eine ganze Stunde lang unter dem Weihnachtsbaum gespielt und sich gezankt, so daß sie den Baum fast umgerissen hatten.
„Jetzt geht ihr zu Bett,“ sprach die Mutter zu den Kindern, die leise weinten, während sie die Portiere zum Wintergarten halb zuzog.
Als die Kinder glücklich draußen waren, sagte sie zum Hofjägermeister, der behaglich in einem tiefen Lehnstuhl eine kleine Pfeife rauchte: „So, nun hab' ich dafür gesorgt, daß die beiden da drinnen allein sind. Wenn er es ihr doch sagen würde, Alfred ..!“
„Wetten, daß er *nichts* sagt,“ sprach der Hofjägermeister.
„Aber es ist doch zu lächerlich,“ sagte seine Frau – sie war von einer kleidsamen Fülle, über ihrem jungen Gesicht wölbte sich das leicht ergraute Haar; sie hatte den offenen Ausdruck derer, die es gut haben im Leben. „Es leuchtet ihnen ja nur so aus den Augen, aus dem Mund, aus dem Ganzen. Und dann sollte nichts draus werden?“
„Nee–e!“ sagte der Hofjägermeister.
„Und ich tue doch, was ich kann!“ Sie hatte sich ans Klavier gesetzt: „Erst haben wir Psalmen gesungen, was einem doch gleichsam das Herz löst, dann haben wir im Kreis um den Weihnachtsbaum herumgetanzt und schließlich haben wir Knallbonbons abgefeuert – ich weiß wirklich nicht, für wieviel Mark Liebe vom Konditor ... Aber Adele hat auch selbst Schuld.“
Die Hofjägermeisterin begann ein kleines, rührsames Lied zu spielen, dessen zärtlicher Text nicht gerade unbekannt war.
„Sieh, sieh,“ sagte der Hofjägermeister, „du akkompagnierst.“
Sie schwiegen beide eine Weile, während die Hofjägermeisterin fortfuhr zu spielen.
Dann sagte ihr Mann: „Im Verhältnis dazu haben *wir* es doch leicht gehabt.“
Seine Frau lächelte und schaute auf die Tasten hinunter.

„Ja," sagte sie, „Die Heufuhre war aber auch ein richtiger Fund. Ach, Alfred, du hättest dein eigenes Gesicht sehen sollen, als ich herabsprang und du mich auffingst und sagtest, als ob du einen Klos im Halse hättest: ‚Gnädiges Fräulein, darf ich Sie gleich behalten?'"

„Ja," meinte der Hofjägermeister, „dein Gesicht sah ich nicht, denn mir war's etwas schwarz vor Augen. Aber daß du nicktest, das konnte ich doch sehen."

„Ja."

Die gnädige Frau spielte vielleicht noch eine Schattierung weicher – spielte ihre eigene Erinnerung hinein, während die beiden drinnen vor dem Baum standen, schweigsam Seite an Seite.

„Nun brennen die Lichter herab." Er flüsterte es halb.

„Ja," antwortete sie, und ihre Arme hingen so seltsam hilflos an ihrer Seite: „Nun brennen sie herab."

Sie standen wieder schweigsam beieinander, während die Melodie noch immer klang.

„Alfred," sagte drinnen die Hofjägermeisterin: „Daß zwei Menschen so glücklich werden können wie wir beide" –

Und indem sie lächelte, fügte sie hinzu:

„So in aller Bescheidenheit glücklich, du!" – –

„Ich," sprach Fräulein Adele drinnen im Wintergarten, mit einer Stimme, die betrübt klang, „ich habe stets gefunden, daß wenn das letzte Licht am Weihnachtsabend verlöscht ist, dann ist Weihnachten überhaupt vorbei."

„Ja," antwortete Axel Bardenfleth, der noch immer an ihrer Seite stand, und er wurde plötzlich bleich, wie ein Reiter bleich wird, wenn er mit Anspannung über einen Graben setzen will.

Aber zwei Sekunden vergingen, oder drei, und Fräulein Adele, die bleich war wie Axel, lief zur Portiere und rief: „Ihr müßt doch das letzte Licht verlöschen sehen!"

„Er hat nichts gesagt," sagte der Hofjägermeister.

„Nein. Das ist klar."

Und kurz danach war der Weihnachtsbaum verlöscht.

„Es nützt nichts," sagte die Hofjägermeisterin, als sie in ihr Ankleidezimmer hinauf kam, wo ihr blonder Mann es sich auf einer Chaiselongue bequem gemacht hatte, „wir müssen am Neujahrsabend einen Ball geben!"

„Nein, wenn ich bitten darf," fuhr sie plötzlich auf und nahm dem Hofjägermeister die Pfeife aus dem Mund; „hier oben wird nicht geraucht."

– –

Es *wurde* ein Ball gegeben. Der Weihnachtsbaum stand im großen Kuppelsaal, von Chrysanthemum-Girlanden umzäunt, damit die Tanzenden ihn nicht umwerfen konnten.

Es war bei Tische. Die Hofjägermeisterin hatte ausnahmsweise die Weinkarte zusammengestellt. „Du weißt, Alfred, ich mische mich im allgemeinen nicht in deine Angelegenheiten, aber manchmal ist es nötig!"

Es war also bestimmt worden, daß es zum Dessert Malvoisier geben sollte, der seit dem Jahr 21 im Keller lagerte.

Das Tafeltuch war mit Rosen bestreut und die Champagnerpfropfen knallten. Die jungen Damen hatten ihre seidenen Schleppen über die Knie gelegt und die Junker hatten heiße Köpfe. Man konnte sein eigenes Wort nicht mehr verstehen und alle Herren wollten Reden halten.

„Liebste," sagte Frau Collett, die Herrn Axel und Fräulein Adele beobachtet hatte, zur Hofjägermeisterin: „Die beiden sitzen da wie ein paar Figuren in einem Wachskabinett."

„Ja!" antwortete die Hofjägermeisterin.

Frau Collett lachte: „Und selbst Puppen, du, kann man doch heutzutage zum Sprechen bringen. Meine Elise hat eine von Mama zu Weihnachten bekommen, die, weiß Gott, ganz deutlich *ja* und *nein* sagen kann!"

Die Hofjägermeisterin lachte mit: „Sie müssen aber an einer Schnur gezogen werden!"

„Na, mein Engel," sagte Frau Collett, „du schonst deine Finger wahrhaftig nicht!"

Unten am anderen Tischende wurde von Viergespannen gesprochen.

„Die Schimmel sind tadellos!" sagte Graf Wedel zu Frau von Bille.

„Ja," rief Herr von Bille quer über den Tisch 'rüber, „aber ich kann es ein für allemal nicht leiden, daß meine Frau auf der Landstraße Maskerade fährt!"

Es gab einen Lärm über Zweispänner und Troikas und Vierspänner, während Frau von Bille leicht gereizt sagte:

„Ich möchte nur wissen, wozu man Pferde hält, wenn man sie nicht gebrauchen will. Aber in diesem Punkte sind alle Männer unzurechnungsfähig."

Am andern Tischende wurde von Maskeraden gesprochen. Und Herr Bardenfleth, der nur unter hundert Worten eines verstand, sagte zu Fräulein Adele:
„Was wollen Sie sein?"
„Kolombine – wenn ich hingehe."
„Weshalb sollten Sie nicht hingehen?" Axel Bardenfleth hob seine Augenlider.
Die Hofjägermeisterin war erblaßt. Sie sah, daß ihr Mann *reden* wollte. Er war zehn Jahre Mitglied im Landtag gewesen und hatte keine dreißig Worte gesprochen.
Aber nun wollte er sprechen. Er stieg auf einen der vorväterlichen Eichenstühle.
„Ja, nun will ich, nun will ich eine Rede für die Damen halten," rief er. „Für die Damen" – der Hofjägermeister geriet schon ins Stocken und stand hilflos, das Glas in der Hand, puterrot im Kopf, auf dem ererbten Stuhl, „denn, um wen anders, als um die Frauen dreht sich alles ... und überhaupt ..."
„Und überhaupt, Gutenacht!" rief seine Frau, während der Hofjäger noch einiges zurechtstotterte, und alle lachten.
„Als er das letzte Mal eine Rede hielt, Gott steh mir bei, war es im Landtag für *Butter*!" lachte Graf Wedel.
Aber die Damen riefen im Chor: „Nein, nein, er will eine Rede für *uns* halten!"
„Ja!" sagte der Hausherr von seinem Stuhl herunter. Und mit einem gewaltigen Anlauf endete er: „Also die Damen, sie leben hoch! Es gibt beileibe kein einzige, die nicht weiß, was sie wert ist!"
Axel Bardenfleths Blick hatte sich auf Adeles schlanke Formen geheftet, als wolle er sie für alle Ewigkeit wie ein goldenes Bild in seinem Geist aufbewahren.
Die Hofjägermeisterin aber hatte eine Handvoll Rosen von der Damastdecke zusammengerafft und sagte:
„Jetzt wollen wir bombardieren!"
Und sie warf ihrem Mann die Rosen gerade ins Gesicht.
„Ja, du bist mir der Rechte," sagte sie und lachte ihm zu.
Und die Rosen flogen über den Tisch, durch das Licht der Kandelaber, durch die erhitzte Luft – während einige der Junker den Dienern die Champagnerflaschen aus der Hand nahmen, so daß die Pfropfen bis an die gewölbte Decke sprangen.

Die Lichter flackerten, von den Stengeln der Rosen getroffen, die Pfropfen flogen übermütig gegen das alte Gestein des Schlosses.
Jetzt fiel eine Rose in Adelens Schoß.
„Adele, Adele!“ rief Frau Collett, „siehst du nicht die Rose?“
„Doch, Tante, doch!“ antwortete Fräulein Adele und nahm sie auf und befestigte sie verwirrt an ihrer Brust.
„Na, die ist doch wenigstens an den rechten Platz gekommen,“ sagte Frau Collett.
Die Tafel wurde aufgehoben. Das Lachen tönte durch das ganze Treppenhaus. Die Rosen hatten hier und dort in den Haaren der Damen Platz gefunden, als man sich zum Kotillon zusammenfand.
Während der verschiedenen Touren ließ die Hofjägermeisterin die Lichter am Weihnachtsbaum auslöschen. Nur an den Wänden leuchteten noch vereinzelte Kerzen.
Bei der letzten Tour mußten die Herren über eine ausgespannte Seidenschnur springen.
Sie sprangen im Halbdunkel vor Fräulein Adele. Die Dunkelheit hob ihre Gestalt. In ihrem weißen Kleide mit dem feinen Goldstreifen stand sie da, wartete sie, blaß und schlank, vor der ausgespannten Schnur.
Die Herren erreichten sie und wurden fortgeschickt mit einem Lächeln, das man im Dunkeln kaum sah.
Zuletzt kam Bardenfleth. Er sprang viel zu hoch, als solle er über ein Pferd springen. Dann stolperte er, wurde verwirrt, sprang wieder, viel zu niedrig.
„Gott, was spielt er für eine komische Figur,“ sagte die Hofjägermeisterin.
Und Adele stand verwirrt, und der Kotillon war zu Ende.
„Ja, er hat wirklich Pech!“ lachte der Hofjägermeister.
Als alle Gäste des Balles fortgefahren waren, und die Gäste des Hauses bereits in ihren Betten lagen, saß Fräulein Adele noch im Wohnzimmer am Klavier. Nur ein einziger Kandelaber brannte. Die Hofjägermeisterin saß in einer Ecke, während ihre junge Schwester spielte. Das Spiel wurde immer langsamer und langsamer, es füllte das Zimmer wie mit einem wehen, schwermütigen Laut. Drüben in der anderen Ecke, wo es ganz dunkel war, saß der Hofjägermeister und Herr Bardenfleth.
Fräulein Adele fuhr fort zu spielen, während ihre Schwester zu ihr trat.
„Kind, Kind!“ sagte sie und flüsterte ganz leise, während sie Adelens Kopf an ihre Brust zog ... „da sitzt sie wahrhaftig und *weint*!“

Der Hofjägermeister aber, der lange seine Stiefel betrachtet hatte, sah plötzlich zu Herrn Bardenfleth auf und sagte halblaut: „Axel, Sie sind ein Klotz!"
Kurz darauf war es im ganzen Hause still.

– –

Als der Hofjägermeister am Heiligendreikönigstag in den Eßsaal trat, fand er seine Frau zwischen Körben mit Konfetti begraben.
„Darf ich fragen, ob du verrückt geworden bist?" fragte der Hofjägermeister.
„Lieber Schatz," sagte seine Frau, „wir geben ein Fest für die Gutskinder heute Abend. Und zünden den Baum zum *dritten* Mal an."
„Hm."
„Und weißt du," meinte die Hofjägermeisterin, „dabei ist es immer so furchtbar amüsant mit Konfetti!"
„Ja, und außerdem fängt der Kram Feuer!" antwortete der Hofjägermeister.
Seine Frau lachte: „Das soll er ja auch gerade!" Und sie warf nach ihm mit einer Serpentine und sagte dann: „Nein, aber ernsthaft du, wir *müssen* tun, was wir können. Bardenfleth ist nun seit Neujahr jeden Tag auf die Jagd gegangen, ohne auch nur *einen* lumpigen Hasen mit nach Hause zu bringen."
„Ja, es ist fatal. Na, sieh zu, was du mit deinen Serpentinen ausrichten kannst."
Er schwieg eine Weile, dann sagte er: „Weißt du, du solltest Adele lieber um Axel anhalten lassen!"
„Lieber Jäger," erwiederte seine Frau, die noch immer mit den Serpentinen spielte, „Adele ist scheu wie eine Lerche."
Es wurde Abend, und alle Gutskinder jubelten und sprangen, von dem weißen Schnee des Konfettis überpudert.
Die Serpentinen flogen durch die Luft und fingen sich in den Lichtern des Weihnachtsbaumes.
„Hallo, jetzt gibt's Rauch!" Der Hofjägermeister sagte es, indes die Verwalter des Gutes in den andern Zimmern ehrerbietig Amontillado tranken.
„Jetzt bilden wir eine Kette!" rief die Hofjägermeisterin. „Hand in Hand, Hand in Hand. So–o, Kinder, so ist's recht, Kinder."
Sie kettete die Kinder zusammen.

Und plötzlich sagte sie zu Bardenfleth, der wie eine Säule dastand: „Himmel, Axel Bardenfleth, da steht ja noch Adele!“
Axel und Adele waren die letzten. Die Kette flog im Kreise und die Serpentinen flogen durch die Luft.
Jetzt riß die Kette.
Und plötzlich, ohne zu wissen, was er tat, während seine Augen feucht wurden, entweder vor Angst, oder vor übergroßem Glück, schlang Axel Bardenfleth seine rosenrote Serpentine um Adelens Taille und sagte:
„Gnädiges Fräulein, darf ich Sie gleich so behalten?“
Eine Sekunde stand Adele stumm ...
Dann hob sie ihr Antlitz zu ihm auf und sagte ganz leise:
„Haben Sie es denn nicht schon lange gewußt?“
Aber die Hofjägermeisterin, die alles gesehen hatte und sich – bums! – in einen Stuhl fallen ließ, rief zu ihrem Mann hinüber:
„Alfred, alle Kinder müssen einen Schwips bekommen!“

– –

Es war etwas spät, als die gnädige Frau zu ihrem Mann hinaufkam.
„Na, es ist also endlich erreicht,“ meinte er. „Gott sei gelobt und gedankt, nun bekommen wir doch endlich wieder Ruhe im Hause!“
Der Hofjägermeister saß noch eine Weile auf der Chaiselongue, ehe er fragte:
„*Wie* hat er es ihr denn gesagt?“
Seine Frau lachte: „Alfred, das rätst du nie!“
„Nö, – ich hab kein Talent zum raten!“
Die Hofjägermeisterin aber ging dicht zu ihrem Mann hin, nahm seinen breiten Kopf zwischen ihre Hände und sagte:
„Er umwickelte sie mit einer Serpentine und dann flüsterte er: ‚Gnädiges Fräulein, darf ich Sie gleich so behalten?‘“
„I, da hört sich doch verschiedenes auf!“
Seine Frau ließ ihn los und ging auf einen kleinen Schrank zu.
„Was machst du denn da?“ fragte der Hofjägermeister.
„Ich zünde deine Pfeife an!“

Ein Sommernachtstraum
Eine Erinnerung an Erika Nissen

Einleitung

Berühmtheit.
Es gibt kein Wort, das meiner Zunge unangenehmer schmeckt als dieses. Eine Seifenblase hat mehr Wirklichkeit und eine Lüge von Gascogne mehr Wahrheit.
In einer Zeit, in der alles Fabrikbetrieb geworden ist, wird auch die menschliche Berühmtheit wie ein seidenartiger Baumwollenstoff meterweise fabriziert und Berühmtheiten werden schockweise wie nachgemachte Kuriositäten angefertigt. Unsere geschäftigen Webstühle fabrizieren mehr baumwollene Berühmtheit in sechs Monaten, als Hellas in einem Jahrhundert prägte und unsere Drechslerbänke, die mit Dampf gehen, drechseln mehr Berühmtheiten in einer einzigen Hauptstadt, als es Pierrots auf einem Karneval in Nizza gibt oder Fürsten in Grusien.
Berühmtheiten.
Es gibt mehr Meister unter den Malern als Schwindler an der Börse. Es gibt mehr Genies unter den Dichtern, in dieser Zeit, wo die großen Dichter tot sind, als Perlen um den Hals eines Rajahs oder Ungeziefer in Venedig. Man kann mehr Weltberühmtheiten auf den Konzerttribünen der Welt sehen, als rote Kopftücher auf einem schwedischen Jahrmarkt.
Berühmtheiten.
Der Tag ist Fabrikbesitzer, die Reklame tritt den Blasebalg und die Presse ist der Ofen, in dem „gebrannt" wird.
Berühmtheit.
Das war einst ein großes Ziel oder nicht einmal das – denn die, die Berühmtheit erlangten, wußten es selbst kaum. Sie arbeiteten, sie schufen, sie bereicherten die Menschheit, und eines schönen Tages *waren* sie berühmt. Die Berühmtheit war die Krönung der Welt, für ihr Werk und ihre Laufbahn.

Die Zeiten haben sich geändert und heutzutage ist „Berühmtheit" ein Teil des Geschäftes.
Jeder muß damit beginnen, genannt und gesehen zu werden. Denn was sollten wohl die Verleger, die sogar die *Genannten* schlecht bezahlen, einem Ungenannten geben? Wer betrachtet auf Galerien, wo Hunderte mit Namen ausstellen, das Bild eines Ärmsten, der ohne Namen ist? Wo „Sterne" vor Tausenden von Freibilletts singen oder sich die Finger wund spielen, kann doch ein Unbekannter auf nichts anderes als auf leere Bänke rechnen?
Nein, nein, wo alles berühmt ist, muß ich es auch sein.
Ich muß vom ersten Tage an genannt sein oder – lieber noch früher. Ein Name muß „gemacht" werden, und es gibt Helfer genug. Es gibt ganze Scharen, die von der Kunst leben und der Kunst dienen und ihre Stiefel putzen.
Da sind die Verleger und die literarischen Gesellschaften, die Impresarios und die Zeitungs- und Zeitschriftenredakteure, die Kunsthändler und Kunstsalonbesitzer, die Agenten, die Interviewer und die Reporter, die Konzertbureaus und die Photographen, die Postkarten und Riesenplakate, die Privattelegramme, die Wohltätigkeitsfeste und die Lorbeerkränze.
Die Verleger verschicken Prospekte mit Bildern des Autors von seinem siebenten Jahre an. Die Zeitschriftredakteure geben den Romanschriftstellern ein Adjektiv mit auf den Weg, das dafür das Portemonnaie des Herausgebers schont. Der Zeitungschef rühmt seinen Feuilletonist, um gleichzeitig sein eigenes Blatt zu loben. Die Impresarios senden Broschüren aus, Lebensbeschreibungen und zehn Plakate. Die Agenten überbieten sie. Sie senden ganze Albums aus. Interviewer melden sich. Müssen die nicht auch leben? Die Kunsthändler veranstalten „Kollektivausstellungen". Das Jahr ist lang und ihre Wände müssen jeden Monat gefüllt werden. Die Konzertbureaus, die im Schweiße ihres Angesichtes für nur zehn Prozent arbeiten, nähen Berühmtheiten von Gumbinnen und Kottbus zusammen, um zehn Prozent in Frankfurt an der Oder zu erlangen.
Die Berühmtheit wird erreicht, der Berühmte ist geschaffen.
Und er hilft selbst mit.
Bei diesem ungeheuren Hexentanz von Schwindel, unter Begleitung von Trompetenstößen, wird eine ganz neue Art von Künstlern

geschaffen, deren Leben aus „Arbeit für ihre Sachen“ besteht. Sie schonen keine Treppen, um eine Notiz zu erreichen. Sie laufen Türen ein wegen einer Kritik. Sie antichambrieren wegen einer Auszeichnung. Sie lernen ein Gewehr richtig halten, um an einer Hofjagd in Bückeburg teilzunehmen. Sie lassen sich photographieren, während sie Rollen einstudieren, sie lassen sich im Kreise ihrer Familie malen, sie renommieren mit ihrer Frau, ihren Kindern und ihren Alpenstiefeln. Wenn sie Maler sind, dichten sie, und wenn sie Bildhauer sind, fangen sie an zu malen. Wenn sie sich aufs Dichten verstehen, tragen sie ihre Verse vor, worauf sie sich nicht verstehen, und wenn sie Helden auf einem Klavier sind, nehmen sie an Automobil-Wettfahrten teil. Um genannt zu werden, sind sie überall, nur nicht in ihrer Kunst. Sie werden heiser, weil sie ihren eigenen Namen unablässig wiederholen und in ihrem rasenden Lauf schlottern ihnen die Trommelschlägel in ihren Rocktaschen um die Beine.

Sie erreichen es. Sie erreichen es: Sie werden berühmt – in ihrem eigenen Scrap-book.

Sie haben ihre Zeitungsberühmtheit erreicht, die ihre Verleger, ihre Impresarios, ihre Kunsthändler in Goldschnitt einbinden und zu „Weltberühmtheit“ machen.

Eine Weltberühmtheit mehr.

Die Kunst aber siecht dahin. Während die großen Maler gestorben sind, ohne Nachfolger zu finden. Während Rodin in Einsamkeit altert. Während man in Guy de Maupassants Vaterland, einen Anatole France auf den Thron gesetzt hat, der nicht leer stehen darf. Während die Regisseure für die selbständigen Menschendarsteller, die verschwunden sind, eintreten. Während Komposition Hausfleiß für Kapellmeister und Gesang eine Kunst geworden ist, die man vergessen hat, stoßen wir bei unserem Leichdornoperateur auf Berühmtheit und begegnen eher zehn Genies als einem vernünftigen Menschen.

Ach ja, mein alter Impresario hatte recht. Die Zeiten haben ihm in seinem Grabe recht gegeben:

„Mein Herr,“ sagte er und schrie, als ob er ein Wagnerorchester übertäuben müßte: „Mein Herr, ich bin müde. Was sind das für Zeiten? Man wird schließlich Schweine mit Weltberühmtheit füttern. Mein Herr, in zwanzig Jahren gebe ich keine zwei Schillinge mehr für eine Weltberühmtheit.“

Berühmtheit. Berühmtheiten.
Zehn Jahre werden grausamer gegen unsere Papierberühmtheiten sein, als ein Jahrhundert gegen die Berühmtheiten unserer Vorfahren.
Und doch werden wir alle von derselben Jagd, zu denselben Trommelwirbeln und derselben bittren Leere mit fortgerissen.
Sie nicht, Sie nicht, tote Freundin, deren Namen ich über diese Zeilen setzte – hier über diesen „Sommernachtstraum", auf den Ihre Worte von damals so grausam passen.
Sie waren einst, Erika, so berühmt in der Welt, wie nur die Großen es werden. Die weiten Wege und die weite Welt wartete auf Sie mit tausend Rosen. Sie aber wählten die Arbeit und das Vaterland. Sie zogen heimwärts und erzogen Norwegen, Ihr junges Vaterland, zu der Kunst, die Ihre ureigenste war und in der Sie eine der Mächtigsten wurden, die ich je gekannt habe. Und hinter einer Orgel verborgen, weihte Ihr Genie, Sonntag für Sonntag, Jahr um Jahr, die stille Andacht der Gemeinde.
Wieviele glückliche Stunden habe ich Ihnen zu danken!
Wieviele tiefe Worte aus Ihrem Munde trafen mich bis ins innerste Herz.
Auch jenes Wort, das auf den „Sommernachtstraum" paßt:
„Wie grausam sind Sie gegen Menschen, mein Freund," sagte sie. „Sie ziehen selbst ihre Freude ins Lächerliche und zeigen ihnen, wie gering dieselbe ist ..."
Sie hatten recht, tote Freundin.
Im Leben der Armen deucht mich ihre Freude das ärmste, ihr kurzes Genießen das armseligste von allem zu sein.

Es war Hochsommer, aber es regnete in solchen Strömen, daß der Sand der Wege hoch aufspritzte.
Ich stand mit dem Portier im Vestibül des Hotels „Marienlust" bei Kopenhagen.
„Na," meinte der Portier, „heute brauchen wir wohl keine Gäste zu erwarten. Nur gut, daß das Hotel schon gut besetzt ist."
Er sagte die letzten Worte in einem Ton, als wäre es ihm eigentlich rasend gleichgültig, ob Reisende kämen oder gingen, ob die Etagen leer stünden oder besetzt wären.

Der Portier war ein erfahrener Mann, der sein Leben damit verbrachte, im Herbst nach Nizza zu ziehen und im Hotel des Princes auf einem Portierstuhl zu sitzen und im Frühjahr seinen Kurs gen Norden zu steuern, um in einem Badeort am Sund einen ähnlichen Stuhl in Besitz zu nehmen.

Auf diesen Fahrten und von diesen Stühlen aus hatte er viele Menschen gesehen, viele Dinge und viel Seltsames. Und da er ein kluger Mann war, hatte er schließlich stark herabgezogene Mundwinkel bekommen und einen Blick hinter seinem Kneifer, der Mitleid mit der Mannigfaltigkeit der Menschheit auszudrücken schien. Er taxierte nicht nur die Koffer, sondern auch deren Besitzer, und er behandelte die Reisenden nicht nach den Trinkgeldern, sondern nach einem eigenen geheimen und vielleicht moralischen Maßstab.

Wir sahen den leeren Hotelwagen durch die Allee herangefahren kommen, und der Portier hatte sich schon umgewandt, um in seine Loge zurückzugehen, als ich ausrief:

„Portier, es ist doch jemand mit!"

Und wir sahen beide ein junges Paar, das verschüchtert unter dem Verdeck des Wagens saß, dicht aneinandergedrückt, wie zwei Vögel in einem Nest.

Oben auf dem Kutschbock lag ein kleiner, ach, ein ganz kleiner Koffer.

Sie stiegen aus.

Der Herr war groß, schlank, dunkeläugig, mit einem Regenmantel. Die Dame war klein, dünn in einem Musselinkleid, ohne Mantel, mit einem allerliebsten, verlegenen Gesichtchen.

Der Herr fragte auf deutsch:

„Können wir ein Zimmer bekommen?"

„Sehr wohl," antwortete der Portier.

„Für eine Nacht?" fragte er leise, während ein Blick über die vergoldeten Treppengeländer der Halle schweifte.

„Sehr wohl," sagte der Portier.

„Aber oben," sagte er.

„Sehr wohl," sagte der Portier.

„Ganz oben," sagte sie und wagte vor Verlegenheit weder rechts noch links zu sehen.

„Sehr wohl," sagte der Portier.

Piccolos in blauen Jacketts mit Goldknöpfen, Hausknechte mit blauen Westen und rotgestreiften Jacken und Kellner in schwarzen Fracks mit goldenen Nummern auf den Aufschlägen waren zusammengeströmt. Die beiden zögerten noch und warfen einen langen Blick über die dunkelroten Teppiche.

Dann sagte er, wie ein Mann, der einen Entschluß gefaßt hat:

„Und was kostet ein Zimmer für – – – eine Nacht?"

„Sechs Kronen," sagte der Portier.

„Sechs Kronen," wiederholte der Herr und öffnete den Mund weit, während ein Ruck durch den Regenmantel ging.

„Sehr wohl!" antwortete der Portier, der sie mit den freundlichen Augen eines Onkels betrachtete.

Der Herr zögerte einen Augenblick.

Die kleine Dame aber sagte ganz leise in einem bittenden Ton:

„Friedrich, laß uns bleiben. Es ist so schön hier."

„Na gut. Bleiben wir."

Und der kleine Koffer wurde die breiten und königlichen Treppen hinaufgetragen, während die beiden Arm in Arm nachfolgten.

Sie gingen so hübsch im Takt auf den weinroten Läufern.

Der Portier, der noch immer mit demselben Blick hinter seinem Kneifer hervorsah, sagte:

„Hochzeitsreisende."

Und als der Meldezettel hinunterkam, sah ich, daß er Oberlehrer war und sie seine Frau.

Ich saß in einem der Korbsessel im Vestibül, als das junge Paar die Treppe wieder herunterstieg.

Sie hatte ein Kape umgeschlagen, so ein bescheidenes Ding, wie Ladenmädchen es zu tragen pflegen, wenn sie morgens ins Geschäft laufen.

Es regnete unaufhaltsam weiter. Sie standen und sahen in den strömenden Regen hinaus.

Dann sagte sie, indem sie sich fest an ihn schmiegte:

„Laß uns trotzdem gehen. Hamlets Grab müssen wir doch sehen. Und Friedrich" – sie schaute strahlend zu ihm auf – „es macht ja gar nichts, daß es regnet!"

Und sie gingen, dicht nebeneinander, unter einem Regenschirm durch den strömenden Regen – zu Hamlets, des Prinzen von Dänemark, Grab.

Der Portier sah ihnen nach.

„Weshalb sollte man sie in Verlegenheit bringen, indem man ihnen sagt, daß sie einen Wagen bekommen können?“ murmelte er vor sich hin.

Aber auch ich ging in den Regen hinaus – auf einem anderen Wege zu dem Steinhaufen, der sich Hamlets Grab nennt.

Das Paar war schon angelangt.

Sie standen unter ihrem Regenschirm und betrachteten die nassen Steine:

„Wie ist es hübsch!“ sagte sie.

Und noch lange blieben sie stehen, während es von allen Bäumen herabströmte, und schauten auf die Steine und dachten an die Sage von der Liebe, die Sage von Prinz Hamlet und des Polonius Tochter.

Ich ging nach Hause.

Aber den ganzen Tag über sah ich, so oft ich den Kopf von meiner Arbeit hob, zwei Menschen unter ihrem Regenschirm durch die langen Alleen im Regen wandern.

Es war der Oberlehrer und seine Frau.

Und jedesmal, wenn ich sie sah, wünschte ich – es gibt nun mal Augenblicke, wo wir Menschen sentimental werden – daß der gute Gott doch seine Sonne nur ein paar Stunden lang scheinen lassen möge, allein dieser beiden Menschen wegen.

Und wirklich: der Regen hörte auf.

Eine Stunde lang lag der Park im Sonnenschein, und all die regenschweren Blätter schimmerten. Und das Meer war von einem Blau, wie wir es sonst nur in unseren Träumen zu sehen bekommen.

Plötzlich sah ich von meinem Balkon aus die kleine Frau des Oberlehrers quer über das nasse Gras der Rasen auf die Ophelia-Quelle zugehen.

Sie erreichte ihr Ziel und sie rief (mit hochaufgeschürzten Röcken stand sie; was hatte sie für reizende Füßchen):

„Friedrich, Friedrich!“

Ihr Mann kam ihr nach, und zusammen betrachteten sie die Ophelia-Quelle, die die Badedirektion nur Sonntags sprudeln läßt.

Aber aneinandergelehnt schauten sie glücklich über die Quelle hinweg und dachten an die schöne Sage, die Sage von der Liebe.

Als die Dinerzeit kam, saßen sie in der entferntesten Ecke, halb verborgen von den goldenroten Portieren, an einem kleinen blumengedeckten Tische.

Eine Flasche Rotwein hatten sie sich spendiert.
Sie aßen langsam, stießen miteinander an, aßen wieder – alles ganz langsam und zögernd, als fürchteten sie, daß ein schönes Märchen ein allzu schnelles Ende nehmen könne.
Aber ich, der ich den Dirigenten der kleinen Musikkapelle kannte, ging zu ihm hin und bat ihn, den „Liebestod" aus „Tristan und Isolde" zu spielen.
„Gott bewahre," sagte der Kapellmeister, „man spielt doch nicht Wagner als Tafelmusik!"
Aber ich bestand darauf.
„Tun Sie es trotzdem, man weiß nie, wen man damit erfreuen kann."
Und ich ging; aber der Kapellmeister narrte mich: kurz darauf klangen die Töne des Hochzeitsmarsches aus dem „Sommernachtstraum" durch den Saal.
Durch die Glaswand des Eßsaals beobachtete ich die beiden. Sie lächelten mit wiegenden Köpfen, während ihre Augen ineinander ruhten.
Und als er sein Glas erhob, verschüttete sie etwas von ihrem Wein – so zitterte ihre Hand.
Aber rundumher übertönte das Klappern von Tellern und das Rascheln von Kleidern und das gleichgültige Gerede von gleichgültigen Menschen die Töne des Hochzeitsmarsches, den die Masse nicht hörte, nicht kannte oder vergessen hatte.
Die junge Frau hatte ihr Glas wieder hingesetzt. Mit leuchtenden Augen starrte sie ins Weite, während noch immer der Hochzeitsmarsch erklang, das schöne Lied von der Liebe.
Bis sie sich plötzlich über die Blumenvase beugte, ein Tausendschön herauszog und es dem Herrn Oberlehrer ins Knopfloch steckte ...
Draußen regnete es wieder. Von grauen Nebeln eingehüllt, kaum erkennbar lag die schwedische Küste.
Abends war die Promenade ganz öde.
Nur Zwei standen draußen im Regen und schauten zu dem leuchtenden Helsingborg hinüber.
Dann gingen auch sie hinein.
Der Oberlehrer und seine Frau traten in das Vestibül, wo Damen in Seidentoiletten die Zeit in den großen Korbstühlen vergähnten, während die strahlenden Lampen und die schimmernden Geländer, die Palmengruppen und die Töne der Musik ihren trägen Überdruß nur

noch zu erhöhen schienen, und die Herren pafften langsame Wolken aus ihren schläfrigen Zigaretten.
Die junge Frau des Oberlehrers aber sagte leise:
„Friedrich, wie ist es hier schön."
Und noch leiser flüsterte sie:
„Dank."
Am nächsten Morgen, als ich mir meine Post holte, kam der Hotelwagen gerade vorgefahren.
Es regnete wieder.
Ein Hausknecht trug einen Koffer hinunter. Hinterher kamen der Oberlehrer und seine Frau.
Der Portier war nirgends zu sehen.
Die jungen Leute nahmen im Wagen Platz und fuhren ab. Als sie eben fort waren, kam der Portier zum Vorschein.
Er sah dem Wagen nach:
„Gott weiß, in welche Öde die jetzt ziehen," sagte er.
„Ja," antwortete ich und sah in den Regen hinaus:
„Wer weiß."
Und kurz darauf sagte der Portier:
„Tja, jeder Traum ist kurz!"

Die Raben

Einleitung

Das letzte Blatt der Mappe sind „Die Raben".
Eine Kohlenzeichnung, eine Skizze, ein Entwurf.
Ein Entwurf zu einem Roman – einem Roman, der nie geschrieben werden wird.
Tante Viktorias Erben sind die Personen zu dem Kopenhagener Roman, der seit vielen Jahren in meinem Kopfe gelebt hat und der nie irgendwo anders leben wird.
Um Rundschau über diese Herren und Damen zu halten, die mich nicht in Ruhe ließen, plazierte ich sie eines Tages um Tante Viktorias Mittagstisch.
Natürlich um einen Mittagstisch, höre ich bereits sagen.
„Wie viele Mittagsgesellschaften haben Sie bereits arrangiert, bester Herr Bang? Man kann kein Buch von Ihnen aufschlagen, wo die Leute nicht bereit sind, zu Tisch zu gehen, wo der Diener die Suppe hereinbringt und Menschen Nahrung zu sich nehmen."
Sehr richtig. Ich habe meine Diners nicht gezählt, aber es ist eine stattliche Anzahl. Doch habe ich in meinen Romanen auch Bälle gegeben, Fünfuhr-Tees, Empfänge und Premieren.
Ehrlich gesagt, wie hätte ich es vermeiden können?
Wie anders sollte ein Romanschriftsteller Menschen treffen (sie treffen und entschleiern) als dort, wo sie zusammenkommen? Der, der aus tiefster Seele weiß, daß es einem nur dann gelingt, Menschen zu schildern, wenn man sie nicht von dem Leben, das täglich gelebt wird, losreißt, sondern indem man sie mitten ins Alltagsleben hineinpflanzt, – der wird notgedrungen, Mal für Mal, denselben äußeren Apparat und dieselben Szenen wiederholen ... aus dem einfachen Grunde, weil das Leben sie wiederholt.
Und wie sollte es möglich sein, Wahrheit in der Kunst des Romans zu erreichen, wenn wir unsere Menschen nicht an das unveränderliche und unerbittliche Alltagsleben binden?

Ist es nicht das Alltagsleben, das durch unsere Freude Flügel erhält? Das Alltagsleben, dessen langsame Arbeit wir trotz unseres Kummers verrichten und dessen Pflichten wir erfüllen müssen, wenn unser Herz auch voll Tränen ist und dessen Räder sich durch unseren Schmerz keinen Einhalt tun lassen. Über das ewige und graue Pult des Lebens gebeugt, müssen wir in den „Büchern" weiterlesen, selbst wenn die Zahlen vor unseren tränengeblendeten Augen verschwimmen.

Unser Leben zittert, atmet und lebt im Alltagsleben. Alle in Wahrheit großen Künstler des Romans haben es bewiesen. Weil Honoré de Balzac seine Comédie Humaine mitten in den Tag hineinbaute, wurde das Bauwerk ewig. Gogols tägliches Rußland ist Rußlands unvergängliches Bild geworden. Weshalb wird Emma Bovary sonst Jahrhunderte lang leben? Weil sie die Frau des Apothekers in einem Flecken war und der Drechsler ihr gegenüber wohnte und ihr Schicksal sich erfüllte und ihr Jubel Sterben wurde ... während das Leben ganz linde für die Welt und für sie selbst dahinglitt.

Das Alltagsleben ist das Element, in dem wir atmen. Seine kleinen Begebenheiten sind die Strahlen für unseren Schmerz und für unsere Freude.

Alle Dichter, die ihre Menschen vom Leben fort auf eine verzauberte Insel bringen, schaffen nur eine Fiktion und ein Traumbild. Sie wollen uns den Menschen in seinen reinen Linien und vom Zufall befreit zeigen. Sie erreichen nichts weiter als uns eine Abstraktion zu zeigen – ein Schattenspiel auf einem weißen Tuch.

Nein, mögen Tante Viktorias Verwandte nur ruhig zu Tisch gehen.

Wenn sie aus ihren Droschken oder Straßenbahnen, aus ihren Equipagen oder zu Fuß ankommen, bringen sie den Staub der Straßen und ihre Pläne mit sich, den Klatsch des Tages, ihre Laster und Kämpfe, ihr nutzloses Streben und die Nichtigkeit des Augenblicks – alles bringen sie mit in ihren Pompadours und in dem Zipfel ihres seidenen Taschentuches, das sie in ihren Manschetten verbergen. ...

Alles bringen sie von draußen aus dem Alltag, der das Leben ist, mit sich.

Und wenn sie zu Tisch gegangen sind, verraten sie sich, wie wir uns alle demjenigen verraten, der sehen kann.

Sehen können ... Ja, das ist das ganze Geheimnis der Kunst.

Die Aufwartefrau Madam Jensen ließ zum drittenmal ihre Arbeit im Stich – sie war beim Herausnehmen und Abreiben der Gläser – und begab sich in die Küche. Wenn Madam Jensen in Tätigkeit war, hatte sie einen Appetit, der sie alle Viertelstunden in Eßwaren Stärkung suchen ließ. Sie besaß eine ausgeprägte Vorliebe für Saucen, die sie mit einem Messer aus den gebrauchten Töpfen der Köchin schabte.

Im Schutze des Schornsteins stehend, wurde sie in dieser Beschäftigung gestört, indem es zweimal heftig klingelte.

„Da ist das Ungeheuer," sagte die Mamsell, die Sellerie schälte: „Öffnen Sie ihr die Tür."

Madam Jensen ging durch die Wohnung, wobei sie ganz merkwürdig in ihren vielen Röcken segelte. Es klingelte wieder, bevor sie die Tür erreicht hatte und sie öffnen konnte.

Fräulein Sejer stand auf dem Flur.

„Die Glocke klingelt wohl nicht," sagte sie und schob ihre affenartigen Lippen vor, bevor sie sich zu dem Jungen des Weinhändlers wandte, der einen Korb mit Flaschen schleppte:

„Hier herein, Freundchen, hier herein," sagte sie und bewegte ihre zehn Finger unruhig vor sich hin. In den grauen und weiten Handschuhen glichen sie eifrigen Klauen.

Der Junge setzte den Korb im Entree ab und wartete einen Augenblick, während Fräulein Sejer ihn mit matt funkelnden Augen betrachtete:

„Nun? Adieu, mein Freund," sagte sie und zu Madam Jensen gewendet fügte sie hinzu:

„Öffnen Sie ihm die Tür, Sie" – und dann ging sie hinein. Die Perlen ihres Umhanges rasselten, während sie durch die Zimmer und in die Küche ging. Mit *einem* Blick überflogen ihre grauen Augen, die scharf waren, obgleich sie rannen, alle Töpfe.

„Aha, hier wird geschabt," und sie lachte zweimal kurz auf, daß es wie ein böser Husten klang.

„Ich bin selbst mit dem Wein gekommen," sagte Fräulein Sejer und fuhr fort zu lachen, während die verwachsene Schulter sich unter den schlenkernden Perlen auf und nieder bewegte –: „wer wird so dumm sein und hinter seinem Rücken den Wein vertauschen lassen?"

Die Mamsell antwortete nicht und fuhr nur fort zu schälen.

„Bringen Sie mir die Etiketten des Kammerrats“, sagte Fräulein Sejer, „und Kleister“.

Darauf kehrte sie ins Eßzimmer zurück, wo Madam Jensen das Porzellan abrieb. Sie stellte die etikettenlosen Flaschen auf den Tisch und begann, während die verwachsene Schulter sich auf und niederschob, wie bei einer Katze, die sich vor Behagen schüttelt, die alten und vergilbten Château-Etiketten ihres Vaters, des Kammerrates, auf die aufgereihten Flaschen zu kleben.

„Das hilft dem Geschmack nämlich etwas nach, meine Liebe“, sagte sie, während sie fortfuhr, zu kleistern, wobei sie das zähe Mehl zwischen ihre zitternden Finger bekam.

„Der Wein ist aus Griechenland,“ sagte sie, „diese Griechen haben sich von jeher aufs Giftmischen verstanden.“

Sie fuhr fort, mit ihren Etiketten zu hantieren, wobei sie wie eine Kartenlegerin aussah, die über ihre schmutzigen Karten gebeugt stand, bis sie plötzlich sagte und ihren Kopf hob:

„Haben Sie was zu essen bekommen, Jensen?“

Die Aufwartefrau murmelte etwas.

Fräulein Sejers Kopf bewegte sich milde hin und her:

„Sonst sollen Sie was bekommen, hier im Hause hungert niemand, Liebe. Ich will gleich etwas für Sie holen.“

Und sie ging hastig hinaus, mit eigenartigen kleinen Sprüngen, wie ein Frosch.

„Hier, hier,“ sagte sie und setzte einen Teller vor Madam Jensen auf den Tisch, die halb abgewandt und hastig zu essen begann, wie jemand, der gewohnt ist, seine Nahrung im Verborgenen zu verschlingen.

Fräulein Sejer verfolgte jede ihrer Bewegungen mit Blicken, als beobachte sie eine Fliege unter einer Glasglocke.

„Ja, essen muß der Mensch, das gibt Kräfte,“ sagte sie und verwandte kein Auge von Madam Jensen, „und nicht jeder hat eine volle Schüssel vor sich.“

„Wo treibt Sie sich herum?“ fragte sie plötzlich. „Sie“ war die Gesellschaftsdame.

„Fräulein Holm ist ausgegangen,“ antwortete Madam Jensen.

„Hm, Geld und Verpflegung nimmt sie,“ sagte Fräulein Sejer, und indem sie den Jensenschen Teller betrachtete, fügte sie mit einer Fistelstimme hinzu:

„Es ist noch etwas da; nichts umkommen lassen, Jensen.“

Madam Jensen aß den Rest mit derselben Begehrlichkeit, während die beiden Menschen sich mit Augen maßen, wie zwei Fechter durch ihre Masken.
„Vielen Dank, Fräulein," sagte Madam Jensen und brachte den Teller hinaus.
Die Mamsell kam herein, um eine Schüssel aus dem Büfett zu holen und Fräulein Sejer drehte den Kopf zu ihr um.
„Hm, kein Wunder, daß Jensen so stinkt, sie mästet sich ja wie ein Schwein. Aber hier im Hause muß ja stets gefuttert werden."
Fräulein Sejer war fertig mit den Flaschen.
„Wie hübsch," sagte sie und betrachtete die falschen Etiketten.
„Legen Sie sie neben den Ofen, damit sie trocknen." Die Mamsell tat es, bevor sie hinausging.
Als Fräulein Sejer allein geblieben war, erhob sie sich und lief hastig drei- oder viermal vor den Flaschen hin und her, und das Ofenfeuer beschien sie flackernd, während sie an ihrem eigenen Gebräu vorbeilief.
Madam Jensen kehrte zurück und machte sich wieder an ihre Arbeit, während Fräulein Sejer sich in einen Lehnstuhl setzte.
„Ja," sagte sie, „achtzehn Personen sind nicht wenig. Aber es sind ja immer so viele da, die man erfreuen möchte."
„Es ist ja die Familie," sagte Jensen.
„Ja," sagte Fräulein Sejer, und in dem Tonfall der Aufwartefrau hatte etwas gelegen, das sie hastig aufblicken ließ: „Die Nächsten sind ja nun mal die Nächsten."
„Freilich," sagte Madam Jensen.
Kurz darauf fragte sie:
„Sollen die Schalen mit den Silberfüßen auf den Tisch?"
„Wo denken Sie hin, Kindchen," antwortete Fräulein Sejer und spielte plötzlich wieder mit den Fingern: „das ist zu beschwerlich."
Madam Jensen blickte auf die springenden Finger herab.
„Hinterher müßten Sie sie dann nur wieder putzen," sagte Fräulein Sejer und nickte der Aufwartefrau zu.
Es klingelte wieder. Diesmal waren es die beiden Nichten Meyer, mit roten Hüten über blondem Haar. Sie sausten herein, als kämen sie in ihr Stammcafé und küßten Fräulein Sejer fast gleichzeitig.
„Gott, herzige Tante Viktoria" sagten sie, „wir wollten nur fragen, ob wir dir etwas helfen können."

„Ich kenne eure freundlichen Gedanken," sagte Fräulein Sejer, „setzt euch, Kinderchen."
Und zu Madam Jensen gewandt, sagte sie:
„Vergessen Sie nicht die kleinen Schalen zu den Blumen! Es kommen Veilchen."
„Veilchen," rief das eine Rotkäppchen. „Du wirst immer nobler, Tante."
„Ja," sagte das andere hastig, „es wird immer schöner und schöner bei dir, Tante."
„Kinderchen," sagte Fräulein Sejer, „ein alter Mensch tut für die Jugend, was er kann. Mein kleines Kapital muß viele erfreuen."
„Ja, Tante," sagte die eine Nichte, die alles, bis auf die letzte Gabel gemustert hatte, „du verstehst es, Leute zu beglücken."
„Was hat man sonst vom Leben," sagte Fräulein Sejer und sah lange von der einen zur anderen.
Aber nun fiel ihr ein, daß sie etwas vergessen hatte. Sie hatte es neulich bei Fräulein Svane, der Stiftsdame gesehen, einige ganz allerliebste kleine Lampen, die so wunderhübsch auf dem Tisch ausgesehen hatten.
„Junge Menschen lieben Licht," sagte sie, und gleich darauf fügte sie hinzu: „und außerdem kann man einander dabei so gut ins Gesicht sehen."
Die Aufwartefrau schnitt ein Gesicht, was niemand sah, während Fräulein Sejer fortfuhr:
„Würdet Ihr mir vielleicht zwölf besorgen, da Ihr doch gerade zur Stadt geht? – Jensen, hol den Schrein."
Madame Jensen ging in die Wohnstube und nahm den „Schrein", der eine Art Schatulle war, in der Fräulein Sejer ihre Wertgegenstände aufbewahrte.
Das Fräulein öffnete ihn und begann mit ihren runzligen Fingern, deren Nägel gelb und hart waren, viele Geldscheine auf den Tisch auszukramen.
Plötzlich begegnete sie dem Blick ihrer ältesten Nichte, der zwischen den vielen kleinen Fächern der Schatulle herumsuchte, und sie sagte:
„Es ist schön, Geld zu sehen, nicht?"
„O ja," sagte die jüngste Nichte, Fräulein Lucie, und machte einen unwillkürlichen Griff in ihre Handtasche, „und es zu haben."
„Junge Menschen mögen am liebsten Gold," sagte Fräulein Sejer und lächelte mit ihrem Patenlächeln (sie hatte in der ganzen Familie als

Patin fungiert und als Patengeschenke die alten Löffel und Gabeln des alten Kammerrates verwendet, in die sie neue Namenszüge gravieren ließ). „Hier ist Gold für die Lampen, Kinder. Es ist immer hübsch, ein Goldstück auf den Ladentisch zu legen, nicht?"
Sie reichte ihrer ältesten Nichte, Fräulein Emilie, ein Goldstück – es war, als ob das harte Metall die Nichte durch die Handschuhe hindurch kitzelte – und wiederholte:
„Ihr kauft also zwölf." Es klingelte wieder. Diesmal war es der Bote mit den Blumen.
Die beiden Rotkäppchen öffneten den Korb, der eine Fülle von Veilchen enthielt.
„Himmel, da ist ja genug für zwei Tischdekorationen," sagte Fräulein Emilie.
„Und sogar für ein Straßenbukett für jede von euch," sagte Fräulein Sejer und befestigte selbst – es war, als ob ihre gelben Nägel wie Stecknadeln durch die Mantelknopflöcher stachen – Veilchensträußchen in den Mänteln ihrer Nichten.
„Ja," fuhr sie fort und lächelte wieder, „gutes Essen und Blumen gehören zusammen, und Ihr sollt viel zu Essen bekommen, Kinderchen. Jensen, was gibt es? Ihr wißt, ich habe solch schlechtes Gedächtnis."
Madam Jensen begann den Speisezettel in einem Ton herzusagen, als schösse sie jedes Gericht wie ein geladenes Gewehr auf die Nichten ab.
„Davon werdet ihr doch satt werden," sagte Fräulein Sejer, deren Stimme sehr weich klang.
Die Nichten hatten die Veilchen aus dem Korb genommen und die Tante sagte:
„Hm, ich denke immer: wenn Blumen auch verwelken, so haben sie doch die Herzen erfreut."
Die Nichten küßten sie wieder zum Abschied und Fräulein Sejer sagte;
„Dich friert ja, Emilie, deine Lippen sind ganz kalt."
„Adieu, Kinderchen, denkt an die Lampen."
Die Flurtür war noch nicht ins Schloß gefallen, als Emilie sagte, und ihre Stimme kreischte fast:
„Woher nimmt sie all das Geld, willst du mir das bitte erklären?"
„Sie nimmt vom Kapital, das hab' ich ja immer gesagt. Ich hab' sie hundertmal in die Sparkasse rennen sehen."
Die Ältere ließ die Haustür mit einem Krach zufallen.

„Und dabei soll man Lampen kaufen," sagte sie, „das Zeug bringt ja nichts ein, wenn 'mal Auktion sein wird."

Die beiden Schwestern gingen weiter, indem sie ihre Röcke mit beiden Händen schürzten. Auf dem Marktplatz sagte die Jüngste:

„Ich muß eine Freimarke kaufen," und sie ging auf einen Kiosk zu.

„Du solltest dich vor Kioske in acht nehmen, meine Liebe," sagte Fräulein Emilie.

„Glaubst du, daß Dienstmänner besser sind?" warf Fräulein Lucie hin, während sie ihren Weg fortsetzte.

Schwester Emilie blieb vor dem Spiegel eines Blumenladens stehen, während sie mit ihrem Pompadour hin- und herschwenkte, der mit vielen schweren Dingen, sowohl Hausschlüssel wie Brenneisen, angefüllt zu sein schien.

Die beiden Rotkäppchen setzten ihren Weg fort und liefen mitten auf dem Fahrweg einer kleinen und korpulenten Dame in die Arme, die ausrief:

„Wie drollig, daß wir uns hier gerade begegnen!"

„Du bist in der Stadt?"

„Ja freilich," und die kleine Dame, die eine Pfarrersfrau vom Lande war, bewegte ihren Kopf so heftig hin und her, daß man sich wundern mußte, daß er nicht abfiel –: „Ich bin erst gestern gekommen und renne schon von einem Ende der Stadt zum anderen – die ganze Familie möchte mich nämlich bei sich sehen."

Die jungen Mädchen erzählten von den Lampen, die sie besorgen sollten, und die Pfarrersfrau schloß sich ihnen an, obgleich sie auf dem Wege zu einem Onkel sei, der ihr wohl oder übel das Geld zur Heimreise geben müsse.

„Denn wir in der Pfarre leben nur von nüchternen Kälbern," sagte sie, „und Moneten bekommen wir nur in den paar Tagen zu Gesicht, wenn die Zehnten fließen."

Wenn man Frau Lund reden hörte, sollte man glauben, daß es in ihrer Pfarre überhaupt nichts anderes zu essen gebe, als Speck, gesalzene Heringe und neugeborene Wesen aus dem Tierbestand.

Als sie im Lampengeschäft vor den kleinen Porzellangegenständen standen, sagte Frau Lund:

„Von solchen Summen leben wir vierzehn Tage lang. Aber," fügte sie hinzu, „wenn bei Tante Viktoria Mittagsgesellschaft ist, will ich gleich hingehen und mich melden."

Sie trennten sich vor dem Laden. Als Frau Lund gegangen war, sagte das älteste Fräulein Meyer:
„Die wird sich dort beim Kaffee wohl zwanzig Kronen schnorren. Wer kennt nicht Emma, wenn sie auf Geschäftsreisen ist.“

*

Nachdem die Nichten gegangen waren, setzte Fräulein Sejer sich wieder in den Lehnstuhl. Sie schlief ein. Wie sie da saß, den Kopf mit der hohen Kappe auf die Brust gesenkt und die linke verwachsene Schulter hochgehoben, glich sie einem seltsamen und zerbrochenen Spielzeug. Sie erwachte nicht, als es wieder klingelte.
Madam Jensen öffnete und stand einen Augenblick vor Fräulein Sejer (sie sah sie mit einem Blick an, als betrachte sie einen Kadaver in einem Graben), bevor sie sie weckte:
„Es ist ein Herr da, der Sie sprechen möchte,“ sagte sie laut.
Das Fräulein fuhr zusammen.
„Was!“ sagte sie verschlafen und indem sie den Kopf schüttelte, fügte sie hastig hinzu:
„Man hat an so vieles zu denken. Wer ist es?“
„Der mit den Locken,“ sagte Madam Jensen, indem sie hinausging.
Fräulein Sejer lief in ihr Schlafzimmer, und vor dem Spiegel nestelte sie hastig an ihrer Kappe, an der Perücke, an der Taille, an dem ganzen Gestell, das sich ihr Körper nannte.
Die Mamsell, die in der Küche die Schlafzimmertür gehen hörte, fragte Madam Jensen:
„Für wen putzt sie sich?“
„Für den Affen,“ antwortete Jensen.
„Hm,“ sagte die Mamsell, „hier gehts heiter zu. Was er jetzt wohl forttragen soll?“
„Gibts hier überhaupt noch etwas?“ fragte Madam Jensen und verzog ihren Mund.
Fräulein Sejer war mit hüpfenden Schritten in die Wohnstube gelaufen, wo ein junger und sehr schlanker Mann mit auffallend weichen Händen sich von einem Stuhl erhob.
„Guten Tag, mein hübscher, junger Freund,“ sagte Fräulein Sejer und zog hastig die Portieren vor die geschlossenen Türen.
Die Gesellschaftsdame, Fräulein Holm, kam zur Flurtür herein und ging, weiß und schlank, über den Korridor.

„Wo ist Fräulein Sejer?" fragte sie mit einer Stimme, die bei jedem Wort genau denselben Ton bewahrte.

Und Madam Jensen, die sie herausfordernd ansah, antwortete:

„Sie hat *auch* Geschäfte."

Fräulein Holm kehrte ins Eßzimmer zurück, wo sie Tischtücher und Servietten aus einem Schrank nahm.

Es verstrich eine knappe Stunde, bevor Fräulein Sejer, deren zitterndes Gesicht strahlte, die Portieren zurückschlug und den jungen Blonden selbst hinausbegleitete.

„Auf Wiedersehen, hübscher junger Freund," sagte sie, „Sie sind immer so gefällig."

„Sie wissen, daß es mir stets ein Vergnügen ist, Ihnen dienlich sein zu können," sagte der junge Mann mit einer sehr weichen Stimme.

Und er wurde hinausgelassen.

Fräulein Sejer schwirrte ins Eßzimmer; Füße, Hände und Finger hatten es doppelt so geschäftig wie sonst.

„Ach," sagte sie, als sie Fräulein Holm ansichtig wurde, „Sie sind wieder da?"

„Ja," antwortete die Gesellschaftsdame.

Fräulein Sejer lachte: „Ist es heut' nicht des Vetters Tag, Kindchen?"

„Es waren meine Freistunden," antwortete Fräulein Holm, deren Gesicht unbeweglich blieb.

Als es wieder klingelte, war es Frau Lund, die das Entree gleich mit ihrem munteren und jugendlichen Lachen erfüllte.

„Liebste Tante Viktoria, ich bin in der Stadt, gestern gekommen, und höre, daß du Mittagsgesellschaft gibst. Ich melde mich natürlich, um auch meinen Platz zu bekommen. Ich kann mich überall mit einem Stuhl dazwischendrängen."

Frau Lund setzte sich und sprach unausgesetzt mit ihrer frohen Stimme: vom Pfarrer und von den fünf Rangen und vom Pfarrhof, wo bald kein Nagel mehr an seinem Platz sei.

„Ach," sagte sie plötzlich, „Kinder, Ihr seid bei den Tischtüchern. Guten Tag, liebes Fräulein Holm. Wir, Tantchen, waschen und waschen unsere zehn, bis bald kein Faden mehr davon übrig ist."

„Schenkst du mir nicht eines, Tante?" sagte sie und schlug mit ihrer hübschen Hand auf den Tisch: „Du bist doch immer so nett gegen ein armes Familienmitglied."

Fräulein Sejer, deren Wesen Frau Lund gegenüber seltsam verändert war, als befände sie sich einem Menschen gegenüber, vor dem sie eine heimliche Achtung hatte, kicherte und sagte:

„Haben wir eines, Fräulein Holm?"

Frau Lund aber sprang von ihrem Stuhl auf und ging selbst zum Leinenschrank.

„Liebe Tante Vik, es muß natürlich eines von den älteren sein." Und sie begann zwischen den Tischtüchern zu stöbern, während die Tante sagte und lächelte:

„Liebe Emma, du wirst schon das richtige herausfinden."

Frau Lund stöberte noch immer.

„Hier ist eines," sagte sie, „das gar nicht für dein feines Haus paßt; bei uns, du lieber Gott, Tantchen, wird es ein wahres Prachtstück werden. Wir legen es auf, wenn wir Bischofsbesuch bekommen."

Fräulein Sejer sagte:

„Ja, nimm es nur; es ist so schön, anderen zu helfen."

„Wir werden es dir zuschicken," fügte sie hinzu.

„Nein, liebe Tante Vik, ich nehme es gleich mit. Das fehlte gerade, daß ich dazu zu fein sein sollte. Liebes Fräulein Holm, haben Sie eine Zeitung zum Einwickeln?"

Frau Lund bekam eine Zeitung, packte das Tischtuch ein und band einen Bindfaden darum.

„Man nimmt, was man kriegen kann," sagte sie und lachte der Tante ins Gesicht.

„Da hast du recht," antwortete Fräulein Sejer.

„Aber jetzt muß ich gehen," sagte Frau Lund, „Herrgott, ich muß mit der Straßenbahn fahren, sonst treffe ich Onkel nicht mehr an."

Es ging ein Schimmer über Fräulein Sejers Gesicht.

„Willst du auch zu dem, Kindchen?" sagte sie.

„Natürlich, Tante Vik," lachte Frau Lund, „man will doch alle seine Angehörigen erfreuen."

Sie durchsuchte alle Taschen, aber es fand sich kein Zehn-Öre-Stück.

„Du mußt mir eines für die Straßenbahn geben", sagte sie.

Nachdem Frau Lund gegangen war, kehrte Fräulein Sejer zu ihrem Lehnstuhl zurück.

„Das liebe Kind," sagte sie, und indem sie die Gesellschaftsdame betrachtete, fügte sie hinzu: „Sie ist so aufrichtig."

Madam Jensen und Fräulein Holm waren im Begriff, das Tischtuch aufzulegen, als der Hausarzt kam.

Fräulein Sejer saß im Wohnzimmer und Madam Jensen meldete kurz:

„Herr Geheimrat!“

Fräulein Sejer sprang geradezu von ihrem Stuhl in die Höhe und eilte dem Arzt entgegen.

„Bestes Geheimrätchen, weshalb steigen Sie die vielen Treppen zu einem gesunden Menschen hinauf. Wo Sie noch dazu heute zu meinem bescheidenen Mittagessen kommen wollen. Aber setzen Sie sich, setzen Sie sich.“

Der Geheimrat, der weiß von Bart war und ein sehr schmales und ruhiges Gesicht hatte, sagte:

„Ich wollte Sie nur ’mal bei den Vorbereitungen sehen. Ich habe Ihnen ja gesagt, daß Sie sich überanstrengen, Sie übernehmen sich zu viel, meine Liebe.“

Der Geheimrat zögerte einen Augenblick, bevor er hinzufügte:

„Bei Ihrer Konstitution.“

„Übernehme mir zu viel,“ sagte Fräulein Sejer, deren Augen unruhig flackerten: „bester Geheimrat, man lebt mit und hält aus.“

„Ja,“ sagte der Geheimrat, der sie noch immer ansah, „bis man aufhören muß.“

Fräulein Sejers Finger umklammerten die Stuhlarme, während der Geheimrat im selben Tone fortfuhr:

„Und das wechselnde Wetter verursacht viel Krankheit unter uns Alten.“

Die Augen des alten Fräuleins flackerten noch immer unruhig:

„Wir werden neunzehn zu Tisch, Geheimrat, denn Emmachen ist auch zur Stadt gekommen. Sie ist eben mit einem Tischtuch fortgegangen.“

Der Geheimrat veränderte seine Stimme nicht, als er sagte:

„Ja, ja, die Familie versammelt sich.“

Er stand auf und fügte hinzu:

„Nun habe ich also meine Pflicht getan.“

Fräulein Sejers Hand zitterte, als er sie nahm.

„Ist denn etwas los?“ platzte sie heraus, während ihr eine Schweißperle, mitten auf der Stirn, unter der Perücke hervorbrach: „Sagen Sie es mir doch lieber.“

Der Arzt zog seine Hand zurück:
„Sie wissen ja, daß immer Vorsicht geboten ist."
„Ja, Herr Geheimrat," sagte das Fräulein, deren Brust auf- und niederging: „aber man will doch so gern die Jugend erfreuen."
Ein Lächeln, das man kaum sah, glitt über die Züge des Geheimrats.
„Also auf Wiedersehen," sagte er nur.
„Und Sie, Geheimrat, sollen mich zu Tisch führen," sagte Fräulein Sejer und lachte.
„Sie nehmen doch Ihren Champagner gegen die Anfälle?" fragte der Geheimrat an der Tür.
„Wenn es notwendig ist, liebes Rätchen," antwortete das Fräulein.
Der Geheimrat verabschiedete sich.
Nachdem er gegangen war, blieb Fräulein Sejer mitten im Zimmer stehen, und plötzlich knirschte sie mit den falschen Zahnreihen, daß sie gegeneinanderschurrten. Und auf einmal begann sie mit von sich gestreckten Armen durchs Zimmer zu laufen, während die beiden Eckspiegel ihre Gestalt widerspiegelten, hin und her, hin und her – als probe sie einen heimlichen Angriff.
Darauf ging sie wieder ins Eßzimmer, wo Madam Jensens Augen ihr Gesicht wie zwei böse Pfriemen suchten, während auch Fräulein Holm, die begonnen hatte, die Veilchen auf dem Tisch zu ordnen, einen Augenblick den Kopf hob.
„Ach, der liebe Rat will immer wissen, was es zu essen gibt," sagte Fräulein Sejer.
Niemand antwortete. Das alte Fräulein ging in die Küche:
„Von den Hasen wird so gereicht, daß noch für zwei Frühstücke nachbleibt."
Und plötzlich gellte ihre Stimme durch den Korridor:
„Jensen, Kindchen, vergessen Sie nicht den halben Rücken in der Pfanne, wie das letztemal."
Vom Eßzimmer wurde nicht geantwortet und Fräulein Sejer ging in ihr Schlafzimmer. Wenn sie sich ankleidete, schloß sie ihre Türen ab. Sie wählte lange in Schränken und Schubladen, bis sie Spitzen und Tücher und ein weinrotes Kleid hervorgesucht hatte. Schließlich nahm sie ihre Festperücke heraus und hing sie an den Leuchter neben dem Toilettespiegel.
Sie wollte sich setzen; plötzlich aber warf sie einen Schal über ihre Blöße, und mit Händen, die zu zittern begannen (Fräulein Sejer wurde

oft von diesem Zittern befallen, wenn sie vor dem Spiegel saß) riß sie die alte Perücke ab und setzte die neue auf ihr haarloses Kranium, hastig und ohne in den Spiegel zu sehen. Die schwarze Perücke saß schief und sie tastete an ihr herum, bis sie den Scheitel, dessen Leichenweiße aus dem Schwarz zu lachen schien, mitten auf die Stirn gerückt hatte. Dann sah sie wieder in den Spiegel und ordnete die Seitenlocken der Perücke, die wie zwei Hörner von den Schläfen abstanden.

Nachdem das Haar geordnet war, goß sie Wasser in ein Glas und nahm hastig ihre Zähne heraus, so daß das Gesicht plötzlich wie ein leerer Nußknacker zusammenfiel. Sie reinigte das Gebiß, das sehr schwer war, und setzte es wieder ein. Die beiden weißen Reihen sahen in ihrem Munde aus, als ob sie noch beißen könnten.

Es klingelte unaufhörlich, und Fräulein Sejer rief durch die Tür ohne sie zu öffnen:

„Wer ist da?"

Fräulein Holm antwortete von draußen:

„Der Konditorjunge."

„Hat er die Knallbonbons mitgebracht?"

„Ja, er hat sie mitgebracht."

„Jensen soll sie hereinbringen," rief Fräulein Sejer und warf einen Schal über die verwachsene Schulter. Madam Jensen war die einzige, die Fräulein Sejer beim Ankleiden zu sehen bekam. Vielleicht rief Fräulein Sejer sie auch, um sie bei ihrer Beschäftigung ein wenig zu stören.

Madam Jensen brachte einen Korb mit bunten Knallbonbons, und das alte Fräulein nickte froh unter der Perücke:

„Ja," sagte sie und lächelte, „das sind die richtigen. Die amüsieren immer die Kinder."

Die richtigen Knallbonbons waren von einem französischen Konditor und enthielten sehr unanständige Devisen.

„Setzen Sie sie auf den Tisch," sagte Tante Sejer, „die machen der Jugend immer so viel Spaß."

Fräulein Holm ordnete die französischen Gehäuse in einer Glasschale, wobei es um ihren geschlossenen Mund zuckte.

Madam Jensen war in Gesellschaft von zwei Töpfen zur Speisekammer zurückgekehrt.

Im letzten Augenblick kam ein Gärtner, der die Ecken der Wohnstube mit schadhaften Palmen und anderen Pflanzen, die deutliche Spuren von Umherfahren und Vermieten an sich trugen, ausfüllte.

Fräulein Sejer, die mit einem Turban auf der Perücke und einem Kasimirschal, das mit vielen Quasten und Falten den Rücken hinabfiel, zum Vorschein gekommen war, sagte:
„Freundchen, ich habe Ihnen ja gesagt, daß ich das Gemüse, das Sie jahrelang auf Ihrer Karre rumgefahren haben, nicht haben will."
„Es sind lauter neue Pflanzen," antwortete der Gärtner, der fortfuhr, seine Pflanzen zu plazieren, wobei er die Schäden nach Innen stellte, „aber sie kriegen in Leichenkapellen und bei solchen Gelegenheiten immer so leicht Püffe."
Fräulein Sejer wandte sich hastig ab, und drinnen im Eßzimmer begann sie den ganzen Tisch umzuordnen.
„Sie bringen die Tischordnung herum," sagte sie zu Fräulein Holm, „das steht solch weißen Jungfrauhänden gut."
In der Tür zeigte sich jetzt ein sehr großer und wohlgepflegter Herr, dessen schwarzes Haar sich zu jeder Seite des Scheitels auf der Stirn lockte.
„Ich bin der Lohndiener," sagte er, indem er sich verbeugte.
Fräulein Sejer maß ihn von den Zehenspitzen aufwärts, während ihre grauen Augen funkelten, und der Lohndiener, der seine sehr manikurten und schmalen Hände betrachtete, fragte, wo er Toilette machen könne.
„Sie kleiner Adonis," antwortete Fräulein Sejer, die noch immer um ihn herumtrippelte, „gehen Sie nur zur Mamsell."
„Danke, gnädige Frau," sagte der Lohndiener und verbeugte sich wieder.
„Fräulein, Fräulein," kicherte Fräulein Sejer, „man gehört zu denen, die sich ihre Freiheit bewahrt haben, Sie Adonis."
Der Lohndiener ging über den Korridor zur Küche und redete die Mamsell in demselben gedämpft höflichen Ton an, worauf er ins Anrichtezimmer geführt wurde, das nichts anderes enthielt, als Fräulein Sejers Nachtgeschirr.
Der junge Mann kehrte zurück, in schwarzem Frack und allem Zubehör. Er sah aus, als ginge er zu einem Ball.
Fräulein Sejer, die sich vor Wohlgefallen schüttelte, sagte zu Fräulein Holm, während der junge Mann die Flaschen auf dem Bufett zu ordnen begann.
„Es erfreut immer die jungen Mädchen, solche weißen Finger hinter einer Schüssel zu sehen."

Als es klingelte, ging sie in den Salon.
Es war Frau Emma Lund aus dem Pfarrhof, die lachend beide Arme um die Tante schlang, als sie in den Salon kam:
„Einzige Tante Vik, findest du nicht, daß ich reizend aussehe? Die lila Bluse hat mir Klara geliehen."
Fräulein Sejer sagte:
„Du solltest sie gleich behalten, beste Emma. Sie sitzt dir ja wie angegossen."
„Puh," sagte Frau Lund, „das tut Klara nie und nimmer. Rubows sind nicht wie du."
„Nein," sagte Fräulein Sejer und plötzlich lächelte sie: „Die sammeln lieber."
Frau Lund sagte, daß sie sich noch schnell den Tisch ansehen wolle, und sie ging ins Eßzimmer und band sich von den Tischblumen ein hastiges Brustbukett zusammen.
Als sie in den Salon zurückkehrte, war das Zimmer schon fast voll.
Herr Rechtsanwalt Meyer sprach mit Frau von Hahn über Unglücksfälle bei dem glatten Zustand der Wege, und Frau Madderson, seine Haushälterin, die kanariengelb gefärbtes Haar hatte über einem Gesicht, das sich trotz einer Reihe Vertrauensstellungen bei wohlsituierten Witwern einen verhältnismäßig unschuldigen Ausdruck bewahrt hatte, saß neben Fräulein Sejer und sagte:
„Wie liebenswürdig, daß Sie mich mit eingeladen haben."
Fräulein Emilie Meyer ging auf Frau Lund zu:
„Du scheinst dir ja schon ein Bukett Blumen angeeignet zu haben. Genug sind ja übrigens da."
„Es ist sonderbar," sagte Herr Meyer, der noch immer von Unglücksfällen, schlechten Wegen und Straßenbahnen konversierte, „es ist sonderbar, daß Leute es nicht lernen, sich zu versichern. Heutzutage, wo man sich fast gegen alles versichern kann."
Fräulein Sejer, die plötzlich anfing zu lachen, – sie glich einer wunderlichen Buddhafigur, wie sie dort in ihrem Kasimirtuch saß, – sagte:
„Ja, ja, Freund Meyer hat recht, die Leute lernen es nie, Vernunft anzunehmen."
Frau von Hahn aber sagte:
„Meine Augusta fährt nie in der Straßenbahn, auch des Publikums wegen. Und außerdem zieht es immer."

Und da Fräulein Sejer meinte, daß die Straßenbahnen ja auch nicht vor der Tür in der Oehlenschlägerstraße hielten, antwortete Frau von Hahn:
„Liebste Viktoria, Augusta schadet das Gehen gar nichts, das gibt einen geraden Rücken.“
Frau Lund war dem Schriftsteller William Ash halbwegs um den Hals gefallen:
„Ja, mein Lieber, ich bin hier, und du mußt mit Freibilletts für uns arme Landbewohner herausrücken, dir hilft kein Sträuben.“
Während William Ash sein recht blasses und müdes Gesicht senkte, erschien Frau Bella Schou, eine schlanke und dunkle Dame, die in ihrer Ehe mit Rechtsanwalt Schou seit zehn Jahren als seidenrasselnde Witwe aufzutreten liebte. Sie bat um Entschuldigung, daß sie vor ihrem Mann käme, „aber du weißt, Tante, wie beschäftigt er ist. Er läßt dir sagen, daß du nicht mit dem Essen auf ihn warten sollst.“
„Ja,“ sagte Frau von Hahn, „dein lieber Mann überarbeitet sich.“
Fräulein Lucie flüsterte Herrn Ash halblaut zu:
„Ach, Schous sind seit einem Menschenalter nicht mehr zusammen im Wagen gefahren.“
Herr Willy Hauch, ein junger Mann aus der großen Handelswelt, der einen sehr englischen und blankpolierten Eindruck machte, sagte:
„Ich bin wohl ’n bißchen spät, hatte erst bei einem Kiosk* zu tun.“
Fräulein Lucie Meyer sah dem schlanken Vetter lachend ins Gesicht.
„Welchen Kiosk benutzt du?“
Herr Willy schlug die graublauen Augen auf:
„Vielleicht denselben wie du.“
Cousine Lucie fuhr fort zu lachen und sagte:
„Ich begreife übrigens nicht, wie du dich so schlank halten kannst. Man bekommt wirklich immer Lust, die Arme um deine schlanke Taille zu legen.“
Der Vetter öffnete die Lippen, so daß man alle seine weißen Zähne unter dem winzig kleinen Schnurrbart sah:
„Meinetwegen,“ sagte er, „aber Kammgarn fühlt sich sehr kühl an.“

* Die Kioske in Kopenhagen werden vielfach zur Besorgung „diskreter“ Korrespondenzen benutzt.

Rechtsanwalt Meyer konversierte Frau Bella Schou, – er hielt seinen Kopf immer gebeugt, als ob seine zuverlässige Nase denjenigen, mit dem er sprach, eindringlich beriechen wolle. –
„Ja," sagte er, „die Zeiten sind schwierig für Rechtsanwälte, die sich auf Bauspekulationen einlassen."
Er wandte sich plötzlich zu Fräulein Sejer und sagte:
„Du hast doch nichts in Häusern stehen?"
Fräulein Sejer antwortete:
„Freundchen, das weißt du doch. Du bist doch so genau über meine Sachen orientiert."
Fräulein Holm, die die Tischordnung herumgab, war bis zu Herrn William Ash gekommen, der seine sehr dunklen Augen hob und sagte:
„Wie geht es Ihnen, gnädiges Fräulein?"
„Wie immer," antwortete Fräulein Holm und reichte Herrn Willy eine Karte. Der sagte, nachdem sie weitergegangen war:
„Sie haben ganz recht, das Mädel hat etwas an sich."
Herr Ash lächelte:
„Aber nichts für Sie."
Herr Willy wiegte seinen geschmeidigen Körper:
„Sind Sie dessen so sicher? Man wird schnell achtunddreißig, wenn man mit vierzehn angefangen hat."
„Und das haben Sie?"
„Man muß doch den Anordnungen der Natur folgen," antwortete Herr Willy, der mit zurückgebogenen Schultern seine Daumen in den Westentaschen hielt, um seine Figur zu heben.
Rings herum wurde gesprochen, während Frau Madderson – sie war noch bei dem Thema Bauunternehmungen – sagte:
„Herr Rechtsanwalt Meyer hält sich immer streng an das Juristische. Herr Rechtsanwalt Meyer sagt, Spekulationen ziehen den Stand nur herab. Und deshalb bleibt er davon."
„Das tut er," sagte Fräulein Sejer, und etwas lauter fügte sie hinzu:
„Ist er Testamentsvollstrecker bei Frau Jakobsen geworden?"
Frau Madderson glaubte es. Und Fräulein Sejer rief so laut sie konnte:
„Ich gratuliere, Bernhard. Du hast während der letzten Jahre auch so viel dort im Hause verkehrt."
Frau von Hahn trat zu Assistent Sejer und sagte:
„Man muß ihr allen Ernstes Einhalt tun. Heute hat sie sogar Pflanzen gekauft, als ob man in einem Treibhaus wäre."

Fräulein Emilie aber, die gerade vorbeiging, sagte:
„Sie sind nur geliehen. Ich hab' nachgesehen. Sie sind aus den Kapellen."
Frau von Hahn antwortete:
„Ich will dennoch mit dem Geheimrat sprechen, – nach Tisch. Denn es ist abnorm."
„Und ein Diner bekommen wir," sagte Fräulein Lucie, „man sollte glauben, sie wolle uns alle in ihren Lebensmitteln ersticken."
„Hat denn jemand behauptet, daß sie es nicht will?" sagte der Assistent, indem er seine Lackstiefel betrachtete.
Rechtsanwalt Meyer sank ganz merkwürdig vor dem Geheimrat, der gerade gekommen war, in die Knie, während Fräulein Minna und Ottilia Hauch sich noch im Entree befanden, wo sie den Lohndiener fortgeschickt hatten: sie bedurften stets vieler Kämme, bevor sie ihr Erscheinen machten, und viele kleine Tücher mußten von Ottilia abgenommen werden, die wegen eines zeitig dahingegangenen Verlobten noch immer Trauer trug und noch immer dekolletiert war.
„Wir können zu Tisch gehen," sagte der Rechtsanwalt Schou, der hereinkam, „denn die Papageien sind im Entree."
Die beiden Fräulein kamen herein und begrüßten Fräulein Sejer:
„Liebste Viktoria," sagte Fräulein Minna, „zu deinen Gesellschaften freut man sich immer, mag die Saison auch noch so ermüdend gewesen sein."
Fräulein Sejer antwortete:
„Es wird etwas eng bei Tisch werden, denn die liebe Emma ist ja zur Stadt gekommen."
„Liebste," sagte Fräulein Ottilia, „dadurch kommt nur noch mehr Stimmung in die Gesellschaft."
Die Herren begannen den Damen den Arm zu bieten, und Herr Rechtsanwalt Schou, der den Kopf wandte, sagte:
„Meine Frau ist wohl gekommen?" Und er führte Fräulein Lucie zu Tisch.
Die Gesellschaft kam ins Eßzimmer, wo ein allgemeines Entzücken über die Veilchen und die Lampen ausbrach, worauf alle Platz nahmen und der Lohndiener die Suppe herumreichte.
„Ja, Kinderchen," sagte Fräulein Sejer, „Ihr sitzt etwas eng, aber ich finde, daß es die Gemütlichkeit erhöht – und der Jugend macht es Spaß."

Fräulein Lucie, die den Lohndiener gemustert hatte, sagte zu Willy:
„Himmel, was ist das wieder für'n Götterbild. Ich möchte wissen, wo die alte Hexe sie immer hernimmt."
Willy, der den Madeira prüfte, sagte:
„Das ist ihr Geheimnis. Übrigens hat sie ein gutes Renommee als Bezahler."
„Eßt, Kinderchen, eßt doch," rief Fräulein Sejer über den Tisch, und indem sie ihr Glas erhob, sagte sie:
„Die Alte heißt euch herzlichst willkommen."
Sie blickte zum anderen Tischende hinunter, wo Frau Madderson, die mit ihrem Kanarienkopf schief zu Kandidat Sejer aufblickte, von ihren „kleinen Liedern" sprach:
„Ach, es ist ja nichts von Bedeutung. Aber es erfreut Herrn Rechtsanwalt Meyer, wenn er müde in der Dämmerung dasitzt."
Fräulein Sejer sagte zu Frau von Hahn:
„Kindchen, du kannst ruhig von den Austern essen, es sind Limfjords."
Frau von Hahn, die so aussah, als bliebe ihr jedes Schaltier in der Kehle stecken, sagte:
„Danke, Viktoria, ich weiß, du sparst nicht." Und sie begann hastig mit dem Geheimrat von der Sterblichkeit in der Stadt zu sprechen.
„Ich sage Ihnen, Geheimrat, Augusta und mir begegneten nicht weniger als sieben Leichenzüge, als wir hierher gingen. Das ist ein unheimlicher Anblick, wenn man zu einer Mittagsgesellschaft geht."
Der Geheimrat gab zu, daß die Sterblichkeit groß sei.
„Und man sagt, daß in diesem Jahr besonders die Alten so plötzlich fortgerissen werden."
Frau Lund sagte:
„Es scheint überall Krankheit zu sein. Mein Mann hatte fünf Beerdigungen in einer Woche. Für uns ist das ja aber recht erfreulich."
Fräulein Sejer rückte unablässig ihre Gläser hin und her und wollte mit Willy anstoßen, während auch Assistent Sejer und Fräulein von Hahn von Krankheit, Todesfällen und Epidemien zu sprechen begannen, so daß die menschliche Gebrechlichkeit wie ein dichter Dunst über den Tellern stand.
„Prost, Willy, prost, Willy," rief Fräulein Sejer über den Tisch hinüber, während sie ihr Glas hob.

„Prost, Tante Viktoria," sagte Willy, „weißt du, ich glaub doch, daß die Familie das Blut von dir hat."
Fräulein Sejer lachte und bewegte ihren Kopf hin und her.
„Das rote Blut, mein Junge," sagte sie, und ihre rinnenden Augen blitzten, während die Stimme in Husten erstickte.
Fräulein von Hahn hatte kürzlich in einem Abschiedschor bei der Beerdigung einer Freundin mitgesungen. Es sei so wunderhübsch und stimmungsvoll gewesen.
Frau von Hahn, die voll Anerkennung die Hände des Lohndieners betrachtete, während er den Wein mit den Etiketten des Kammerrates einschenkte, fand dennoch, daß eine Beerdigung von der Kirche aus viel feierlicher sei, wenn es einem nicht auf die Kosten ankäme. In Kapellen sei nun mal ein Geruch, wie in Stuben, wo zu viele Pflanzen sind.
„Sie gießen," sagte der Geheimrat zu Fräulein Sejer, deren Hand gezittert hatte, als sie Willy zutrank.
Tante Sejer sah zu dem Arzt auf:
„Trinken Sie, liebes Rätchen," sagte sie, „das hier ist die reine Traube." Und sie fuhr fort, ihm ins Gesicht zu sehen, während der Geheimrat den bitteren Griechen schlucken mußte.
Die Flaschen mit den Etiketten waren bis zu den beiden Fräulein Hauch gekommen, die sich beim Anblick des vergilbten Papieres in alte Erinnerungen vertieften.
„Wir waren ja viel jünger," sagte Fräulein Minna, „aber ein Haus war das, dein Heim, ein rechtes Patrizierhaus, Viktoria."
Fräulein Ottilia zog ihre entblößten Schultern hoch und sagte:
„Ach ja, ich erinnere mich noch aus meiner Schulzeit des Kammerrates, wenn er Dienstags und Sonnabends auf seiner Treppe stand und zusah, wie das Mädchen die Kugeln auf dem Gitter putzte."
„Ja," sagte Fräulein Minna, „die alten Messingkugeln hatten etwas Stimmungsvolles."
„Und dann die Bälle," fuhr Fräulein Minna fort, „es gab nichts Festlicheres als die Wachslichter bei Kammerrats."
„Haben Sie gehört, sie hat zugestanden, daß sie bei Kammerrats getanzt hat," sagte Fräulein Lucie zu Rechtsanwalt Schou.
„Na ja," sagte der Rechtsanwalt, „die Dame ist jedenfalls älter als der Wein."
Assistent Sejer sagte:
„Ja, das alte Haus verstand zu repräsentieren."

Fräulein Sejer kicherte und sagte, während sie unter dem Tisch mit ihren alten Gliedern zu zappeln begann, – man wußte nie, ob diese Bewegungen aufgesparte Lebenslust oder eine Art Krampf waren –: „Ja, ja, da waren Parkettböden zum Tanzen."
Frau von Hahn sagte freundlich über den Tisch hinüber:
„Ich seh dich noch immer in dem rosa Kleid vor mir, Viktoria."
„Die Zeit vergeht," sagte Fräulein Minna, wie in einer Ideenverbindung.
„Das Haus wurde aber zu zeitig verkauft," sagte Rechtsanwalt Meyer, „Leute warten nie auf gute Konjunkturen ... Heutzutage sollen alle Geschäfte mit Dampf gehen."
„Ja," rief Frau Madderson, deren Gedanken noch beim Tanzen waren, plötzlich aus: „es gibt doch nichts schöneres als einen Walzer."
Die beiden Fräulein Hauch begannen von einem Grundstück in der Nörregade zu sprechen, das ihnen gehörte.
„Richtig, das gehört ja Ihnen," fiel Herr Meyer ein.
Er schien sehr bewegliche Ohrenklappen zu haben, denn seine Ohren standen, sobald ein Grundstück genannt wurde, plötzlich wie bei einem Kaninchen von ihm ab.
„Und Schwester Ottilia und ich überlegen häufig, ob wir nicht besser daran täten, es zu verkaufen. In jener Gegend ist die Miete ja immer riskant. Und es ist uns peinlich, wenn die Leute herausgejagt werden. Aber Recht muß doch Recht bleiben. Andererseits ist das Grundstück aber so lange schon Familienbesitz gewesen, und außerdem hat man niemanden, der einem raten kann."
„Es gibt doch zuverlässige Leute," sagte Herr Meyer, „die es sich zur Aufgabe machen, gerade bei solch zufälligen Gelegenheiten zu helfen. Bei reellen Verkäufen, die nicht aus dem Rahmen herausfallen."
Wenn Herr Rechtsanwalt Meyer vom Stand und vom Rahmen sprach, pflegte er Herrn Rechtsanwalt Schou hastige und scharfe Blicke zuzuwerfen.
„Gott, ja," sagte Fräulein Ottilia, die Herrn Meyer gleichsam um Haaresbreite näherrücken fühlte, „zu Ihnen, Herr Rechtsanwalt, kann eine Frau ja Vertrauen haben."
Rechtsanwalt Schou, der einen feuerroten Kopf hatte, was weniger an Fräulein Sejers Wein, als an gewissen, umfangreichen Tabletten lag, die er unaufhörlich aus seiner Westentasche hervorholte und verschlang, fragte plötzlich über den Tisch hinüber:
„Wo liegt das Grundstück?"

Fräulein Minna nannte etwas zurückhaltend die Gegend.
„Das ist ja famos," sagte Herr Schou, „erst kürzlich ist von einem Komplex in jenem Viertel die Rede gewesen. Mit Türmen, Linoleum und so weiter. Die neue Zeit verlangt es so."
„Ja," sagte Fräulein Minna, „heutzutage wird ja viel für Minderbegüterte in solchen Häusern getan."
„Der kleine Mittelstand, jawohl, das ist das Programm," sagte Herr Schou, „es sind die kleinen Mittel, die wir aus den Stiefelschäften herausholen müssen."
Fräulein Sejer, die froh unter ihrer Perücke nickte, sagte:
„Ja, ja, Albertchen, du hast den Kopf des Kammerrates geerbt."
Willy sagte zu Fräulein Emilie:
„Hm, ja, der Alte ist natürlich auch so'n Schwindler gewesen."
„Gott, hast du das nicht gewußt, Willy. Ihm gehörten doch all die Häuser am Kanal."
„Na ja," sagte Willy, „ich hab so 'ne Ahnung gehabt, als ob wir aus 'ner Pfütze stammten."
Fräulein Sejer, die noch immer selbstzufrieden mit dem Kopfe wakkelte, sagte zu Herrn Schou:
„Ihr Jüngeren versteht euch Gott sei Dank immer besser und besser auf Geschäfte."
„Baugeschäfte liegen nun einmal nicht innerhalb meines Rahmens," sagte Herr Meyer scharf. „Ich schätze überhaupt nicht diejenigen aus dem Juristenstande, die mit geliehenem Geld arbeiten. Nach meinem Grundsatz hält man sich lieber rein. Aber ich gehöre ja auch zu einer älteren Generation."
„Ja, Herr Rechtsanwalt," sagte Frau Madderson über die Veilchen hinweg.
Herr Meyer beugte sich ein wenig tiefer über Fräulein Ottilia und ihren Ausschnitt, der mit Iris gepudert war, und sagte leiser:
„Aber ich darf wohl sagen, daß ich viele Damen in meiner Klientel gehabt habe."
„Das läßt sich denken," sagte Fräulein Ottilia.
„Denn die Hauptsache ist Vertrauen," sagte Herr Meyer, der plötzlich, wie in tiefer Bescheidenheit, seinen Körper zusammenbeugte, „und daß man seine Klientel mit Rücksicht behandelt."
Kurz darauf begann er mit den beiden Schwestern von Matrikeln und Abtretungsurkunden in der Nörregade im besonderen zu sprechen.

Frau von Hahn war von Leichenfeiern in Kirchen und Leichenfeiern in Kapellen zu dem Thema: „Geistliche" übergegangen.
„Ich liebe vor allem Stelberg und besonders seine kleinen Ermahnungen. Wenn er einen so an der Kirchentür mit seinen milden Augen fragt, ob man nicht bald eine Stärkung an Gottes Tisch nötig habe, dann ist es einem, als ob er für jeden aus der Gemeinde eine kleine Botschaft hätte."
„Wen hören *Sie*?" sagte sie plötzlich zu Frau Bella Schou hinüber.
„Ich gehe nie zur Kirche," sagte Frau Schou.
„Hm," sagte Frau von Hahn, „es soll ja Leute geben, deren Gewissen ganz ruhig ist."
William Ash beugte sich vor und sagte:
„Glauben Sie wirklich, gnädige Frau, daß ein Kirchenstuhl ein Bleichplatz für das Gewissen ist?"
Frau von Hahn antwortete nicht und Frau Lund sagte lachend:
„Ich gehe des guten Beispieles wegen zur Kirche," während Frau Madderson hinzufügte:
„Eine poetische Predigt ist doch etwas Herrliches."
Fräulein von Hahn, die gerade vom Hasenrücken nahm und die, weil sie mit angedrückten Ellenbogen aß, etwas häufig mit ihren Händen gegen den Lohndiener stieß, sagte:
„Ich finde, es ist viel Wahrheit in der Mission."
Schou, der mit dem Assistenten sprach, sagte:
„Wie dem auch sei, eine Kirche ist jedenfalls ein Gewinn für ein neues Viertel, weil die Gründe tatsächlich dadurch steigen."
Der Geheimrat antwortete auf eine Frage von Frau von Hahn:
„Ein Geistlicher kann sehr segensreich an einem Krankenlager wirken."
Und unten am anderen Tischende sagte Assistent Sejer:
„Meiner Überzeugung nach kann der Staat die Kirche nicht entbehren. Denn etwas versteht sie doch immerhin zu zügeln."
Fräulein Sejer, die ein heimliches Entsetzen vor geistlichen Herren nährte, oder vielleicht eher vor den schwarzen, begräbnisähnlichen Gewändern, die sie verhüllte, sagte zu Frau Lund:
„Emma, mein Kind, wie lange wird dein Mann noch auf seiner jetzigen Pfarre bleiben?"
„Zwanzig Jahre," rief Frau Lund, „bei dem jetzigen Bischof werden wir nie befördert."

„Heutzutage," sagte Assistent Sejer, „sind überhaupt alle Amtsbeförderungen aus dem Geleise gekommen. Schließlich wird man noch ein ganzes Ministerium überspringen zum Vorteil für Beamte aus den Hinterwäldern. Die Zeiten sind vorbei, wo man auf Fachlichkeit und Anciennität Rücksicht nahm."
Die Unterhaltung über Ämter breitete sich und stieg wie eine Woge. Herr Meyer sagte und streifte Assistent Sejer mit einem Blick:
„Man spricht sogar von Verabschiedungen im Ministerium."
Frau von Hahn sagte fast gleichzeitig:
„Lieber Vetter, die Rechte oder die Linke, das bleibt sich ganz gleich. Mein armer Mann saß dreiundzwanzig Jahre als Strandkontrolleur auf seiner Düne."
Fräulein Sejer, deren Gesicht strahlte, während ihre eine Hand sich auf dem Tisch bewegte, als rühre sie einen Teig, sagte zu Frau von Hahn:
„Kindchen," sagte sie, „du läßt ja all die schönen, eingemachten Früchte vorübergehen."
Frau Lund rief:
„Tante Vik, du willst uns wohl mit Süßigkeiten vergiften."
„Man bekommt sie so leicht heutzutage," sagte Fräulein Sejer, „und den jungen Zungen schmecken sie immer gut."
Plötzlich zu Frau von Hahn gewandt, fügte sie hinzu:
„Du, dein guter Johann hatte aber auch kein Examen."
Man fuhr fort, von Ämtern zu sprechen, während Rechtsanwalt Schou, der noch immer bei den Baukomplexen war, sagte:
„Es hilft nichts, Geheimrat, Bauunternehmungen sind der kürzeste Weg, um ein Geschäft zu machen. Wenn man sich darauf versteht und einen klaren Kopf hat, ist man seiner sechs Prozent sicher. Und die Unterstützung der Presse kann man für ein Frühstück haben."
Herr Rechtsanwalt Meyer sagte:
„Ja, ja, es gibt Geschäfte, die mit Wein gemacht werden müssen."
„Freilich," antwortete Herr Schou, „Testamentsvollstrecker pflegen ja welchen zu bekommen, – von den Erben."
„Weißt du das nicht, Willy," sagte Fräulein Lucie Meyer, die von den väterlichen Nachlassen sprach, „Emilie bekommt ein Prozent, wenn Vater Exekutor ist."
Und zu Frau Madderson gewandt, fragte sie:
„Und wieviel bekommen Sie?"

Frau Madderson lächelte und sagte:
„Sie sind immer so scherzhaft aufgelegt, Fräulein Lucie."
Rechtsanwalt Schou übertäubte alle in einem Wortstreit mit dem Geheimrat, der behauptete, daß die Sterblichkeit in den neuen Wohnhäusern zugenommen habe.
„Das wird durch die Statistiken widerlegt," schrie Herr Rechtsanwalt Schou, „das ist etwas, was die Zeitungen verbreiten, die ungefragt in alles ihre Nase stecken müssen."
„Und ihre Frühstücks bekommen," sagte Rechtsanwalt Meyer.
Frau Lund, die sich bei ihrer Erzählung über den Bischof immer mehr erhitzt hatte, sagte:
„Und es ginge noch an, wenn man nicht die Witwe des Amtsvorgängers auf dem Halse hätte. Gott, ich könnte die alte Hexe erdrosseln."
Fräulein Sejer saß blitzenden Auges mitten in dem Lärm. In ihrem Kasimirschal und mit dem zusammengezogenen Mund glich sie einer alten Sibylle.
„Ach," sagte sie, „wie ist es herrlich, mitten zwischen so viel Lärm und Leben zu sitzen ..."
Sie führte die unruhigen Finger über das Tischtuch, als ritze sie Runen in den Damast.
Frau Bella Schou, die sich mit William Ash unterhielt, der seinen höflich schwermütigen Ausdruck bewahrte, sagte:
„Ja, mein Budoir ist hübsch. Aber man muß doch auch eine Stelle im Hause haben, die einem gehört. Ich jedenfalls habe hin und wieder das Bedürfnis, mich in einem Zimmer aufzuhalten, wo kein Telephon ist."
William Ash sagte:
„Es gibt andere, die ohne dieses Glockenspiel gar nicht mehr leben können."
Frau Bella lächelte fast unmerklich.
„Das ist wahr," sagte sie, „aber wenn man liest, ist und bleibts lästig."
„Ich weiß, daß Sie eine von den wenigen sind, die hierzulande Bücher kaufen," sagte William Ash.
Frau Bellas Gesichtsausdruck veränderte sich nicht.
„Die Toten sind die beste Gesellschaft für die Toten," sagte sie und, vielleicht um sich selbst Einhalt zu tun, fügte sie hinzu:
„Weshalb sind wohl die schönen Schalen mit den Silberfüßen nicht auf dem Tisch?"

Frau von Hahn hatte die Worte gehört, und ihre Augen überflogen hastig die Tafel:
„Aber, Viktoria, du hast ja neue Schalen gekauft," sagte sie.
Fräulein Sejer lachte:
„Ja, die alten Prachtstücke werden aufbewahrt. Zu meinen Lebzeiten soll nichts mehr entzweigeschlagen werden, mein Engel."
Fräulein Holm, die von Willy, dessen graublaue Augen mehr sagten als sein Mund, unterhalten wurde, hob plötzlich ihren Blick.
„Was wollen Sie sehen, gnädiges Fräulein?"
„Ich sah Ihre Tante an," sagte Fräulein Holm.
„Ich glaube fast, die Alte wird vergnügt, wenn die Familie sich zankt."
Fräulein Meyer sprach von Literatur und weiblichen Schriftstellern und sagte:
„Ich finde, daß sie mutiger sind, als die Männer."
Willy, der seine weichen Lippen kräuselte, warf einen Seitenblick auf Lucie:
„Was meinst du mit mutig?" sagte er.
„Pfui, du bist unausstehlich," und ganz ohne Sinn fügte sie hinzu: „Willy meint immer, daß es genügt, wenn man hübsch ist."
„Nein," sagte der Vetter, „ich meine leider, es genügt, wenn man gut angezogen ist."
Frau Madderson lachte und sagte:
„Ich finde, daß Damenbücher unheimlich sind."
„Weshalb, gnädige Frau?" fragte Willy.
„Gott, Herr Willy," sagte Frau Madderson, „weil man seiner kleinen diskreten Geheimnisse gar nicht mehr sicher sein kann."
Sie fuhren fort, über Literatur zu sprechen, bis Willy zu Herrn Ash hinübersagte:
„Haben Sie jemals ein Weib gesehen?"
„Ja," und William lächelte, „vereinzelte."
„Ich noch nie," sagte Willy.
Das Gespräch über Literatur spann sich aus und man kam aufs Theater ...
Frau von Hahn äußerte, daß man sich heutzutage fast nirgends mehr sicher fühlen könne.
„Selbst ins Königliche Theater schicke ich Augusta nur zu Heiberg und zu den Balletts. Man weiß nie, was das Kind sonst zu hören bekommen kann."

„Ja," sagte Fräulein Ottilia, „Bournonville mit seinen Balletts bleibt einem doch immer. Es gibt nichts schöneres, als das Hochzeitsfest in Hardanger."

Fräulein Ottilia hatte die Stimme gesenkt. Die Hardanger Hochzeit war eine gemeinsame Erinnerung mit dem Dahingegangenen.

Assistent Sejer meinte, daß die Herren Schriftsteller alle Rücksicht beiseite setzten.

„Man weiß bald nicht mehr, ob man überhaupt sittliche Forderungen stellen darf."

Rechtsanwalt Schou schob die Lippen vor und sagte:

„Literatur ist für meine Frau da, ich aber muß die Rechnungen bezahlen."

Der Geheimrat, der Frau Bella zutrank, sagte:

„Die moderne Literatur mag auch Gutes gewirkt haben. Nur macht sie bisweilen – auf einen Arzt – den Eindruck, als seien ihre Menschen in Halluzinationen gesehen worden."

Der Lohndiener stellte die Teller zum Eis herum und Frau von Hahn flüsterte plötzlich ihrer Tochter zu:

„Augusta, es sind nicht mehr die chinesischen."

Fräulein von Hahn hörte es nicht. Der servierende und sehr stramm angezogene Lohndiener konnte sich nur mit Mühe von ihrer stark zurückgebogenen Schulter freimachen.

Fräulein Minna, die an der Literaturdebatte teilnahm, meinte:

„Diesen J. P. Jacobsen findet man doch jetzt in vielen Familien bei Konfirmationen."

„Ja," sagte Fräulein Ottilia, „wir haben ihn sogar selbst verschenkt. Es sind gerade zwei passende Bände für ein Geschenk."

Rechtsanwalt Meyer beugte sich zu Herrn Ash:

„Es ist wohl etwas gewagt, von Büchern zu sprechen, wenn ein geehrter Autor anwesend ist."

William schob die Lippen vor:

„Ich bringe meine Bücher nie mit in eine Gesellschaft, Herr Rechtsanwalt."

„Ach, Herr Ash," sagte Frau Madderson, „ich habe Herrn Meyer gerade eines Ihrer Bücher vorgelesen. Wir lesen ja immer von acht bis zehn."

Sejer meinte, daß Vorlesen jetzt wohl aus guten Gründen aus Familienkreisen verschwunden sei.

„Denn man kann doch nicht jede zweite Seite überspringen," sagte er.

Frau Lund aber rief:
„Das ist mir einerlei. Für mich gibts nichts schöneres, als die wöchentliche Büchermappe. In einem Pfarrhof, Kinder, kann man so was gebrauchen."
Und sie begann sehr ausführlich von einem unsittlichen Roman zu erzählen.
Fräulein Sejer wackelte mit dem Kopf und hielt die Hand wie ein Hörrohr am Ohr.
„Gott, Tante Vik," sagte Fräulein Lucie, „man weiß doch, daß in Büchern alle Männer drei Frauen haben."
„Was sagt Lucie?" fragte Fräulein Sejer, indem sie sich über den Tisch beugte.
„Oder jede Frau drei Männer, Tante!" schrie Fräulein Lucie.
Fräulein Sejer lachte, daß es durchs Zimmer schallte.
„Das witzige Kind," sagte sie, „ja, ja, Herr Geheimrat, für solche Mädchen ist das Leben wie ein Walzer."
Fräulein von Hahn lächelte mit einem siebzehnjährigen Lächeln in ihrem zweiunddreißigjährigen Gesicht.
„Wenn man es nicht besser wüßte, könnte man glauben, du wolltest uns allesamt verderben, liebste Tante Viktoria."
„Dich nicht, Augustachen," antwortete Tante Viktoria und nickte ihr zu.
Rechtsanwalt Meyer hatte einen feuerroten Kopf bekommen.
„Zu Hause lernen meine Töchter derartiges nicht."
Rechtsanwalt Schou lachte laut und sagte:
„Bist du nicht dabei, wenn vorgelesen wird, Lucie?"
„Ich lese nur Bücher aus Budapest," sagte Willy.
Assistent Sejer ging via Budapest mit einem kühnen Sprung zu Reisen, Rundreisen und Badereisen über, während Frau Madderson mit Bezug auf die Bücher aus Pest ausrief:
„Sie sind ja auch illustriert," – und man hörte Fräulein Sejer rufen:
„In welcher Sprache sind sie geschrieben?"
Frau von Hahn, die die Reiseunterhaltung unterstützte, fand, daß es wirklich entzückend in Franzensbad sei und Fräulein Ottilia Hauch sagte und wurde blutrot, nachdem sie es gesagt hatte:
„Ich war ja jeden Sommer da, während er lebte."
Der Lohndiener hatte das Eis hereingebracht. Es war wie eine mächtige Henne geformt, die ihre Küchlein mit den Flügeln beschirmte.

Es erklangen allgemeine Ausrufe des Entzückens.
„Seht nur, sie ist gesprenkelt!," rief Fräulein Minna.
„Wirklich, famos gemacht," hörte man Herrn Schou sagen.
„Man sieht jede Feder," sagte Frau Madderson.
Frau Lund aber lachte am lautesten:
„Tante Vik, Tante Vik, ich schmecke sie schon auf der Zunge."
Frau von Hahn aber, der zuerst gereicht wurde, schnitt so heftig hinein, daß sie einen ganzen Flügel abtrennte.
Plötzlich hatte Herr Rechtsanwalt Meyer sich erhoben und schlug an sein Glas:
„Jetzt spricht der Testamentsvollstrecker," flüsterte Herr Schou, während Fräulein Sejers Gesicht sich plötzlich belebte und ihre Augen wie Stahl zu Freund Meyer aufleuchteten.
Herr Meyer, der so dastand, daß man sehen konnte, daß ein runder Rücken Familienerbteil war, sagte, er wüßte, daß Tante Viktoria kein Freund von Reden sei und am wenigsten von Reden zu „ihrer eigenen Ehre".
„Wenn man aber eine Idee bekommen hat," sagte Herr Meyer, „ist man nun einmal ... einmal der Sklave dieser Idee. Meine Rede soll übrigens keine Rede sein, ich will nur –" und der Rechtsanwalt hob seine etwas gekrümmte rechte Hand zum Eis hinauf – „auf dieses Bild zeigen und alle werden mich verstehen. Herzlichen Dank, Tante Viktoria."
Herr Meyer blieb einen Augenblick gerührt über dieses Bild und seine Gedanken gebeugt stehen, während Frau Lund und Frau Madderson zu Fräulein Sejer hinliefen und diese nickte:
„Ja, danke, danke," sagte sie zu allen, die mit ihr anstießen, „ihr wißt, die alte Tante schirmt, wo sie nur kann."
„Herr Rechtsanwalt Meyer ist immer so symbolisch," sagte Frau Madderson.
Es wurde allgemein mit den Gläsern angestoßen. Willy und die jungen Mädchen schlugen ihre Löffel im Takt gegen die Teller, Frau von Hahn aber flüsterte dem Assistenten höhnisch zu:
„Weshalb hast du nicht geredet. Warum muß es immer Meyer sein?"
Fräulein Sejer sah von einem zum anderen, als alle wieder Platz genommen hatten:
„Ja, ja, Kinderchen, nun schlachtet ihr die Henne."
Sie winkte Fräulein Holm, die einen leisen Bescheid empfing ...
Die Henne war zu Frau Lund gekommen, die kräftig einhaute.

„Himmel, sie berstet," sagte sie.
„Ach, wie schade, daß das hübsche Bild zerstört wird," sagte Frau Madderson.
Frau Lund, die sich der halben Brust bemächtigt hatte, sagte:
„Ich konnte es wirklich nicht helfen, das Tier ist ja hohl."
„Ja," sagte Fräulein Sejer, deren Augen noch immer wie die Augen eines Reptils über den Tisch leuchteten: „innen ist nichts. Aufgegessen ist aufgegessen."
„Ja," sagte Frau von Hahn.
Die Aufwartefrau, die eine mächtige weiße Schürze mit Zwischenborte über ihren vielen Röcken trug, kam mit den Champagnerkühlern herein, in denen Silberhälse prangten.
Es gab einen wahren Aufstand, während alle Jungen in die Hände klatschten. Herrn Meyers Gesicht erstarrte wie eine Maske und Frau Madderson, die froh gelächelt und mit den Jungen zusammen die Hände gerührt hatte, erstarrte plötzlich ebenfalls und bekam genau denselben Gesichtsausdruck wie Herr Rechtsanwalt Meyer.
Frau von Hahn war aschgrau geworden.
„Das ist ja ein wahres Trinkgelage," sagte sie und es wollte ihr nicht ganz glücken, das Zittern ihrer Stimme zu verbergen, „man sollte meinen, Viktoria, es solle ein Leichenschmaus sein."
„Findest du, Thereschen," antwortete Fräulein Sejer.
Assistent Sejer trommelte mit allen zehn Fingern auf den Tisch, während Frau Lund sagte:
„Ach, nichts labt so gut, wie Champagner. Wir, lieber Gott, haben ihn nur bei der Taufe von Nummer eins bekommen."
Fräulein Lucie sagte halblaut:
„Pah, wenn wir uns nur bei ihr amüsieren, solange sie lebt."
Fräulein Sejer saß plötzlich ganz still – den Kopf hatte sie vorgestreckt, wie um besser von Gesicht zu Gesicht sehen zu können – und indem ihre gespreizten Finger auf dem Tisch ruhten, glich sie einer großen Spinne, die spann.
„Champagner läßt sich ja nicht aufbewahren," sagte sie.
Der Lohndiener war bis zu Herrn Schou gekommen, der ihn leise fragte:
„Was ist es für eine Marke?"
„Mumm, Herr Rechtsanwalt," antwortete der Lohndiener.

„Man sollte wirklich glauben, daß Sie nicht recht bei Trost ist," sagte Herr Schou.

„Es kitzelt im Mund," sagte Fräulein Lucie, die trank.

„Wie ist das," fragte Herr Schou.

„Ach, das wissen Sie ja sehr gut."

Der erste Knallbonbon puffte über den Tisch. Es war Willy, der mit Frau Madderson knallte. Die Devise fiel mitten aufs Tischtuch und die Jungen balgten sich darum, um ihn vorzulesen.

„Laßt Willy lesen," rief Fräulein Sejer, „er liest am deutlichsten."

„Ja, laßt Willy," schrie Fräulein Emilie, „das bißchen Französisch ist das einzige, was er kann."

Fräulein Lucie aber knallte schon mit Herrn Schou.

„Pfui, wie gräßlich," sagte sie, während Herr Willy Frau Maddersons Devise vorlas, einen Refrain aus Montmartre, der Stallknechte erröten machen konnte. Alle lachten.

„Willy," rief Frau Lund und schwang einen Knallbonbon über ihrem Kopf, „ich sammle sie für die Lehrerin, abends in der Pfarre."

Herr Willy aber, der bald mit Frau Lund und bald mit Frau Madderson knallte, las einen Vers nach dem anderen vor, während alle lachten und applaudierten.

„Oh, Herr Willy, ich hab mir die Finger verbrannt," schmachtete Frau Madderson und streckte ihre Finger kokett in die Luft.

Willy las noch immer:

„Encore un baiser qui ne tire à rien ..." plötzlich aber hielt er inne, „nee, der ist zu toll," sagte er, während seine roten Lippen vor Vergnügen zu funkeln schienen.

„Was sagt er?" zischte Fräulein Sejer, die ihren Kasimirschal verloren hatte und mit von sich gestreckten Händen dasaß, wie eine alte Hexe, die sich am Feuer wärmt.

„Her damit," sagte Fräulein Lucie und sie entriß Willy den Vers, purpurrot, um ihn mit Herrn Schou zusammen zu lesen, wobei dessen Schnurrbart ihre Wange kitzelte, als ob ein Sergeant in einem Tanzlokal mit einer Dame walzte.

Man konnte sein eigenes Wort nicht mehr verstehen, während alle knallten und die Jungen vorlasen, zurückgelehnt, lachend, – alle durcheinander.

„Nein," schrie Willy, der aufsprang, „ich bin der Vortragende" und er übertönte alle anderen.

„Amour, amour, oh chose difficile …"
„Gib her," sagte Frau Lund, „ich sammle."
„Man kann ja nichts verstehen," rief Fräulein Sejer, die auf ihrem Eichenstuhl hin- und herrückte.
„Gott, Herr Willy," hörte man Frau Madderson sagen, während Fräulein Ottilia jugendlich fast aus ihrem eigenen Ausschnitt herauskroch.
„Amour, amour, oh chose difficile …"
„Ob es nicht bald Zeit wird, die Tafel aufzuheben?" sagte Frau von Hahn, die auf ihrer Düne nicht an französische Verse gewöhnt war.
„Sie haben bisweilen sehr treffende Einfälle," sagte der Assistent und knallte zum drittenmal mit Fräulein Emilie, die ihm, wenn er mit der Zukunft vor Augen seine weibliche Bekanntschaft durchging, von einer vertrauenerweckenden Solidität zu sein schien.
Fräulein Lucie lachte neben Herrn Schou, daß es gluckste. Dänische Ausrufe vermischten sich mit französischen Versen … Frau Madderson zeigte über den Tisch hinüber Rechtsanwalt Meyer ihren armen, verbrannten Finger, während Frau Lund sich mitten im Zimmer mit Willy balgte, der auf einen Stuhl gesprungen war.
„Wünschen gnädiges Fräulein noch einen?" sagte der Lohndiener, der noch immer die Schüssel mit den Knallbonbons herumreichte, zu Fräulein von Hahn.
„Wie sie sich amüsieren," sagte Fräulein Sejer, deren Augen ganz aufgehört hatten, zu laufen, „ach, Herr Geheimrat, Lachen ist ja so gesund."
Fräulein Lucie lag fast in Herrn Schous Armen, während Fräulein Minna zu Rechtsanwalt Meyer sagte:
„Es ist so nett, wenn die Jugend sich im Familienkreise amüsieren kann."
„Sie wollen keinen Knallbonbon," sagte Herr Ash zu Frau Bella.
Und als sie den Kopf schüttelte, sagte William:
„Die Macht des Geldes, Frau Schou, ist doch nicht die Macht des Lebens."
„Nein," antwortete Frau Schou leise, „es gibt andere Gegenden, in denen man sich noch mehr verirren kann."
Willy sprang plötzlich von seinem Stuhl herab.
„Hier, Fräulein Holm," rief er der Gesellschaftsdame zu und streckte ihr einen Knallbonbon entgegen, während seine blitzenden Augen die ihren suchten.

„Danke, Herr Willy," antwortete sie, „ich kann zu wenig französisch."
„Sie brauchen keine Angst zu haben, daß Sie sich die Finger verbrennen," rief Fräulein Sejer.
„Aber gebranntes Kind scheut das Feuer," flüsterte Fräulein Lucie.
„Wir beide," sagte sie und reichte Willy einen Knallbonbon.
„Amour, amour, oh bel oiseau ..."
Es waren keine Bonbons mehr da. Der Geheimrat hatte den letzten bekommen, und der war leer.
„Auch ein Konditor weiß," sagte er, „daß seine Verse an Alte nur verschwendet wären."
Während die Wogen der Stimmung sich etwas legten, wurden die Spülkummen hereingebracht und die Gesellschaft netzte ihre Fingerspitzen.
„Jetzt wünscht die Alte euch eine gesegnete Mahlzeit," sagte Fräulein Sejer und erhob sich am Arm des Geheimrates.
„Es müßte ihr verboten werden," sagte Frau von Hahn, indem sie am Assistenten vorbeiging.
Herr Willy war einen Augenblick im Eßzimmer zurückgeblieben, wo er mit den Händen in den Hosentaschen und blitzenden Auges den Wahlplatz betrachtete.
„Ja, Lauritzen," sagte er zum Lohndiener, „es gibt manche Art Nachtcafés und das Familienleben entwickelt sich."
Er stand eine Weile nachdenklich.
„Haben Sie keine Stellung?"
„Nein, augenblicklich nicht," sagte der Lohndiener, der seine Nägel mit einer Serviette rieb.
„Na," sagte Willy und drehte sich um, „Sie kommen auch wohl so durch?"
„Man hat ja seine kleinen Hilfsquellen," antwortete Lauritzen mit seinem unbeweglichen Gesicht.
Mitten im Wohnzimmer zählte Frau Lund ihre Verse.
„Siebzehn hab' ich," sagte sie.
Überall wünschte man sich gesegnete Mahlzeit, während Frau Lund Frau Madderson zuflüsterte:
„Ich darf sie wohl nachher in Ruhe lesen, wenn die anderen Kaffee trinken."
„Gesegnete Mahlzeit," sagte Rechtsanwalt Schou und küßte Frau Bellas Wange, so, daß er sie kaum streifte.

Während der Lohndiener den Kaffee herumreichte, erzählte Rechtsanwalt Meyer von einer Scheidungssache:
„Bisweilen weiß man wirklich nicht, ob die Leute heutzutage so etwas wie ein Gewissen besitzen," sagte er, „in diesem Fall sind fünf Kinder da."
Die Scheidungssache, die zeleber war, wurde allgemeines Gesprächsthema und der Geheimrat sagte:
„Ja, Scheidungen sind im Begriff, in die Sakramente unserer Gesellschaftsordnung eingereiht zu werden."
„Bah," sagte Fräulein Lucie, „ich wüßte sonst auch nicht, weshalb man heiraten sollte."
Herr Meyer aber, der dem Assistenten gerade ins Gesicht sah, fragte:
„Aber woher kommt diese ganze Unsittlichkeit? Es ist, als ob sie ganze Familien verheerte."
Der Assistent zuckte die Achseln.
„Die Prinzipien sind tot, Herr Rechtsanwalt."
Fräulein Sejer, die über ihre Kaffeetasse gebeugt saß, als läse sie in deren Bodensatz, sagte:
„Na, Kinderchen, ich freue mich doch, daß den Menschen mehr Freiheit zuteil wird."
„Weshalb, Fräulein Sejer?" fragte Herr Ash plötzlich.
Fräulein Sejer, deren zwinkernde Augen William von oben bis unten maßen, sagte: „Freundchen, man soll nie einem Schriftsteller Rede stehen."
„Aber als ich jung war," fügte sie hinzu, „gab es im Tivoli, – ja, Freundchen, das war damals – etwas mit Sacklaufen. Knaben, die mit einem Sack überm Kopf liefen. Und es war amüsant zu sehen, wie die starken eifrigen Knaben sich tummelten."
„Dieses Sacklaufen gibt es wohl noch heutzutage," sagte William.
Fräulein Sejer lächelte:
„Davon weiß ich nichts. Jetzt sitze ich immer nur beim Konzertsaal, und dort ist's übrigens auch hübsch und manches zu sehen."
„Trinkt, Kinderchen, trinkt," sagte sie und zeigte auf die vielen Likörflaschen.
Rechtsanwalt Schou näherte sich dem Lohndiener, der einschenkte, und fragte leise:
„Was ist das für'n Zeug, Lauritzen?"

„Herr Rechtsanwalt müssen sich lieber an die Etiketten halten," sagte der Diener, der sich verbeugte.
„Wir Alten wollen uns nun an die Kartentische begeben," sagte Fräulein Sejer, „Fräulein Holm, machen Sie bitte die Spieltische zurecht."
Fräulein Holm ging, ohne etwas zu sagen, durch die Zimmer und begann die Tische zurechtzustellen.
„Was will Tante Vik eigentlich mit dieser blassen, irritierenden Person?" fragte Frau Lund, nachdem Fräulein Holm vorbeigegangen war.
„Liebe Emma," antwortete Fräulein Emilie, „es ist immer angenehm, wenn so jemand einen Klotz am Bein hat, damit er abhängig ist. Du weißt doch, daß sie ein Kind hat."
„Ach, die Ärmste," sagte Frau Lund, „Kinder, und noch dazu außer der Ehe zu haben, ist entsetzlich."
„Die außerehelichen Geburten haben auch abgenommen," sagte Herr Willy, der hinzugetreten war.
„Ist das die Folge deiner Tugend, Willy?" lachte Frau Lund.
„Es wird jedenfalls auch nicht anders, wenn ich heirate," sagte Willy und drehte sich auf der Hacke rum.
„Eigentlich dürfte so jemand wie Willy gar nicht im Familienkreise geduldet werden," sagte Frau Lund.
„Ach," rief Lucie dazwischen, „die anderen sind auch nicht besser. Du ahnst nicht, was man manchmal auf einem Ball hört."
„Und *sagt*," rief Willy aus seiner Ecke, wo er mit seinen idealen Beinen baumelte.
„Augusta," sagte Frau von Hahn, die mit ihrer Tochter vor einem Schranke stand: „es ist, wie ich sage, sie *verkauft* jetzt geradezu ihre Sachen. Weshalb waren sonst die Schalen nicht auf dem Tisch. Aber du könntest vielleicht, während du so hin und hergehst, einen Blick in den Porzellanschrank werfen, damit wir Gewißheit bekommen. Ich will auf alle Fälle mit dem Geheimrat sprechen, wenn sie zum Spieltisch gegangen ist. Nur ist ja leider kein Zusammenhang in der Familie."
Fräulein von Hahn sann eine Weile nach:
„Du solltest lieber zuerst mit Vetter Schou sprechen, Mama."
„Weshalb?"
„Er müßte doch Vormund werden," sagte Fräulein Augusta.
„Kind, Kind, es ist großartig, wie du alles bedenkst," sagte die Mutter.
„Das lernt man, Mama," antwortete die Tochter, „wenn man nie was anderes wie Lumpen besessen hat."

Mutter und Tochter trennten sich.
Fräulein Augusta ging ins Eßzimmer, wo Madame Jensen am Büfett den Creme von den Eistellern mit einem Suppenlöffel schlürfte, während Fräulein Holm die gebrannten Mandeln aus den Knallbonbons zusammensuchte, die überall auf dem Tisch liegen geblieben waren, und die plötzlich innehielt, als Fräulein von Hahn eintrat.
Fräulein Augusta meinte sicher, daß sie ihre Handschuhe hier vergessen habe, und sie begann suchend um den Tisch herumzugehen, als suche sie eine Stecknadel.
Madame Jensen drehte sich nicht um und Fräulein Holm war hinausgegangen.
Fräulein von Hahn war bis zu dem großen Schrank gekommen.
„Ach," sagte sie, „was für himmlische, alte Schlösser. Wie schön würden die sich an einem Toilettentisch machen."
Sie begann die alten Schlösser und Schlüssel zu befühlen.
Im Salon setzten sich die beiden Fräulein Hauch, Frau Madderson und Fräulein Sejer an den Spieltisch.
„Kartenspielen ist doch etwas Reizendes," sagte Fräulein Sejer und schob den verwachsenen Rücken in die Höhe, „ist es nicht, als ob man etwas zwischen den Händen mischt, Kinderchen?"
Der andere Spieltisch stand leer.
„Wollen Sie spielen, Herr Geheimrat?" fragte Frau von Hahn an der Tür zum Wohnzimmer. Sie hatte dennoch beschlossen, zuerst mit dem Arzt zu sprechen: „sonst möchte ich gern ein paar Worte mit Ihnen reden, – nur ein paar Worte."
„Eigentlich hatte ich die Absicht zu spielen," antwortete der Geheimrat.
„Ich werde mich ganz kurz fassen," sagte Frau von Hahn.
Frau von Hahn machte dem Geheimrat Platz, und sie gingen ins Wohnzimmer, wo sie sich auf ein Sofa setzten.
„Gott," sagte Frau Lund, „sie haben schon angefangen zu spielen, da muß ich hinein, um mir Tante Viks Gewinnst zu sichern."
Und Frau Lund ging in den Salon, von Willy gefolgt.
„Lieber Geheimrat," sagte Frau von Hahn, „es tut mir ja so leid, aber Vetter Sejer und ich ängstigen uns wirklich, – wegen Viktorias Befinden – wie es nun einmal um sie steht."
„In welcher Beziehung, gnädige Frau?" fragte der Geheimrat und sah sie an.

Frau von Hahn machte eine unwillkürliche Bewegung mit dem Kopf, fast wie ein Jockey, der sich zum Sprung bereitet.
„Liebster Geheimrat," sagte sie und plötzlich rief sie den Vetter: „Vetter Sejer, komm mal her," und zum Geheimrat gewendet fuhr sie fort:
„Es ist doch nicht normal, bester Geheimrat."
„Nein," sagte der Assistent, „und ich kann wohl sagen, daß wir alle beim Anblick ihres Befindens leiden. Ganz abgesehen von der unerhörten Art, wie sie mit den Geldmitteln umgeht."
„Augustachen, zieh die Portieren etwas vor," sagte Frau von Hahn zu ihrer Tochter, die gerade hereinkam.
Fräulein von Hahn flüsterte ihrer Mutter etwas zu.
„Mama, sie sind nicht da, weder die Silberschalen noch die chinesischen Teller."
„Hab ich es nicht gesagt," flüsterte Frau von Hahn zurück.
„Aber worin soll das Abnorme bei Fräulein Sejer denn bestehen, gnädige Frau?" fragte der Geheimrat, der Frau von Hahn noch immer betrachtete.
„Das Abnorme," sagte Frau von Hahn, die aschgrau im Gesicht war. „Das Abnorme? Aber wir müssen mit Freund Meyer beratschlagen, der die Gesetze kennt."
Herr Rechtsanwalt Meyer war herangetreten, von seiner Tochter Emilie gefolgt, die auf einer Sofakante Platz nahm.
„Lieber Meyer," sagte Frau von Hahn, „wir sprechen von der armen Viktoria. Sie meinen ja auch, daß sie viel besser in einer Anstalt aufgehoben sein würde."
Rechtsanwalt Meyer rieb unaufhörlich seine Hände.
„Ja, Herr Geheimrat," sagte er, „es sind leider Anzeichen vorhanden ... Aber es müßte eine Klinik sein."
„Bester Meyer," fiel Frau von Hahn ein, „Kliniken gewähren keine Sicherheit. Und Viktoria ist nicht Herr ihrer selbst."
„Aber," sagte der Geheimrat, „worin äußert es sich denn? Es müssen doch Symptome da sein ..."
„Symptome," entfuhr es Fräulein Emilie, die auf ihrem Sofaplatz ganz den väterlichen Gesichtsausdruck hatte: „Symptome sind mehr als genug da."
„Aber die kramt man doch nicht in Viktorias eigenem Hause aus," sagte Frau von Hahn.

„Am besten wäre eine Klinik," sagte Herr Meyer, „dann wird der Schein aufrechterhalten. Und von einer Entmündigung kann gar keine Rede sein."
„Weshalb nicht?" sagte Frau von Hahn.
„Wir wollen doch keinen Skandal in der Familie haben, Tante Therese," sagte Fräulein Emilie, die schnell ihren Kurs nach dem ihres Erzeugers änderte.
Der Geheimrat lehnte sich mit einem Gesichtsausdruck zurück, als gäbe er sich seiner Lieblingsbeschäftigung, mit Röntgenstrahlen zu photographieren, hin.
„Aber," sagte er und lächelte ganz fein, „ist eine Entmündigung denn nicht der Zweck?"
„Herr Geheimrat," sagte Herr Meyer, „so etwas tut man doch nicht in einem Geschlecht, das Achtung genießt und das außerdem die Augen des Publikums auf sich zieht."
„Und vor allen Dingen," sagte Frau von Hahn zu Herrn Meyer, „würde Schou ja Vormund werden, weil er der Nächste dazu ist und das ‚Zutrauen' würde vielleicht geschwächt werden."
Der Assistent sagte, während Rechtsanwalt Meyer erblaßte:
„Ja, meine Herren, so wie es ist, kann es jedenfalls nicht bleiben. Der Familie wegen. Können Sie mir sagen, Meyer, wovon sie lebt? Sie muß doch das Kapital angreifen."
Herr Meyer sagte:
„Als Testamentsvollstrecker ...?"
„Ich glaube nicht," sagte Frau von Hahn bebend, „daß Verrückte einen gesetzlichen Testamentsvollstrecker wählen können."
„Was meinen Sie damit?" schrie Herr Meyer.
„Was ich sage," antwortete Frau von Hahn und sah ihm herausfordernd in sein Vogelgesicht.
Sie hielt einen Augenblick inne und fuhr dann in einem anderen Tone fort:
„Ich habe stets gefunden, daß der gerade und offene Weg der beste ist. Und Anstalt und Vormundschaft sind eine Notwendigkeit ... ich weiß, was ich sage."
„Schou!" rief sie.
Rechtsanwalt Schou hörte es nicht. Er hatte Herrn William Ash in eine Ecke geklemmt und sprach von der Konzession zu einer Eisenbahn auf Amager, die einer seiner Freunde nachgesucht hatte.

„Das muß man doch respektieren," sagte Herr Schou, dessen Augen schon etwas gläsern, aber dessen Zunge noch recht behende war. „Der Mann hat das Geld auf den Tisch gelegt. Wer tut das heutzutage, mein Bester, wo alles sich an die Banken hält? Das Geld blank auf den Tisch gezahlt. Das muß man doch wahrhaftig respektieren."
„Schou!" rief Frau von Hahn wieder.
„Ja," sagte Schou und stützte sich leicht gegen den Tisch, als er durchs Zimmer ging.
Frau von Hahn begann die verhandelte Sache eifrig vor Rechtsanwalt Schou zu entwickeln, bis er sagte:
„Tja, mir ist es Wurst. Was meint denn der Geheimrat?"
Der Geheimrat antwortete nicht. Frau von Hahn aber fiel ein:
„Was meinst du denn als Vormund?"
„Ich meine gar nichts," sagte Schou, „es wäre ja ganz angenehm, sie zu beerben, obgleich ich nicht glaube, daß da viel zu holen sein wird. Aber allein die Tatsache, zu erben, stärkt den Kredit auf dem Geldmarkt."
„Da habt ihr seine ganze Firma," sagte Rechtsanwalt Meyer, indem er sich abwandte ...
„Wovon sprecht Ihr da drinnen," rief Fräulein Sejer vom Spieltisch.
Herr Schou lachte:
„Wir sprechen von dir, Tante," sagte er.
„Deshalb hab' ich wohl so viel Glück im Spiel," rief Fräulein Sejer zurück.
Am Spieltisch waren sie mit dem zweiten Robber zu Ende und rechneten ab, während Frau von Hahn rief:
„Jedenfalls muß ein Beschluß gefaßt werden."
Der Geheimrat überlegte einen Augenblick, bevor er sagte:
„Die Familie kann ja einen Spezialisten zu Rate ziehen. Spezialisten finden in solchen Fällen öfter einen Ausweg. Im übrigen aber glaube ich kaum, daß es etwas nützen wird."
Er schwieg einen Augenblick, bis er hinzufügte:
„Denn Fräulein Sejer ist ja nicht eigentlich gefährlich für die Umgebung."
Die beiden Fräulein Hauch, die zusammen gespielt hatten, waren im Begriff, Fräulein Sejer den Gewinn abzuliefern. Fräulein Sejer aber konnte nicht zurückgeben. Sie hatte nur drei Zwanzigkronenstücke vor sich auf dem Tisch liegen.

„Tante Vik, *dein* Gewinn ist meiner," sagte Frau Lund und lief hinaus, um das eine Zwanzigkronenstück vom Geheimrat wechseln zu lassen.
„Hu, ich kann es nicht vertragen, Gold zu sehen," sagte Willy.
„Weshalb nicht, Herr Willy?" sagte Frau Madderson.
„Ich glaube, in meinem Alter tragen alle einen Dieb mit sich herum."
Der Geheimrat sah ihn plötzlich an.
„Mag sein," sagte er, „daß es einen kleinen Wahnsinnspunkt in verschiedenen jungen Gehirnen gibt."
Willy streckte seinen schlanken Körper.
„Ja, Herr Geheimrat, wir spielen Räuber im Walde."
„Gott," rief Fräulein Lucie, „wie Willy das zu sagen wagt."
„Was tust du denn im Walde, Lucie?" lächelte Fräulein Minna.
Herr Willy lachte.
„Sie baut sich Laubhütten," sagte er.
„Hm, hm," sagte Fräulein Sejer und schüttelte sich, „Willy ist ein schlimmer Spaßmacher."
„Und doch ist er solch liebevoller Sohn."
„Na ja," sagte Willy, „meine Mutter sehe ich nur zweimal im Jahre. Und außerdem ist sie es doch, die mich in diese frohe Welt gesetzt hat."
„Gott," sagte Frau Madderson und hob die Schultern, als ob sie fröre: „es ist schrecklich, die Jugend heutzutage reden zu hören."
„Na, Ihnen wird es wohl nichts schaden, Frau Meyer, Madderson wollte ich sagen," bemerkte Fräulein Sejer.
William Ash sagte nach der minutenlangen Pause, die entstanden war:
„Schade, daß Sie kein Dichter geworden sind, Willy. Von Ihnen hätte man vielleicht die Wahrheit zu wissen bekommen."
„Wer weiß?" antwortete Willy.
„Hm, ja, der Junge hat einen klaren Kopf," sagte Fräulein Sejer.
„Ihr teilt," fuhr sie fort und teilte ihren Spielgewinn zwischen Frau Lund und Willy, „man hat immer seine Lieblinge in der Familie."
„Wollen Sie bitte für den Tee sorgen," rief sie zu Fräulein Holm hinein, die in die Küche ging, wo sie die Mamsell und Herrn Lauritzen allein antraf.
Als Fräulein Holm wieder gegangen war, sagte Herr Lauritzen:
„Ist Ihre Stellung nicht etwas beschwerlich in diesem Hause?"

„Nee," sagte sie, „ich mag gern solche Häuser, wo jeder sein Geheimnis hat."
„Wie meinen Sie das?"
„Da kann man sein eigenes auch in Ruhe haben," sagte die Mamsell und setzte den Teetopf aufs Anrichtebrett.
Während Herr Lauritzen den Tee herumreichte, sagte Fräulein Sejer:
„Nun singen Sie uns wohl eines Ihrer kleinen Lieder vor, Frau Madderson?"
Frau Madderson erwiderte:
„Herzlich gern. Aber mein Können ist ja nur gering."
Frau Madderson begann im „Liederschatz" zu blättern, während alle, etwas müde, Tee nahmen.
Dann begann sie zu singen:

Zwei Drosseln saßen auf dem Zweig,
Und Freunde waren sie zugleich,
Ihr Sinn war trüb und sorgenvoll,
Wie stets, wenn man sich trennen soll.
Sie pfiffen drauf den Abschiedssang,
Der traurig durch den Wald erklang.

Während Frau Maddersons Gesang verhallte, hörte man Fräulein Minna sagen:
„Ein bißchen Gesang ist doch herrlich."
„Ja, es macht Stimmung," sagte Fräulein Ottilia, die beim Laut des schwesterlichen Organs ihre müden Augen aufriß, „und Frau Madderson singt so hübsch. Es ist wirklich ungewöhnlich, wie sie ihre Stimme bewahrt hat in ihrem Alter."
Herr Meyer, der auf seinem Stuhl mit dem Kopf dem Takt folgte, sagte:
„James ist ein Talent, ein seltenes, seltenes Talent. Sie war für die Bühne geboren."
Herr Schou, der neben dem Assistenten stand, sagte und lachte:
„Sehen Sie doch nur mal den Meyer an. Jeder Mensch hat doch seinen Spleen."
Frau Madderson drehte sich um, während sie mit dem Vorspiel zum zweiten Vers begann und sagte:
„Ich singe nie so gut, wie zu Hause, nicht, Herr Rechtsanwalt?"

Die erste sang: „mein trautes Weib!
Leb wohl in alle Ewigkeit!"
Die andere sang: „mein trauter Herr!
Leb' wohl, wir sehen uns nimmermehr!"
Die erste sang: „auf fernem Weg,
Mein Lieb, ich der Erinnerung pfleg!"

Während Frau Madderson sang, sagte der Assistent als Antwort auf Herrn Schous Worte:

„Ich habe dies Verhältnis nie begreifen können und ich muß sagen, ich billige es nicht, daß diese Dame in der Familie verkehrt."

„Nee, da mögen Sie Recht haben, hier gibt's schon schmutzige Wäsche genug."

Er ging auf die beiden Fräulein Hauch zu und sagte:

„Na, was ist also mit eurem Haus los?"

Und er setzte sich mitten zwischen sie.

„Ja, siehst du," sagte Fräulein Minna, „wir möchten ja, ehrlich gestanden, gern verkaufen. Und wir haben mit Meyer gesprochen" – sie sah zum Herrn Rechtsanwalt hinüber, der noch immer mit geschlossenen Augen lauschte –, „aber er ist etwas unverständlich für Damen, mag er als Jurist auch noch so fein sein."

„So?" sagte Schou.

„Ja, er hat immer so viel mit Stempeln und dergleichen vor," sagte Fräulein Ottilia.

„Hm, ja," sagte Schou, „bei mir wird das Geld bar auf den Tisch gezahlt. Und die Formalitäten besorgt mein Bevollmächtigter."

„Wovon sprecht Ihr?" rief Fräulein Sejer mitten durch die Musik.

Immer, wenn musiziert wurde, war Fräulein Sejer so scharfhörig, als hantiere sie sieben Hörrohre auf einmal.

„Man sieht Albert ja so selten," antwortete Fräulein Ottilia.

„Und er ist immer so dienstbereit," sagte Fräulein Sejer, „und so schnell bei der Hand."

Herr Rechtsanwalt Meyer war bei Fräulein Sejers Stimme gleichsam erwacht.

„Ja, Meyer," sagte sie zu ihm, als er plötzlich aufstand, „so ein bißchen Musik ist doch wunderschön, Freundchen."

Fräulein Minna aber sagte hastig zu Herrn Schou:

„Wir werden zu dir kommen, aber beide. Wir fürchten nur, daß wir an Zinsen nicht bekommen werden, was uns die Miete einbringt."
Schou drehte an seinem Schnurrbart.
„Oh, ich denke doch," sagte er, „wenn wir das Haus nur an den rechten Mann bringen. Solche Art Grundstücke sind nicht die schwierigsten."
Fräulein Emilie schoß hinter einer Gardine hervor auf ihren Vater zu, während Frau Madderson noch immer sang:

Die andere sang: „im fernen Nest
Mein Herz sich niemals trösten läßt!"
Er flog nach Ost, sie flog nach West:
„Nun bleibt der Kummer mir als Rest!"
Sie flog nach West, er flog nach Ost:
„Leb wohl, leb wohl, bleib ohne Trost!"

„Hm," sagte Fräulein Emilie, „Schou verkauft jetzt Hauchs Haus. Aber man kann seine Ohren ja nicht überall haben."
Herr Meyer nickte plötzlich zweimal mit dem Kopf, wie ein wütender Widder:
„Woher weißt du das?" zischte er. Und plötzlich wandte er sich zum Klavier und sagte sehr laut:
„Sie haben genug gesungen."
„Ja, Herr Rechtsanwalt," sagte Frau Madderson, deren Hände glatt von den Tasten herabfielen.
„Ich danke," sagte Willy im Salon, wo Frau Bella Schou in einer Ecke saß und Albums besah.
William Ash trat hinzu:
„Puh," sagte er, „sie singt wie ein künstlicher Kanarienvogel."
„Sie singt, wie sie selbst ist," sagte Willy.
„Ich hab gar nicht zugehört," sagte Frau Bella, „ich habe Photographien besehen."
„Familienbilder?" fragte William.
„Ja," sagte Frau Bella, „und es ist merkwürdig, wie alle Gesichter sich gleichen – von jungen Jahren auf."
„Ja," sagte er.
„Ein Unterschied ist doch da," sagte Willy, „bei den anderen ist der Buckel nach innen gewachsen."
William Ash lachte:

„Ja, es ist gar nicht unmöglich, daß Fräulein Viktoria die Unschuldigste ist."
„Aber," fragte Frau Bella und starrte vor sich hin, „wo stammt das Ganze her?"
„Vom Kammerrat," sagte Willy, „und dies ist die dritte Generation."
Frau Bella lachte plötzlich:
„Und du bist der Gentleman der Familie, Willy."
Willy schaukelte seinen Körper leise hin und her.
„Weshalb fällt es dir nie ein, dich in mich zu verlieben, Bella?"
„Das ist mir wirklich noch nie eingefallen, Willy," antwortete Frau Bella lachend.
„Und außerdem," fuhr sie fort, „wäre es gewiß gar nicht so angenehm, Willy. Denn du denkst immer nur an die, die du noch nicht besessen hast, und allen denen, die du magaziniert hast, schenkst du keine Gedanken."
„Ich bin ein Kind meiner Zeit," sagte Willy, dessen Augen plötzlich einen wehmütigen Ausdruck bekommen hatten.
Der Lohndiener meldete, daß Fräulein Hauchs Wagen da sei.
„Ah, schon?" sagte Fräulein Ottilia und die beiden Schwestern begannen mit vielen kleinen Verbeugungen Abschied zu nehmen.
Frau von Hahn stand zwischen Assistent Sejer und Herrn Meyer:
„Wir sind heute wieder nicht weiter gekommen. Aber auf dich, Vetter Sejer, kann man sich doch auch gar nicht verlassen."
Der Assistent antwortete, indem er seine Nägel betrachtete:
„Ein Mann in meiner Stellung, Therese, überschreitet niemals die Grenze."
Frau von Hahn lachte:
„Aber Sie, Meyer, werden wohl lange auf einen Nachlaß warten können. Denn jetzt kann ich es ja sagen, sie verkauft geradezu alle Wertgegenstände."
Rechtsanwalt Meyer öffnete seinen Mund:
„Was sagen Sie?"
„Ich sagte," antwortete Frau von Hahn, „daß sie alles mit Stumpf und Stiel verkauft. Haben Sie nicht gesehen, daß wir auf Fayance gegessen haben?"
„Ja, indem Sie es sagen, Gnädigste ..." und Herr Meyer sah aus, wie ein Mann, in dessen Gehirn plötzlich alle Gedanken Walzer tanzten.

„Aber weshalb, weshalb?“ fragte er und schüttelte den Kopf, „weshalb sollte sie es tun?“

„Um die Erbmasse zu bestehlen, Meyer,“ antwortete Frau von Hahn, in deren Haarputz die zwei Straußfedern wie zwei Fahnen wehten.

„Das ist seltsam – Frau Madderson hat mir genau dasselbe gesagt. Ja, ja,“ fuhr der Rechtsanwalt fort, indem ein plötzlicher Ausdruck der Bewunderung auf seinem verwirrten Gesicht aufleuchtete, „der Instinkt des Weibes, ich sage es ja immer, der geniale Instinkt des Weibes ...“

„Wenn man aber andererseits die Sachlage betrachtet,“ fuhr er in einem anderen Tone fort, „wie sollte sie es handhaben? Sie kann doch nicht selbst ...“

„Der Blonde, der hier ewig ein und ausgeht, besorgt es natürlich für sie,“ fiel Fräulein Emilie ein.

„Wer?“ fragte der Vater.

„Wen meinst du?“ Das war Frau von Hahn.

„Ich kenn’ ihn nicht. Aber ich habe ihn häufig hier auf der Treppe gesehen, mit Paketen.“

„Bei welcher Gelegenheit hast du ihn denn gesehen, Emilie?“

„Gott, ich muß mir doch manchmal hier ein Schuhband im Torweg binden,“ antwortete Fräulein Emilie.

Herr Meyer warf einen Blick auf seine Tochter.

„Wenn aber der Geheimrat nicht will,“ sagte er.

„Es sind doch genug andere da,“ sagte Frau von Hahn, „und die Spezialisten haben doch glücklicherweise ein tieferes Wissen – wenn sie auch teurer sind.“

Der Assistent sagte, während er noch immer seine Nägel betrachtete: „Natürlich hat Therese im Grunde Recht.“

Herr Meyer, der noch immer den Eindruck machte, als habe er Mükken im Kopf, sagte:

„Ja, dann ist wohl eine Anstalt doch das richtigste. Es muß eingeschritten werden, so bedauerlich es auch für die ganze Familie sein mag.“

Und als Rechtsanwalt Schou vorbeischlenderte, drehte er sich rasch um und sagte herzlich:

„Wir Kollegen haben so wenig miteinander geplaudert heute Abend.“ Und er schlug dem Kollegen mit seiner gekrümmten Hand auf die Schulter.

„Wie sah er aus?“ flüsterte Fräulein Augusta Hahn Fräulein Emilie zu.

„Wer?“

„Der Blonde, den du auf der Treppe gesehen hast.“

Fräulein Emilie beschrieb ihn.

„Ich glaub’, ich kenne ihn von der Straße her,“ sagte Fräulein von Hahn.

Fräulein Emilie lachte:

„Das bezweifle ich nicht. Du verstehst es, deine Augen zu gebrauchen.“

Die beiden Fräulein Hauch hatten ihre Abschiedsrunde beendigt und umarmten Fräulein Sejer:

„Himmel, fast hätte ich es vergessen: Ottilia und ich wollten so gern die geblümte Bettdecke als Muster leihen. Du weißt, die alten Muster werden jetzt wieder modern.“

„Hab’ ich die frühere zurückbekommen?“ fragte Fräulein Sejer, „na, Fräulein Holm kann sie euch geben.“

Die beiden Fräulein Hauch waren draußen.

„Hm,“ sagte Fräulein Sejer, nachdem die Tür sich hinter ihnen geschlossen hatte: „es ist rührend, daß Minna nie müde wird, Ottilias Jungfernbauer zu schmücken.“

„Augusta,“ fügte sie lauter hinzu, „hast du Hauchs neuen Diener gesehen? Er ist recht hübsch gewachsen. Sie haben ihn von den Husaren.“

Herr Schou, der noch immer mit Meyer sprach, der jetzt bis zur Vormundschaft gekommen war, sagte:

„Mir ist es Wurst, ich hab’ nichts mit solchen Sachen zu tun.“

„Und Vormünder,“ sagte Herr Meyer, „können ja von der Obrigkeit gewählt werden.“

Frau von Hahn hatte sich plötzlich neben Fräulein Sejer gesetzt und fragte sie, wo sie ihr Wild kaufe, denn nirgends bekäme man solche Hasen wie bei ihr.

„Bei dir bekommt man solch schöne Saucen, Therese,“ sagte Fräulein Sejer.

„Gott, Viktoria, die sind doch gar nicht mit deinen zu vergleichen.“

Im anderen Zimmer lasen Frau Lund und Fräulein Lucie mit Emilie Meyer unter lautem und etwas nervösem Gelächter die Verse noch einmal durch.

William Ash und Willy saßen in einem Sofa beisammen.
„Wie ist es möglich, daß man sich dazu hergibt, zuzusehen, wie die Spatzen in den Zwieback hacken," sagte Willy, „und dabei hat man nicht mal das nötige Kleingeld, um standesgemäß zu soupieren."
Der Schriftsteller lächelte müde:
„Das können Sie von mir bekommen," sagte er und nahm zwei Scheine aus seiner Westentasche.
„Eigentlich ist es unrecht von mir," sagte Willy, der sie mit seiner ringbesetzten Hand nahm und in seine Fracktasche schob: „Zu Hause aber kann man es auch nicht aushalten."
„Weshalb nicht?"
„Weil es einem dann passieren könnte, daß man sich in eine Ecke setzt und losheult."
Und da William ihn ansah und den Kopf hob, fügte Willy hinzu und auf seinem Gesicht waren plötzlich all die Falten zu sehen, von denen es in den nächsten dreißig Jahren geprägt sein würde.
„Was hat das Dasein für einen Zweck, Mensch?"
Der Geheimrat, der die letzte Stunde im Schaukelstuhl zugebracht und die Zeitung durchstudiert hatte, ging an ihnen vorbei:
„Weshalb wollen Sie eigentlich nichts, junger Mann?" sagte er zu Willy.
„Was soll man wollen?" fragte Willy.
„Ein Glied sein," antwortete der Geheimrat, „aber gerade auf diesem Punkt weigert sich die Jugend, junger Freund."
Der Geheimrat ging weiter, um von Fräulein Sejer, die noch immer neben Frau von Hahn saß, Abschied zu nehmen.
„Sie sehen etwas müde aus, mein lieber Herr Geheimrat," sagte Frau von Hahn.
„Nicht so müde, daß ich nicht sowohl hören wie sehen kann, gnädige Frau."
„Gute Nacht, Fräulein Sejer –" und der Geheimrat verbeugte sich, „glauben Sie mir, ich bin der die Hand über Sie hält."
Frau von Hahn wurde sehr bleich, sagte aber innig:
„Wie über so viele andere."
„Hm," antwortete der Geheimrat, unter dessen Blick Frau von Hahns gelblich-bleiches Gesicht plötzlich rot wurde, „ein Hausarzt gilt heutzutage nicht viel. Er kann seinen Patienten nur ... das schlimmste vom Leibe halten."

„Ja," sagte Fräulein Sejer, „Sie sind prächtig, Rätchen," und plötzlich lächelte sie, „wenn man Ihrer bedürfte."

Frau von Hahn hatte hastig den Kopf gewendet und sah ihre Cousine an. Fräulein Sejer aber erhob sich nur.

„Adieu, lieber Rat, adieu. Und vielen Dank für Ihren Besuch." Und sie begleitete ihn zur Tür.

Frau von Hahn war blitzschnell aufgestanden und zu Herrn Meyer gegangen, der seine Unterredung mit Kollege Schou beendigt hatte.

„Na," sagte sie und lachte mit einem gleichsam ausgetrockneten Gelächter, „haben Sie die Vormundschaft bekommen?"

Ohne eine Antwort abzuwarten, kehrte sie zu Fräulein Sejer zurück und sagte:

„Wie herrlich muß es sein, sich solchen Hausarzt halten zu können. Ein Hausarzt gibt dem ganzen Hause das Gepräge."

„Ja, Thereschen," antwortete Fräulein Sejer, „der Geheimrat wirkt so beruhigend."

Der Lohndiener meldete Herrn Rechtsanwalts Schous Wagen, und Frau Emma Lund sagte zu Frau Bella:

„Liebe Bella, kann ich mit euch fahren ... Das ist doch immerhin ein Stück Weges."

„Gewiß gern, liebe Emma," antwortete Frau Bella, die William Ash und Herrn Willy adieu sagen wollte.

„Wir gehen mit," sagte Willy, „ich glaube, daß die Vögel jetzt endlich die Köpfe unter die Flügel stecken wollen."

Schous, Willy und Ash gingen zusammen ins Entree, wo Schous pelzbekleideter Diener seiner Herrin den mattschwarzen Abendmantel um die Schultern legte.

Auch Frau Lund kam heraus und man half ihr in ihr kurzes Mäntelchen, während Herr Schou sich umwandte und fragte:

„Ist Madame fertig?"

Die ganze Gesellschaft stieg die Treppe hinunter, Frau Bella und William voran.

Als sie einen Absatz tiefer gekommen waren, als die anderen, sagte Frau Bella:

„Das schlimmste, mein Freund, ist die ewige Fortsetzung."

„Was meinen Sie damit?" fragte Ash.

Frau Bella zögerte eine Weile, bevor sie sagte:

„Morgen haben wir Mittagsgesellschaft. Geschäftsfreunde meines Mannes."

„Hm, ja," sagte William, „heutzutage wird vielfach bei Geschäften gegessen."

„Jedenfalls bei einigen Geschäften," sagte Frau Bella.

Sie waren allesamt auf die Straße gekommen, und Frau Lund stieg zuerst in den wartenden Wagen.

„Ich geh noch ein Stück mit Herrn Ash," sagte Herr Schou, als auch seine Frau in den Wagen gestiegen war. Und zum Diener gewandt, fuhr er fort:

„Sie brauchen nicht auf mich zu warten, Hans."

Frau Bella hatte sich, ohne etwas zu sagen, in ihren mattschwarzen Mantel wie in ein Laken eingehüllt.

„Gute Nacht," sagte sie und beugte den Kopf.

Der Wagen rollte fort.

Willy sprang gerade auf einen elektrischen Wagen, als Herr Schou und William über die Straße gingen.

Willy stand oben in dem gelben Licht des Wagens.

„Flotter Kerl," sagte Herr Schou.

„Ja, diese Beleuchtung steht ihm," sagte William, der ihm mit den Augen folgte.

Willy sah sich drinnen in der Straßenbahn um und gewahrte plötzlich Herrn Lauritzen, der einen Kragenschoner von schwarzem Moirée antique trug.

„Sind Sie auch da, Lauritzen?" sagte Willy, „wir haben wohl denselben Weg."

„Es scheint fast so, Herr Hauch," antwortete Lauritzen und nahm den Hut ab.

Rechtsanwalt Schou und William Ash waren eine Weile schweigend nebeneinander her gegangen.

Dann sagte Schou und atmete tief auf:

„Es tut gut, in die frische Luft hinaus zu kommen. Glauben Sie mir, guter Freund, einem schwindelt manchmal der Kopf in diesen Zeiten."

„Das glaube ich Ihnen gern," sagte Ash, „es ist auch keine Kleinigkeit, eine ganze Stadt auf Spekulation umzubauen."

„Umzukalfatern, meinen Sie," sagte Schou.

Er ging wieder eine Weile schweigend weiter.

„Wissen Sie übrigens," sagte er dann, „daß ich auch mal Dichter gewesen bin? Ich hab', auf Ehre, 'ne Novellensammlung herausgegeben, pseudonym, als ich dreiundzwanzig Jahr alt war. Jetzt dichte ich Prospekte."

„Na," fügte er kurz darauf hinzu, „wir haben hierzulande überhaupt vielleicht etwas zu viele Dichter, auch in der Geschäftswelt. Wir bakken zu große Brote in zu kleinen Öfen. Es sind zu viele da, die in dieselbe Stadt und in dasselbe Kapital einhauen."

Der Rechtsanwalt lachte.

„Haben Sie nicht gemerkt, wie eng wir oben bei Tante Viktoria saßen?"

„Ja, es war etwas eng. Aber," fuhr Ash fort, „sie müssen kräftig in die kleinen Gelder einhauen, das hilft."

„Die sind zu klein," antwortete Schou, „und ich glaube außerdem, daß alle Worte der Sprache in den Prospekten bereits mißbraucht sind."

Er setzte seinen Weg fort, bis er sich plötzlich zu William umdrehte: „Hören Sie mal, könnten Sie nicht einen Prospekt über etwas, das wir am Strandweg gründen, dichten? Das wäre eine Idee."

William antwortete nicht.

„Wir bezahlen gut," sagte Herr Schou, „und es gibt wohl Tage, wo auch Sie in Verlegenheit sind."

„Ja," seufzte William wie aus Herzensgrund.

„Er sagt bei einer Gelegenheit nicht nein," dachte Schou.

Und sie gingen weiter.

... Bei Fräulein Sejer war nur die nächste Familie zurückgeblieben und Frau von Hahn nebst Tochter erhoben sich nun, um adieu zu sagen.

Als die beiden Damen auf die Straße hinuntergekommen waren, sagte die Mutter:

„Die Hauchs, die mit einer Bettdecke abziehen, und die Emma, die sich den Gewinn aneignet."

Fräulein von Hahn ging eine Weile schweigend geradeaus, bis sie sehr trocken sagte:

„Ich weiß nicht, Mama, ob die nicht die Klügsten sind."

Oben saß noch die Familie Meyer in der Wohnstube.

Fräulein Sejer hielt sich dadurch wach, daß sie ihre Füße unterm Tisch tanzen ließ, während ihre Finger auf der Tischdecke sprangen.

Der Rechtsanwalt, der während der letzten Stunde einen seltsamen, gleichsam rauchwitternden Ausdruck bekommen hatte und der eine Goldlorgnette auf der Nase trug, die er sonst nur bei sehr vertraulichen Erbschaftskonkurrenzen aufsetzte, betrachtete Fräulein Sejers unruhige Hände.

„Du bist nervös, heute Abend," sagte er.

„Ich, Freund Meyer. Nicht im geringsten."

„Doch," sagte der Rechtsanwalt, „man sieht es an deinen Händen."

„Das hab ich vom Kammerrat," antwortete Fräulein Sejer, die hastig zu Herrn Meyer aufblickte, „der Teure bewegte immer die Hände auf der Decke, als schriebe er in ein Hauptbuch."

„Du rechnest doch auch immer auf der Tischdecke, Papa," sagte Fräulein Lucie, die den Zusammenhang von ‚unruhigen Händen' und ‚Anstalten' nicht verstand.

Frau Madderson schlief in einem Lehnstuhl, bis schließlich alle aufbrachen und Fräulein Sejer allein war.

Sie öffnete alle Türen der Wohnung und lief hastig und hampelmannartig durch alle Zimmer.

Die Hände hielt sie geballt.

„Ich geh' zu Bett," rief sie durch die Wohnung.

Und sie ging in ihr Schlafzimmer und verschloß die Tür.

Auf einem Stuhl sitzend nahm sie die Perücke ab und die Zähne heraus (sie schlief nicht mit den Zähnen, aus Furcht, daß sie erstikken könnte) und wickelte sich in ein Dutzend Schals und Tücher und Taschentücher ein, wie ein buntes und eckiges Bündel, auf dem ein Kopf lose befestigt war. Sie kroch ins Bett und drückte auf den Knopf überm Kopfkissen.

Fräulein Holm kam mit einem dampfenden Getränk herein.

„Das tut gut," sagte Fräulein Sejer, indem sie trank, „und man weiß, daß es kein Gift ist."

Sie fuhr fort zu trinken, während Fräulein Holm unbeweglich neben ihrem Bett wartete.

„Na, Kindchen," sagte Fräulein Sejer, „es war doch ein hübscher Tag, nicht? ... recht vergnügt."

Plötzlich lachte sie laut und gellend.

„Ja, Leibrenten sind was Angenehmes," sagte sie „eine herrliche Erfindung. Da kann man seine Familie doch bei Lebzeiten erfreuen."

Fräulein Holm antwortete nicht.

Wie in plötzlicher Wut aber richtete Fräulein Sejer ihren verwachsenen Körper plötzlich mit Hilfe des Bettquastes auf:

„Ja," sagte sie, so laut, daß ihre Stimme brach und heiser wurde. „Was hat das Leben mir gegeben? Aber jetzt will ich sie tanzen sehen, bis sie an meinem Grabe weinen."

„Sie können gehen," sagte sie und fiel in ihre Kissen zurück.

Fräulein Holm löschte die Lichter des Hauses, das eine nach dem anderen.

Dann ging sie in ihr Zimmer.

Und vor dem Tisch stehend nahm sie die gebrannten Mandeln aus ihrer Tasche – die gestohlenen Mandeln für ihren Sohn.

Über den Ruhm
(Epilog)

Nichts erscheint mir so traurig oder so trostlos wie der Ruhm. Er ist eine Zelle, in der uns Gottes grüne Erde versperrt ist. Er ist eine Mauer, die uns vom Leben trennt.

„Der Berühmte“ wird nie geliebt. Man bewundert ihn wie eine Statue auf einem Sockel. Aber steigt er, der auch ein Herz hat, vom Sockel herab, um Mensch unter Menschen zu sein, verachtet man ihn als einen Gleichgültigen oder gar Unwürdigen.

Der Berühmte ist an seinen eigenen Ruhm gefesselt, und noch mehr, er muß sich an ihn klammern.

Denn schwindet der Glanz seiner Stahlrüstung, und verringert sich seine Leistung, stirbt er – unter Verhöhnung.

Deshalb löst selbst seine Arbeit, die ihm vielleicht Vergessen hätte schenken können, sich in Angst auf. Er arbeitet nicht mehr um der Kunst oder der Wissenschaft willen, sondern er arbeitet voll Angst, nur um beständig zu behaupten, was er beständig verflucht: seinen eigenen Ruhm.

Es gibt kein „Vorwärts“: denn höher als bis in diese Eiseskälte kann er nicht. Aber es gibt ein „Zurück“, das nie beschritten werden darf. Deshalb bringen dieselben Jahre, die anderen Frieden gewähren, ihm nur neue und zuletzt vergebliche Anstrengungen. Unter dieser Anspannung büßen die Schwächern ihren Verstand, die Stärkeren ihr Herz ein.

In der Folterkammer des Ruhmes wird die Angst zum Kerkermeister – die Angst den Ruhm zu verlieren. Und der Gefolterte muß sich glücklich schätzen, wenn nicht noch der Neid im Gefolge der Angst naht, und Beide abwechselnd durch das Guckloch der Eisentür auf ihn starren.

In seiner Zelle aber hat der Berühmte sich in Übereinstimmung mit seiner Berühmtheit zu verhalten, die ihn bindet und verpflichtet. Denn die Zellenwände sind aus Glas. Und selbst wenn er stirbt, atmet er seinen letzten Seufzer hinter diesem ewigen Schaufenster aus. Sein Totenbett sogar ist ein Paradebett, an das er geheftet ist wie ein Gekreuzigter an sein Kreuz.

Er stirbt in seinem Glasgefängnis, wie er in seinem Glasgefängnis gelebt hat.

So ist des Berühmten Leben und sein Tod.

Und es gibt nur *ein* Los, das noch bedauernswerter ist: das des Scheinberühmten.

Denn er fügt zur Bedauernswürdigkeit die Lüge, zur Lüge die Selbstlüge und zum Selbstbetrug die Lächerlichkeit.

Der Ursprung seines Ruhmes ist gleichgültig. Vielleicht war er ein Tageserfolg, nichtssagend selbst dem Tag, an dem er lebte. Möglicherweise auch eine Reihe von Niederlagen, die geschickt inszeniert und genügend häufig waren. Aber die Herkunft des Scheinruhms ist ebenso bedeutungslos wie die ganze Arbeit des Scheinberühmten, an die sogar er selbst erst glaubt, wenn er eine genügende Anzahl Jahre gelogen hat.

Nicht auf die Arbeit kommt es an, sondern darauf, daß ihr Mann genannt wird. „Der Name" weiß das, und er wird genannt. Er ist der Sklave der Journalisten und ein Treppenwetzer bei den Redakteuren. Er lebt von ihren Notizen, die er zusammenflickt, wie ein Bettler an einer Tür von Almosen lebt.

Um aber genannt zu werden, muß man gesehen werden. „Der Name" weiß das, und er „verkehrt". Er zeigt sich, er ist überall. Er wird der Leibeigene von Theatervorstellungen, Wettrennen, Komitees, Kongressen und Wohltätigkeitsveranstaltungen. Und während er alle Pfade wandelt, lebt er mit dem Hut in der Hand. Ein Teil seines Ruhmes wohnt in seinem Hutschatten. Er muß alle grüßen, um von allen gegrüßt zu werden. Beständig spähen seine Augen entweder nach dem, den er fürchtet, und den er entwaffnen muß, oder nach dem, den er „brauchen" kann, und den er gewinnen will.

Da man aber nie weiß, wen man übermorgen brauchen oder wer einem morgen in den Rücken fallen kann, muß er gut Freund sein mit Leuten die er verachtet, – wenn er noch zu verachten vermag. Und da er sich immer alle Türen offen lassen muß, ist er gezwungen, – was ihn mit den Jahren weniger geniert, weil es ihm zur Gewohnheit geworden ist – alle halb zu betrügen. Er hat keine Freunde, sondern nur Geschäftsfreunde, und sein ganzes Leben ist eine Geschäftsreise für die Firma. Sein erlogener Name ist sein Chef, und er selbst nur des Namens Commis voyageur. Er weiß das und vielleicht litte er darunter, wenn er Zeit dazu hätte. Aber der Scheinberühmte hat nicht Muße ein Mensch zu sein, nicht einmal zu leiden. Er muß sich nur fortsetzen und – sich wehren.

Denn jeder Tag gebiert ihm Drachenbrut, weil an jedem Tag eine Jugend geboren wird. In jedem Mittelmäßigen sieht er einen Konkurrenten, der unschädlich gemacht werden, und in jedem Bedeutenden einen Feind, dem die Waffe aus der Hand geschlagen werden muß.

Aus einem Geschäftsreisenden wird der Scheinberühmte zum Kartenspieler. Er spielt die Unbedeutenden gegen die Bedeutenderen aus, und während seine eigenen Hände vor Müdigkeit zittern, wehrt er den Anderen einen Platz am Tische.

Das Einzige, was in ihm lebt, ist die unauslöschliche Angst. Sein ganzes klopfendes Herz ist Angst. Als er jünger war, fürchtete er seine Gleichaltrigen, älter geworden, fürchtet er alle. Und aus seiner Angst erwächst seine Tyrannei. Wo er früher bat, droht er, – denn seine Brust ist mit Orden bedeckt, – und denen, die ihm „geholfen" haben, dreht er den Hals um, auf daß sie nicht reden und ihn verraten sollen. Er mordet moralisch jeden Tag, und in schlaflosen Nächten, wenn die „Rechenarbeit" und die Karten und die Angst ihn wach erhalten, sucht er Linderung in den Gedanken an – – sein eigenes Begräbnis.

Ihm, für den das Leben verloren ist, ist selbst der Tod nichts anderes als sein eigener Sarg auf einem Katafalk. Er muß vom Dome aus begraben werden, und seine Gedanken zählen die Palmendekorationen und die Schleifen mit Goldinschriften ... Und wenn er eines Tages gestorben ist – nach einer Krankheit bei offenem Vorhang, in der er selbst die Bulletins für die Zeitungen diktierte – rächen sich alle, die nur auf Rache gelauert haben, und sie reißen selbst das Hemd von ihm mit all seinem Ruhm, daß seine Leiche vor aller Augen daliegt – nackt und den Hunden preisgegeben.

Das ist der Scheinberühmtheit Leben und ihr Tod.

Herman Bang

Gedanken zum Sexualitätsproblem

Herausgegeben von

Dr. Wasbutzki

Mit einem Geleitwort von

Dr. Placzek

BONN 1922
A. Marcus & E. Webers Verlag (Dr. jur. Albert Ahn)

Gedanken zum Sexualitätsproblem

Ich habe mich dazu entschlossen, nachdem ich mein Leben lang darüber geschwiegen habe, was ich über die Sexualität weiß, hier mit Hilfe meines Arztes mitzuteilen. Ich habe unter meinen Freunden meinen Arzt dazu ausgewählt, damit er meine Mitteilungen ärztlich kontrollieren kann. Ich weiß nicht, ob diese Mitteilungen von besonderem Werte sein werden, ich halte es aber für meine Pflicht, sie zu machen.

Die Frage der Homosexualität ist eine Frage, die das Wohl von Millionen Menschen angeht. Deswegen ist jeder Fortschritt, welcher sich hier im allgemeinen Verständnis vollzieht, geradezu ein Fortschritt im Gewissensleben der Menschheit.

Die Homosexualität wird jetzt noch im Bewußtsein der großen Mehrheit und in der Gesetzgebung als ein Laster betrachtet, und sogar als ein Laster, welches nach den Gesetzen bestraft wird. Als Perversität wird die Homosexualität betrachtet; sie ist es aber nach allen meinen Erfahrungen sehr, sehr selten. Ich habe gehört und ich glaube, daß es sehr abgenutzte und enervierte Männer gibt, die die Männerliebe treiben als eine allerletzte Zuflucht, als die letzte Reizung eines ganz erschlafften Geschlechtstriebes. Ich persönlich habe solche Männer nie angetroffen und weiß auch gar nichts über sie. Es gibt aber, glaube ich, sicher solche Männer, die das ganze Leben nur Frauen geliebt haben, und die dann Männer als eine gewünschte Variation lieben. Diese Leute sind pervers im richtigen Sinne des Wortes. Eine Perversität muß es auch genannt werden, wenn Burschen oder junge Männer – was leider auf der großen Flotte und in den sehr großen Kasernen viel, viel häufiger ist als die Welt ahnt – von reichen Kameraden sich bezahlen lassen, aber sonst nur Frauenliebe kennen. Doch wird die Sache schon hier zweifelhaft, ob es pervers ist, weil die Homosexualität in der ersten Jugend bei einer ungeheuer großen Anzahl von Menschen sozusagen als vereinzelt dastehender Fall möglich ist. In jedem anderen Fall ist die Homosexualität keine Perversität. Sie ist nichts Naturwidriges, im Gegenteil: das homosexuelle Individuum folgt, indem es homosexuell ist, seiner individuellen Natur, und zwar der Natur, welche ihm angeboren ist.

Ich vermag keine Minute daran zu zweifeln, daß die ausgeprägte Homosexualität angeboren ist, und ich, der ich nur Laie bin, habe es mir so zurecht gelegt: Die Natur oder die ganze Schöpfung, die allzu großen und uns unbekannten Zielen nachstrebt, hat in jeder einzelnen Kleinigkeit Eile und macht in der Eile überall Fehler. Eine *vollkommene* Pflanze gibt es kaum, ein *vollkommenes* Tier ebensowenig. Die Natur irrt sich und schafft ein schiefes Blatt oder ein schiefes Ohr. So scheint es mir, irrt sich die Natur auch im Fertigbringen des menschlichen Organismus und schafft in einem äußerlich männlichen Organismus eine sogenannte Seele, die weiblich ist. Durch einen Irrtum der Natur oder des Erschaffers selber wird ein menschlicher Organismus ohne Einheit geschaffen. Dieser Irrtum der Natur kann vorkommen, wo man es am allerwenigsten annehmen sollte, und muß eben deswegen ein Irrtum der Natur sein. Die Eltern können ganz gesund sein, kräftige, ganz nach dem Normalmaß geschnittene Bauern, und der Sohn steht da als ein geborener Homosexueller. Es ist also nicht ein Zeichen der langen Dekadenz, wenn die Homosexualität entsteht. Sie ist da von Geburt an durch einen Irrtum der Natur, die sich nicht um die Details der Schöpfung kümmern kann.

Dem Aberglauben, daß die Homosexualität ein Zeichen der Dekadenz oder der Verfeinerung ist, ist es mit zuzuschreiben, wenn im allgemeinen angenommen wird, daß die Homosexualität sich vorzugsweise in den höheren oder gar höchsten Kreisen der Gesellschaft zeigt. Dies ist keineswegs der Fall. Die Erscheinung wiederholt sich in allen Schichten der Bevölkerung, tritt aber bei den verschiedenen Völkern mit verschiedener Stärke auf. Ich glaube sagen zu dürfen, daß z. B. unter den germanischen Völkern die norwegische Nation am wenigsten davon infiziert ist. Merkwürdig ist mir die Tatsache geblieben, daß ich mein ganzes Leben lang nur zweimal einen jüdischen Homosexuellen beobachtet habe. Dies zeigt mir nur, daß es Rassen gibt, die so stark sind, daß sie selbst den Irrtümern der Natur gewissermaßen Widerstand leisten.

In der angeborenen Homosexualität gibt es aber eine Unzahl von Schattierungen und Stufen. Es gibt eine Klasse von Männern, die in

jeder anderen Beziehung durchaus männlich sind und sogar männlicher als die allermeisten Männer (viele große Feldherren gehören zu dieser Kategorie), nur im Geschlechtsleben sind sie von den übrigen Männern getrennt und sie lieben Männer ausgeprägt männlich, genau wie ein heterosexueller Mann eine Frau liebt. Nennen wir diese Klasse von Männern den rechten Flügel. Der linke Flügel wird dann von den ausgeprägten Weibern in der Reihe der Homosexuellen gebildet – Weibern, d. h. Männern, welche von dem Manne beinah nur den Namen übrig haben, d. h. der Körper ist ausgeprägt weiblich geformt, und die sogenannte Seele hat beinah ausschließlich weibliche Veranlagung. Dieses prägt sich in allem aus. Im Wesen, im Gehen und Sprechen, namentlich in den Handbewegungen. Diese Männer nähen oder sticken, sie suchen Berufe auf wie Köche, Kellner, Damenschneider – Modisten – ich habe nie einen homosexuellen Herrenschneider getroffen; wenn ein Homosexueller Schneider war, hat er immer Damenkleider gemacht.
Zwischen diesen zwei Extremen gibt es aber eine ganze Menge von Übergängen, wo bald das Männliche in der Erscheinung, im ganzen Gefühlsleben überwiegt, bald das Weibliche ausgeprägter ist.
In einem Punkte aber irren sich entschieden die Ärzte. Die Ärzte glauben allgemein, daß die Homosexuellen im Liebesakt selber entweder nur Mann oder nur Frau sind; dieses ist aber ein bedeutender Irrtum. Nur der ganz ausgeprägte rechte Flügel bleibt immer der Mann. Bei allen Mittelstufen wechselt die Form des geschlechtlichen Verkehrs ab, um nur auf dem äußersten linken Flügel sich ganz weiblich zu gestalten. Diese vielen Schattierungen schaffen in den Reihen der Homosexuellen, die schon unglücklich genug sind, noch mehr Unheil. Denn es genügt nicht, daß zwei Homosexuelle sich treffen und ein wirkliches Gefühl für einander bekommen; es geschieht sehr oft, daß bei diesen zwei Menschen die gegebene Schattierung nicht paßt. Um hier eine Harmonie hervorzurufen, muß das gegebene Maß von Männlichkeit genau dasselbe Maß von Weiblichkeit treffen. Ich habe schon gesagt, daß der rechte Flügel aus Männern besteht, die nur das Weibliche an sich haben, daß sie andere Männer lieben. Sonst sind sie ganz männlich veranlagt.
Im Anschluß an den alleräußersten linken Flügel, also schon außerhalb der homosexuellen Reihe, findet man den äußersten und einen höchst merkwürdigen Gegensatz zum rechten Flügel

der Homosexuellen. Männer, welche vollkommen weiblich erscheinen in der Art zu reden, in der Erscheinung, in der Körperbildung, in allen Neigungen, und welche wahrhaftig nur in einem Punkte männlich sind, nämlich darin, daß sie die Frauen lieben. Diese Menschen sind meistens sehr und in unangenehmer Art sinnlich veranlagt. Bemerkt habe ich, daß ihre Kinder häufig der Homosexualität anheimgefallen sind. Für die Ärzte ist es sehr wichtig zu wissen, daß diese letzte Gattung recht häufig ist; denn wenn die Zeit kommt, wo die Homosexualität überhaupt ein wirklicher Gegenstand einer Wissenschaft wird, wird es immer noch leicht sein, sich diesen Menschen gegenüber zu irren. Der Irrtum wird um so leichter stattfinden können, weil diese „Weiber", welche nur Frauen lieben, nie auf sich selbst so aufpassen, wie die intelligenten Homosexuellen es tun, um die Umgebung zu täuschen. Diese letzte Gattung nämlich fühlt ja nicht den Druck der Homosexualität; sie wissen, sie sind nicht strafbar, und sie lassen sich daher gehen. Sie sind daher beinahe immer mit recht männlichen Frauen verheiratet.

Eine besondere Gruppe bilden Menschen, welche ich agents provocateurs nennen möchte. Sie sind nie oder beinah nie homosexuell tätig, haben aber ein buchstäblich alles andere verschlingendes Interesse für homosexuelle Erscheinungen und Menschen. Sie verkehren viel in homosexuellen Kreisen, sie nehmen die Bekenntnisse der homosexuellen Gesellschaft entgegen, sie spielen bis zur letzten Grenze mit dem homosexuellen Feuer. Eine Ecke ihrer Seele oder ihres Organismus muß wohl homosexuell sein. Diese Menschen werden in den großen Prozessen immer als Zeugen erscheinen, oder mitunter werden sie sogar von der Polizei direkt benutzt. In der Öffentlichkeit verurteilen eben diese Leute die Homosexualität am schärfsten. Merkwürdigerweise habe ich überhaupt beobachtet, daß Menschen, in welchen nach meiner Ansicht homosexuelle Keime von Geburt an reichlich vorhanden waren, die stärksten Angriffe gegen die Homosexuellen richteten, wahrscheinlich aus einer geheimen und verhüllten Furcht vor sich selbst. Dagegen habe ich oft Männer, bei welchen offenbar kein Keim vorhanden war, getroffen, die es verstanden haben, im Gegensatz zu der landläufigen Auffassung die Homosexualität ganz vorurteilsfrei zu betrachten. Diese Männer sehen ruhig die Homosexualität als eine

Tatsache an, welche sie persönlich in keinerlei Aufregung versetzen kann, eben deswegen weil sie gar keine körperliche oder seelische Berührung damit haben.
Dies ist es, was ich hauptsächlich von den homosexuellen Gruppen zu sagen habe.

Die schwierigste Zeit für den homosexuellen Menschen sind ohne Zweifel die ersten Jünglingsjahre. Die allermeisten Homosexuellen müssen erschütternde Kämpfe aushalten, bevor sie sich über sich selbst klar werden. Die ganz jungen Leute haben einen Drang sozusagen wie die anderen. Man hat nicht den Mut dazu, vereinsamt etwas ganz anderes zu sein geschweige denn den Mut, homosexuell zu sein, wo doch alle die Vorurteile und selbst die Gesetze des Staates und der Gesellschaft es verächtlich machen. Und doch fühlt der Homosexuelle seine innerste Natur sich gegen alle diese Gesetze sträuben. Er weiß lange Zeit nicht, wohin er gehen soll, wie er sich bezwingen soll, wie er Gehorsam lernen kann. Er fühlt sich unsicher und fremd zwischen Fremden. Es können lange Jahre vergehen, wo er bis zur tiefsten Tiefe seines Organismus mit sich selbst kämpft. Ich habe Menschen getroffen, welche bis in die Dreißiger diesen Kampf geführt haben – entsetzt über sich selbst, fremd unter Fremden, ohne Hilfe. Denn zu fragen wagen sie erst gar nicht. Die Ärzte der Zukunft, welche in dieser traurigen Wissenschaft besser Bescheid wissen werden als die Ärzte meiner Jugendzeit, würden eine mächtige menschliche Pflicht erfüllen, wenn sie an diese unglückselig Kämpfenden herantreten würden, um ihnen über ihre wahre Natur Auskunft zu geben. So wie es jetzt ist – so unbegreiflich traurig ist dies Schicksal – ist es beinah das Glücklichste, wenn die homosexuellen Knaben schon frühzeitig die physische Liebe kennen lernen. Denn ich glaube nicht, daß der physische Schaden so groß sein kann, wie das moralische Leid, welches jetzt Tausende von Homosexuellen lange Jahre in vergeblichen Kämpfen zu tragen haben.
Von der *Verführung*, von welcher so viel geredet wird, kann meiner Ansicht nach nur sehr selten die Rede sein. Der *Nicht*homosexuelle läßt sich nicht dauernd verführen. Man *wird* nicht homosexuell, sondern man ist es. Es kann vorkommen, sagen wir z. B. unter Primanern, daß ein Mensch etwa mit einem Freunde, den er sehr gern hat, ein paarmal homosexuell verkehrt. Wenn er aber selber nicht

homosexuell ist, hinterläßt dies gar keine Spur in seiner Entwicklung, und selbst das Bewußtsein davon verwischt sich. Die Gefahr der direkten Ansteckung ist viel geringer als man gewöhnlich glaubt. Ich weiß sehr wohl, daß man behauptet hat, daß z. B. in der Akademie, wo ich selbst erzogen worden bin*, eine große Infektion herrschte; ich muß aber sagen, daß ich in der ganzen Akademie unter 112 Schülern nur 2 homosexuelle Knaben gesehen habe, welche ich persönlich gar nicht kannte. Ich jedenfalls wurde von der Akademie keineswegs angesteckt. Man kann überhaupt nicht angesteckt werden, man erreicht nur Klarheit darüber, was man schon unwiderruflich ist. Leider geschieht es erst nach langen Kämpfen. Diese Kämpfe hinterlassen die tiefsten Spuren in der Seele des Homosexuellen.

Ich werde so kurz wie möglich versuchen, die großen Hauptlinien der Psychologie des Homosexuellen zu zeichnen.

Die ersten Kämpfe, um Klarheit zu erhalten, hinterlassen im Charakter des Homosexuellen schon ihre tiefen Spuren, und ist die Klarheit erreicht, so fühlt der homosexuelle Mensch sich vereinsamt und beschämt. Die Gesetze, die Vorurteile, die Gesellschaft, alles steht ihm unverstehend gegenüber, alle sind ihm Feinde. Er wird scheu und unsicher, er fühlt selber das angeborene Los gleich wie eine Art von Buckligkeit. Die Homosexuellen leben ihr Leben wie ein Mensch, welcher in einem Hotel wohnt, während er nicht weiß, ob er seine Rechnung bezahlen kann. Er wird schweigsam, er lernt sich verstellen und muß heucheln. So kommt es, daß seine nächste Umgebung, die nicht homosexuell ist, in hundert Fällen keine Ahnung von seiner Homosexualität hat. Man findet ihn vielleicht etwas eigenartig, die nächste Umgebung gewöhnt sich aber durch die Gewohnheit am leichtesten daran. Jeder Prozeß offenbart aufs neue, daß Menschen, die mit einem Homosexuellen das halbe Leben verbracht haben, keine Ahnung von seiner Neigung hatten. Von Mutter, Schwestern, Brüdern wird der Homosexuelle meist sehr geliebt, weil er im täglichen Leben sehr oft von einem geheimen Drang zu büßen beherrscht wird, als möchte er immer sein Schuldkonto ausgleichen. Die allermeisten Homosexuellen – von der männlichen Prostitution spreche ich natürlich nicht – sind im bürgerlichen Leben aus demselben Grunde höchst korrekt und anständig, ich glaube, sie geben sich ihres Schuldbewußtseins

* Die Akademie ist das von *Holberg* gegründete Alumnat von *Sorö*.

wegen in dieser Beziehung eine ungeheure Mühe. Wenn eine Katastrophe kommt, so sieht man auch im allgemeinen, daß der Homosexuelle wirkliche Freunde gehabt hat in seiner bürgerlichen Existenz. Er lügt aber, er lebt in einer ewigen Freimaurerei. Von der Gesellschaft angefeindet, von den Gesetzen bedroht, schließen die meisten Homosexuellen sich zusammen, sie machen sich untereinander verständlich durch eine Reihe von Zeichen, die, der Himmel weiß wie, in allen Ländern dieselben sind. Die geistige Aristokratie der Homosexuellen fühlt sich doch immer von dieser Freimaurerwirtschaft abgestoßen und geht deshalb fremd sozusagen durch die eigene Welt. Sie wollen nichts gemein haben mit den Menschen, mit welchen sie doch nur das eine gemein haben. Diese einzelnen stehen da doppelt vereinsamt, erhalten keine Zeichen und geben keine. Sehr oft sind aber diese Zeichen gar nicht nötig. Die Homosexuellen erkennen sich untereinander buchstäblich, bevor sie gegenseitig ihr Gesicht gesehen haben. Ich begreife diese Tatsache selber gar nicht. Es scheint, als seien sie durch einen elektrischen Strom unwillkürlich verbunden. Ein Homosexueller kann einen andern als homosexuell erkennen, wenn er von weitem auch nur den Rücken dieses Menschen sieht. Am leichtesten sind sie wohl an den Augen zu erkennen. Diese Augen sind beinahe immer von einer sehnsüchtigen Trauer. Und eine tiefe, mitunter unruhige Traurigkeit ist wohl auch der Hauptzug des Charakters. Traurigkeit und Unruhe. Die meisten Homosexuellen reisen viel, wenn sie wohlhabend sind, als Touristen; in den niedern Ständen nehmen sie Berufe an, die es ihnen gestatten, den Ort zu wechseln, teils wohl weil sie sich so sicherer fühlen, teils auch weil sie auf Reisen die innere Unruhe befriedigen können. Viele Homosexuelle führen die Lüge ihres Lebens so ausgezeichnet durch, daß sie sterben, ohne daß recht viele Heterosexuelle etwas von ihrem Leben gewußt haben. Ich glaube, daß viele Menschen ihr Urteil über homosexuelle Mitmenschen sehr ändern würden, wenn sie wüßten, daß beinahe ein jeder in seiner nahen Verwandtschaft oder im Kreise seiner Freunde einen Homosexuellen hat, und zwar eben einen Menschen, der mit allen Mitteln seines Herzens und seines Hirns versucht, allen Gesetzen der Gesellschaft und der Ehre gerecht zu werden, um jenen Makel auszuwischen.

Daß die Homosexualität in einem sonderbaren und unerforschlichen Verhältnis zu künstlerischer Veranlagung steht, ist für mich zweifellos. Man würde, wenn man die Zahl der homosexuellen Dichter genau feststellen könnte, gewiß einen Prozentsatz herausbekommen, welcher Staunen erregen würde. Es sind dies seelische Zusammenhänge, Zusammenhänge des Organismus, welche vorläufig vollkommen dunkel sind.

Wenn aber der Dichter einmal homosexuell ist, hat er die ungewöhnlichsten Bedingungen für seine Kunst. Wenn ich mich so ausdrücken darf, hat er von Natur einen Januskopf und kann nach zwei Seiten das Seelenleben erforschen. Er bleibt Mann und fühlt doch mit der Seele einer Frau. Die Größe Shakespeares wäre ohne den Earl of Pembroke nicht möglich gewesen. Größeres wird der homosexuelle Dichter leisten können, wenn eine Zeit möglich wird, wo er seine Gefühle direkt auszudrücken wagt; wenn er die jetzt nötige Verkleidung überhaupt aufgeben könnte, würde er erst die volle Ursprünglichkeit und die vollkommene Stärke seines Talentes entfalten können. Um eine ewige Maskerade zu vermeiden, wendet er sich von sich selbst und seinen eigenen Gefühlen ab und wird als Künstler vor allen Dingen ein Beobachter seiner Mitmenschen, und zwar in den meisten Fällen ein großer Schilderer, weil er sozusagen mit vier Augen sieht.

Sind aber die homosexuellen Schriftsteller merkwürdig zahlreich, so sind die homosexuellen Schauspieler noch viel zahlreicher. Das Zwitterwesen der Schauspielkunst, in welchem es immer gilt, in einem anderen Wesen aufzugehen, scheint mit dem Zwitterwesen der Homosexualität in enger Verbindung zu stehen. Die allermeisten künstlerisch Begabten, die homosexuell sind, werden eine Neigung für die Bühne haben, weil doch ihr eigenes Doppelwesen dem vom Schauspieler geforderten Doppelwesen – eins zu sein und ein anderes zu scheinen – entspricht. Dieser Drang zur Schauspielerei tritt sogar bei allen Homosexuellen ans Licht. Man wird bei ihnen immer eine große Neigung für Maskenspiele, historische Kostüme u. dgl. finden. Nicht, daß sie sich als Weiber verkleiden, sie haben nur eine geheime Lust sich zu verpuppen, die Gestalt zu ändern – ein anderes Geschöpf selbst für Momente nur zu werden.

Die Tenoristen stehen in dem Rufe von Homosexualität, wie ich glaube, mit keinem besonderen Recht, obwohl die menschliche Stimme im großen ganzen ein sehr entscheidendes Zeichen für die Homosexualität bedeuten kann. Der Ton, auch die Sprechweise des Homosexuellen ist immer, wenn auch nur für Augenblicke, eigenartig gefärbt. Und

vielleicht wird der Homosexuelle sich eben durch seine Stimme und durch sein Sprechen am leichtesten verraten, wenn er nicht frühzeitig genug auf sich selbst genau aufpaßt und durch große Mühe seine Stimmlage ändert. Ich habe homosexuelle Menschen getroffen, die in der Tat zwei ganz verschiedene Stimmen zur Verfügung hatten und welche mit vielen Menschen zusammen gewissenhaft Baß sprachen, während sie sofort, wenn sie mit einem anderen Homosexuellen sprachen, eine ganz andere Stimme, eine hellere benutzten. Die meisten lernen aber so aufpassen, daß sie sich nur durch den unwillkürlichen Tonfall eines einzelnen Wortes verraten.
Ich habe einmal einen der größten Schauspieler meiner Zeit bis ins Herz beleidigt. Er hatte am Abend vorher eine große Rolle gespielt und fragte mich, wie ich ihn gefunden hätte. Ich antwortete: „Es war wunderbar, nur durfte ich während der Liebesszenen nie die Augen schließen, dann wußte ich nicht, ob Sie gesprochen oder Ihre Geliebte.“ *Der* hatte sich eben verraten.
Die Stimme führt uns in die Artistenwelt über, wo wir alle Gattungen der Homosexualität überaus reichlich vorfinden. Zuerst die Damenimitatoren, die ja sehr oft homosexuell sind. Doch ist sicherlich auch hier große Vorsicht des Urteils geboten. Öfter habe ich gehört, daß die Damenimitatoren eben nur agents provocateurs waren, welche den bequemsten Weg als Erpresser eingeschlagen hatten. In der Artistenwelt sind die Vertreter der anscheinend männlichsten Berufe, Athleten, Ringkämpfer, Jockeis, starke Männer usw. am allerhäufigsten homosexuell. Als wollte die Natur ein Übermaß von Männlichkeit damit rächen, daß diese selben Männer im Geschlechtsleben keine Männer wären. Übrigens sind sehr viele von den eifrigsten Sportsleuten auch homosexuell, worauf ich ausdrücklich die Ärzte aufmerksam mache. Wahrscheinlich treiben viele Homosexuelle so eifrig allerlei Sport, um sich besser verstecken zu können. Man darf auch nicht vergessen, daß der Sport den Teilnehmern gestattet, sich vielfach auszuputzen und auszuziehen. Um aber zur Artistenwelt zurückzukehren, liegt wohl die Sache so: Die Artistenwelt ist ja die Bühnenwelt des niederen Volkes, d. h. daß die Ungebildeten, welche nicht die Bühne erreichen können, die Brettel aufsuchen, und daß diese von demselben Drang erfüllt sind, welcher die Homosexuellen der höheren Schichten der Schauspielerei zuführt. Namentlich in England und Amerika kommt es oft vor, daß sehr gebildete Menschen Artisten werden, und diese werden es eben,

weil sie homosexuell sind; denn kein Beruf gibt wegen des ewigen Engagementwechsels, wegen des Lebens der Artisten ganz außerhalb der Gesellschaft, dem Homosexuellen soviel Freiheit und Unbemerktheit, wie der Zirkus oder das Varieté, wo die verschiedenen auftretenden Artisten sich tatsächlich fast nie kennen und ganz getrennt leben. Da können zwei Exzentriks oder Knockabouts oder Clowns ruhig herumreisen, sie sind ja auf dem Programm noch dazu immer Brüder.

Die ganze Frage der Homosexualität wird durch die Bisexualität noch schwieriger zu erforschen. Die Bisexualität steht als eine Tatsache da. Es gibt eine Anzahl, und zwar eine bei weitem größere als man glaubt, von Männern, die abwechselnd mit Frauen und Männern geschlechtlich verkehren. Die meisten haben hierbei behauptet, daß die Existenz der Bisexuellen ein Beweis für die Ansteckung der homosexuellen Neigung wäre oder ein Beweis für die vielfältige Verführung zur Homosexualität. Dem ist aber nicht so. Den Beweis dafür liefert die Tatsache, daß sehr viele Bisexuelle mit den Frauen anfangen und erst viel später als vollreife Menschen auch mit den Männern anknüpfen. Von den mir bekannten Bisexuellen hat die größte Zahl diesen Weg zurückgelegt. Die Ursache mag wohl die sein, daß die Bisexuellen, welche die Möglichkeit haben, nach zwei Seiten hin geschlechtlich zu fühlen und zu verkehren, in der ersten Jugend vor Angst und Scheu den gewöhnlichen Weg einschlugen, um erst später den anderen Weg ihrer Doppelnatur zu gehen. Jedenfalls steht es für mich fest, daß die Bisexualität ebenso dem Individuum angeboren ist, wie die Homosexualität. Ich glaube aber nicht sehr an die grundsätzliche Bisexualität; dies ist nur eine verschleierte Homosexualität. Ein Bisexueller ist nur ein Homosexueller, welcher imstande ist, rein sinnlich sich von zwei Geschlechtern reizen zu lassen oder, um deutlicher zu sein, welcher imstande ist, sich auch von Frauen rein sinnlich reizen zu lassen. Dieses Vermögen schenkt ihm die Möglichkeit zu heiraten, und er heiratet sehr oft aus den reinsten Utilitätsrücksichten, um besser versteckt zu bleiben. Ich habe keinen Fall getroffen, wo das Gefühl eines Bisexuellen nicht seinem *homosexuellen* Verhältnis gehörte, und wenn ich einen Bisexuellen von seiner Frau sprechen hörte, so ist der Satz immer derselbe gewesen: „Ich habe sie ja sehr gern."

Eine gute Kameradschaft wurde öfters in diesen Ehen erreicht, vielleicht eben weil sie sich geschlechtlich ganz ohne jede Übertreibung hinschlichen. Die eheliche Pflicht war eben von Anfang an eine erfüllte Pflicht und die Frau hat nichts Besseres gekannt. Als Charakter hat der Bisexuelle meines Erachtens nach alle die Züge des Homosexuellen. Auch dies scheint mir ein Beweis dafür zu sein, daß die Bisexualität nur ein rein physisches Vermögen des Homosexuellen bedeutet – ein rein physisches Vermögen, welches für seinen übrigen ganzen Organismus von sehr geringer Bedeutung bleibt. Soweit ich, der ich mich mit Psychologie mein ganzes Leben beschäftigt habe, das seelische Wesen der sog. Bisexualität verfolgen konnte, fiel diese Psychologie ganz und gar mit der Psychologie der Homosexuellen zusammen; nur in einer Beziehung waren die Bisexuellen stärker und ungestümer veranlagt, sie waren meistens bis zum Übermaß sinnlich gereizt. Dieses erkläre ich damit, daß die geschlechtlichen Beziehungen zu den Frauen, welche aus allerhand Rücksichten aufrecht erhalten wurden, ihnen doch immer eine gewisse Anstrengung kosteten und sie deswegen in der Länge der Zeit geschlechtlich besonders reizbar machte.

Zu dem schon geschilderten Unglück der Homosexuellen tritt noch die Erpressung. Die Erpressung ist eine gegebene und nie aufhörende Heimsuchung der homosexuellen Welt. Die geheime Verbindung, die tatsächlich unter den meisten Homosexuellen besteht, erleichtert die Erpressung noch mehr. Weil er im Geheimbund der Homosexuellen bekannt ist, kann ein Mensch der Erpressung ausgesetzt werden, ohne in irgendwelcher Beziehung zum Erpresser zu stehen oder je gestanden zu haben. Der, welcher eine Erpressung versuchen will, tritt einfach an den Betreffenden heran mit einer *Bitte*. Die ewige Angst des Homosexuellen, seine ständige Unsicherheit läßt ihn fast immer geben. Und hat er *einmal* gegeben, so ist er halbwegs verloren. Daß er Geld gegeben hat, wird, wenn die Sache entdeckt wird und vor die Polizei kommt, fast immer für einen Beweis gehalten, daß der betreffende Mensch in unlauteren Beziehungen zum Erpresser gestanden hat. Je gütiger deswegen ein Mensch ist, umso größer die Gefahr, der er ausgesetzt ist. In einem großen Prozeß in Dänemark wurde ein Mitglied einer der ersten Familien des Landes vor die Polizei gerufen. Er hatte tatsächlich einigen armen Burschen, die in einen Sittlichkeitsprozeß hineingezogen worden waren, mit ziemlich großen Summen ausgeholfen, kannte sie jedoch gar nicht. Man wollte ihm dies nicht glauben, und voller Wut rief er aus: „Meine Herren, Sie kennen die Wohltätigkeitslisten unseres Hauses nicht!“

Dasselbe Gefühl schrie, glaube ich, aus dem Fürsten Eulenburg, als man den Beweis gegen ihn führen wollte, daß er zu einem früheren Diener Beziehungen gehabt habe, weil er ihm 5000 Mark geschenkt hatte. Jetzt wird also alles in Schmutz verwandelt, schrie er.

Auf den bloßen Verdacht hin sogar kann ein Mensch der Erpressung ausgesetzt werden. Der Erpresser weiß nichts Bestimmtes, der Betreffende aber weiß sich homosexuell, läßt sich einschüchtern und gibt. Hat er aber *einmal* gegeben, so bleibt das erste Geben schon als ein Beweis bestehen und er muß wieder geben. Er ist schon in der Hand des Erpressers oder vielmehr der Erpresser, denn diese Herren bilden in jeder Stadt und in jedem Lande eine Gesellschaft, in der sich alle kennen und die Beute gemeinschaftlich aussuchen. Die höchsten Gesellschaftskreise werden in der Zeit der Eisenbahnen und der Telegraphie seit 20 Jahren von einem internationalen Klub heimgesucht. Der Homosexuelle, der seit Jahren ausgeplündert ist, sucht endlich, um Ruin und Schande zu entgehen, den Tod. Einige suchen bei der Polizei Schutz, und das Wunderbarste geschieht: die Polizei, deren Pflicht es wäre, nach den Gesetzen die Homosexualität zu bestrafen, nimmt gegen das Gesetz die Homosexuellen in Schutz. Die Polizei kennt die ungeheuerliche Gefährlichkeit der Erpresser, ihre Beamten, die schließlich bei der gegenwärtigen Lage der Dinge am meisten vom Problem der Homosexualität verstehen, fühlen sogar ein großes menschliches Mitleid mit den Homosexuellen und gehen gegen die Erpresser los. Dies ist aber gegen das Gesetz, und dies Verfahren der Polizei untergräbt, wenn es bekannt wird, absolut das allgemeine Rechtsgefühl. Das Verfahren der Polizei, wenn sie die Homosexuellen schützen will, wird recht oft bekannt, weil die Erpresser Skandal machen. Es kommt zu öffentlichen Gerichtsverhandlungen, Sittlichkeitsverfahren usw. Es kommt eine Affaire oder ein Prozeß heraus. Nur die Eingeweihten können eine schwache Ahnung davon haben, wie ein solcher Prozeß in allen Kulturländern Nordeuropas wirkt. Weil alle Homosexuellen von Namen und Stellung von Land zu Land in gewisser Fühlung stehen und untereinander sich einigermaßen kennen, kann ein Prozeß, welcher meinetwegen in Stettin ausbricht, überall dieselbe Angst vor der Entdeckung aufkommen lassen. Die Fäden sind so eng verknüpft, daß der einzelne Homosexuelle nie weiß, woran er ist und an welchem Tage ein Mensch, welchen er kennt, in den Prozeß verwickelt wird. Eine wahre Todesangst bricht überall aus. Ich habe während berühmter Prozesse in den Zeitungen den direkten Verlauf der Befürchtung dadurch ver folgen können, daß ich die Selbstmordchronik der Hauptstädte verfolgte. Im Laufe von 14 Tagen waren sämtliche Armeen Nordeuropas betroffen worden. Der geheime Ausgangspunkt aber war der Skandalprozeß in z. B. Stettin.

Die Erpressungszustände sind aber nicht nur für die Erpreßten bedauerlich, sondern sie vernichten auch moralisch Hunderte von Menschen, welche anfangs nur schwach, etwas genußsüchtig und vielleicht etwas eitel waren, welche aber durch die gegenwärtigen Verhältnisse nach und nach Erpresser werden. Sie machen den ersten Versuch halb als Bittende, ohne eigentlich Schaden anstiften zu wollen; der Versuch oder die Bitte gelingt, die erwünschte Summe ist da und so leicht verbraucht, wie sie gekommen. Die nächste Bitte folgt und wird eine halbe Drohung, und aus einem anfangs gar nicht böswilligen Menschen ist der Gesellschaft ein Erpresser geworden. Solange die Ärzte nicht die große Anstrengung machen, die Homosexualität mit aller Kraft der Wissenschaft zu erforschen und zu beleuchten – was die ärztliche Pflicht gegen Hunderttausende ist – werden die Kriminalisten nicht die Gesetze ändern, und man wird fortdauernd die Homosexualität bestrafen. Diese Strafe ist aber unberechtigt und unmöglich, denn man hat niemals das Recht, die angeborene Natur zu bestrafen, und ich kann es nur nochmals wiederholen: die Homosexualität ist angeboren, steckt von Geburt an in dem betreffenden Individuum. Der Homosexuelle handelt seiner Natur gemäß, wenn er homosexuell verkehrt. Der Staat hat ein Interesse daran, daß die Homosexualität wissenschaftlich erforscht wird, damit die Wege gefunden werden können, durch welche sie eingeschränkt oder getilgt werden kann; denn die Fortpflanzung allein fordert dringend eine solche Einschränkung. Das Recht aber, die Homosexuellen zu bestrafen, sobald sie nicht öffentliches Ärgernis hervorrufen, steht dem Staate nicht zu. Die Homosexualität als solche kann nicht bestraft werden. Der Staat weiß es schon, fürchtet aber es zuzugeben, damit nicht die Homosexualität noch zunehmen könne.

Es muß noch gesagt werden: wenn es etwas gibt, was ganz junge Heterosexuelle homosexuellen Neigungen zuführen könnte, ist es eben die Geheimtuerei, welche der Sache in den Augen einer überspannten Jugend einen gewissen Reiz verleiht.

Die Brücke

Samuel Fischer, 1911

Die Brücke

Die kleinen Staaten sind Inseln, die von wilden und unbefahrbaren Strömen umgeben sind. Von den großen Ländern bleiben sie unrettbar getrennt. Trotz des Telegraphs, der alles meldet, trotz der Journalistik, die sich mit allem beschäftigt, gelangt selten eine Botschaft aus den kleinen Ländern in die große Welt hinaus. Und die Künstler, die Dichter dieser kleinen Staaten welken in dem Halbdunkel der Winkel, sie kommen selten mit der großen Welt in Verbindung, und ihre Gedanken wachsen nicht in dem Luftzug der weiten Gegenden.

Der Strom trennt sie von der Welt. Wenn sich die Verhältnisse für uns Skandinavier geändert haben, so liegt es daran, daß wir einen Brückenbauer gefunden haben, der eine Brücke über den Strom baute.

S. Fischer sah in dem breiten Wasser, das Deutschland und den Norden voneinander trennte, mitten im Meer einen Felsen aufragen. Der Granitfelsen trug den Namen Henrik Ibsen. Dieser Felsen konnte – das erkannte Fischer – ein Brückenpfeiler werden, von dem aus sich eine ganze Brücke bauen ließ.

Und Fischer zimmerte seine Brücke – die Brücke, die vom Norden in die Welt führte.

Und nicht allein haben wir es ihm zu verdanken, daß wir nach Deutschland kamen. Seine Brücke brachte uns weiter. Die Werke, die in seinem Verlage erscheinen, tragen mit seinem Namen eine Weltmarke, die aller Augen auf sich ziehen. Der Weg nach Rußland, ja, sogar nach Frankreich ging durch die Tür, die er uns eröffnet hatte.

Er baute uns die Brücke zur Welt. Heute bestreuen wir sie mit Blumen. Die Blumen sind unser Dank und unsere guten Wünsche.

Anhang

Editorische Notiz

Grundlage für die Konstitution der Texte von *Aus der Mappe* war die deutsche Bucherstausgabe im Verlag Hans Bondy, Berlin 1908, bei den beiden Essays die jeweiligen Erstdrucke, die im Einzelnen im Quellenverzeichnis aufgeführt sind. Dabei haben die Herausgeber die Schrifttype für alle drei Texte vereinheitlicht; auch eingerückte längere Zitate wurden in Grundschriftgröße gesetzt, während im Original eine kleinere Schrift gewählt wurde. Sperrungen im Original werden kursiv wiedergegeben, auf die Konvention, wenig geläufige fremdsprachliche Namen und Wendungen auch graphisch durch eine andere Schrifttype abzusetzen, wurde verzichtet, ebenso auf die üblichen Punkte hinter den Überschriften. Heutigen Konventionen entsprechend sind die doppelten (=) als einfache Bindestriche (-) umgesetzt. Offensichtliche Setzerfehler wurden stillschweigend korrigiert: „ansgezahlt“ zu „ausgezahlt“; „Betttücher“ zu „Bettücher“; „Schips“ zu „Schwips“; „laß“ zu „las“; „Banm“ zu „Baum“; „seine“ zu „sein“; „sate“ zu „sagte“; „Tode“ zu „Tote“; „nnd“ zu „und“; „Rechtanwalt“ zu „Rechtsanwalt“; „heim“ zu „beim“; „sage“ zu „sagte“; „verhüllte“ zu „verhüllten“; „Rechtsanwald“ zu „Rechtsanwalt“; „ihren“ zu „ihrem“; „den“ zu „dem“; „heißer“ zu „heiser“; „Bisuxalität“ zu „Bisexualität“. Dabei wurde ggf. die dänische Werkausgabe als Referenztext für die Eingriffe benutzt. An drei Stellen wurden ausgefallene Worte ersetzt: „Das alte Fräulein ging in Küche“ zu „Das alte Fräulein ging in die Küche“; „Er sah aus, als ginge er zu Ball“ zu „Er sah aus, als ginge er zu einem Ball“; „Und es gibt nur ein Los das noch bedauernswerter“ zu „Und es gibt nur ein Los, das noch bedauernswerter ist“, an zwei Stellen wurden Namen korrigiert: „Madam Jensen“ zu „Fräulein Sejer“ und „Fräulein Sejer“ zu „Fräulein Minna“. Ebenso wurden fehlende Satzzeichen (Redezeichen, Satzschlusszeichen) ergänzt. Die Anführungszeichen „“ und »« wurden zu „“ vereinheitlicht. Zitate im Zitat werden heutigen Konventionen entsprechend durch einfache Anführungszeichen (‚‘) gerahmt. Wenn im Text zwei (..) statt der standardisierten drei Punkte (...) verwendet werden, so wurde diese Eigenart Bangs erhalten.

In der Erstausgabe von *Aus der Mappe* sind die Überschriften der Texte jeweils auf einer separaten Seite gedruckt, Bangs Einleitungstext und die einzelnen Geschichten beginnen ebenfalls auf einer neuen Seite. Darauf haben die Herausgeber in dieser Ausgabe verzichtet. Um eine bessere Übersichtlichkeit zu gewinnen, wurden außerdem Kolumnentitel eingeführt.

Variantenverzeichnis
Aus der Mappe
in Auswahl

Der in diesem Band wiedergegebene Text folgt zeichengetreu der Erstausgabe von *Aus der Mappe* im Verlag Hans Bondy, Berlin 1908 (im Folgenden: EA). Verzeichnet sind hier alle semantisch und stilistisch relevanten Varianten gegenüber der zweiten Buchausgabe im Verlag S. Fischer, Berlin 1914 (im Folgenden: ZA). Nicht verzeichnet sind Änderungen in der Interpunktion sowie der Groß-/ Kleinschreibung, Änderungen der Zusammen- oder Getrenntschreibung wurden jedoch berücksichtigt. Alle weiteren orthographischen Varianten sind vollständig aufgeführt, weil sie exemplarisch die Modernisierung der Übersetzung der zweiten Auflage zeigen. Das Vorwort erschien nur in der Erstausgabe bei Bondy und wurde in der zweiten Ausgabe bei S. Fischer weggelassen.

Der Priester
S. 11–16, EA S. 6–17, ZA S. 7–18.

11,13 Botens] 7,14 EA ‖ 7,16 Blattes; 11,18f. meinem Geschlecht] 7f.,21f. EA ‖ 8,3 meiner Familie; 12,1 ein altes und liebes und taubes Gesicht] 8,12f. EA ‖ 8,16f. ein altes, liebes, taubes Gesicht; 12,10 „Repertoire"] 8,25 EA ‖ 9,4 „Repertoir"; 12,11 unbedeutend wie er auch ist] 8,26f. EA ‖ 9,5f. unbedeutend er auch ist; 12,14 sollte] 9,3 EA ‖ 9,10 würde; 12,16 oder] 9,5 EA ‖ 9,12 eher; 12,19 sein] 9,9 EA ‖ 9,17 geschehen; 12,20f. und das keine] 9,11 EA ‖ 9, 19 und keine; 12,22f. bei dem bloßen Gerücht] 9,14 EA ‖ 9, 21 auf das bloße Gerücht hin; 13,19 hinaus zu jagen] 11,23 EA ‖ 11,24 hinauszujagen; 13,20f. um in seinem Museum] 12,2 EA ‖ 12,1 in seinem Museum; 13,28 nichts weiteres] 12,11 EA ‖ 12,11 nichts Weiteres; 13,29f. Ach, so voll von allerlei war] 12,13 EA ‖ 12,13 So voll von allerlei war; 13,30f. Stil des „Empire"] 12,14f. EA ‖ 12,15 Empirestil; 13,31 Möbel des „Empire"] 12,14f. EA ‖ 12,15 Empiremöbel; 13,34 Pfarrershofes] 12,19 EA ‖ 12,19 Pfarrhofes; 13f.,38f. letzten Mal] 12,25 EA ‖ 12,24f. letztenmal; 14,2 mit einem einzigen Messer fertig zu bringen] 12,26f. EA ‖ 13,1f. mit einem einzigen Messer; 14,4 Sie] 13,1 EA ‖ 13,3 Die Leute; 14,4 er hatte ihre Liebe] 13,1f. EA ‖ 13, 3f. er hat ihre Liebe; 14,5 die königliche dänische Regierung] 13,2f. EA ‖ 13,4f. die königlich dänische Regierung; 14,5f. so weit entsendet wie nach Grönland] 13,3f. EA ‖ 13,5 bis nach Grönland entsendet; 14,9 Er hat geglaubt, daß je] 13,7f. EA ‖ 13,9 Er hat geglaubt, je; 14,11 mußte] 13,10 EA ‖ 13,11 müßte; 14,12 Lichte] 13,11 EA ‖ 13,13 Licht; 14,13 herum] 13,13 EA ‖ 13,15 umher; 14,17 Dann geschah es, daß er auf] 13,17 EA ‖ 13,20 Dann geschah es, auf; 14,18f. da geschah es, daß das Eis zerbrach, und er mußte volle acht Stunden mit dem Unterkörper in eiskaltem Wasser verbringen.] 13,19ff. EA ‖ 13,22ff. daß das Eis zerbrach und er volle acht Stunden mit dem ganzen Unterkörper im eiskalten Wasser zubringen mußte; 14,21 nach der Krankheit] 13,22f. EA ‖ 13f.,25f. auf die Krankheit; 14,22f. beim Anblick des ewigen Schnees] 13,24f. EA ‖ 14,2f. durch den Blick auf den ewigen Schnee; 14,29f. Sie haben dasselbe Essen gern, wie sie denselben Tritt haben] 14,6f. EA ‖ 14,11f. Sie lieben die gleichen Speisen, wie sie den gleichen Tritt haben; 14,32 Psalmbuch ins Eskimoische] 14,9 EA ‖ 14,14 Gesangbuch ins Eskimosche; 14,33 und er streichelt es] 14,11 EA ‖ 14,16 und streichelt es; 14,34 ist er darüber, daß] 14,12 EA ‖ 14,17f. ist er, daß; 14,35 jenen] 14,13 EA ‖ 14,18 den Leuten; 14,36 ziehen] 14,14 EA ‖ 14,20 pilgern; 14,37 auf einen Ton] 14,16 EA ‖ 14,22 ganz eintönig; 15,6 Es stammt] 14,23 EA ‖ 15,5 Das stammt; 15,12 aber keine] 15,2 EA ‖ 15,12 freilich keine; 15,14 hat ers nicht] 15,5 EA ‖ 15,15 hat er's nicht; 15,17 war ja] 15,9 EA ‖ 15,19 war doch; 15,20 Ihrs zu sagen aber] 15,13f. EA ‖ 15,23f. Ihr's aber zu sagen; 15,23 sie hat ihn angeguckt] 15,17 EA ‖ 16,2 sie guckte ihn an; 15,24 was] 15,20 EA ‖ 16,5 etwas; 15,25 etwas Himbeersaft] 15,20 EA ‖ 16,5 ein wenig Himbeersaft; 15,26 in der Allee kommen] 15,22 EA ‖ 16,7f. in der Allee ihr entgegenkommen; 15,26f. wie sah er denn elend aus ... so blaß und elend] 15,23f. EA ‖ 16,8f. wie elend er aussah ... so blaß und elend; 15,36 aber] 16,9 EA ‖ 16,21 doch; 16,8 die schönsten Rosen Papas] 16,21f. EA ‖ 17,9 Papas schönste Rosen; 16,9 Fräulein] 16,23 EA ‖ 17,10 gnädiges Fräulein; 16,10 zerpflückte] 16,24 EA ‖ 17,11 pflückte; 16,11 mir eine Rose zu geben] 16,25f. EA ‖ 17,12f. Sie würden mir eine Rose geben; 16,13 Jawohl] 16,27 EA ‖ 17,14 Gewiß; 16,15f. Na, vieles kann man sagen, aber daß sie Schwierigkeiten gemacht hat – unmöglich.] 17,2f. EA ‖ 17,16f. Ja, man kann vieles sagen, aber daß sie Schwierigkeiten gemacht hat – das unmöglich.; 16,18 erreicht] 17,5 EA ‖ 17,19 sich erobert; 16,18 eins] 17,6 EA ‖ 17,20 dies eine; 16,20 dieselben Träume] 17,8 EA ‖ 17,22 die gleichen Träume; 16,20f. dieselben Gebete zum selben Himmel hinauf zu senden.] 17,9 EA ‖ 17,23f. die gleichen Gebete zum gleichen Himmel hinaufzusenden; 16,23 erreicht] 17,12 EA ‖ 18,1 gefunden; 16,24 sie die Galoschen] 17,13f. EA ‖ 18,3 sie zieht die Galoschen an; 16,25 dem Bache zu] 17,14 EA ‖ 18,3f. an den Bach hinunter; 16,29 Liederbuch] 17,18 EA ‖ 18,8 Gesangbuch; 16,32f. das Leben hergeben, damit einige arme Eskimos] 17,23f. EA ‖ 18,13f. ihr ganzes Leben hingeben, damit ein paar arme Eskimo

Fragment

S. 17–21, EA S. 18–28, ZA S. 19–28

17,18 auf Ehre, die anderen] 19,21 EA ‖ 20,3 fürwahr, die andern; 17,18f. Mit einem Korrekturbogen] 20,1 EA ‖ 20,4 Mit den Korrekturspalten; 17,20 zum anderen und las mein Dichterwerk laut vor] 20,2f. EA ‖ 20,5f. zum andern und las mein Dichterwerk vor; 17,23 meinem Korrekturbogen] 20,7 EA ‖ 20,10 meinen Korrekturspalten; 17,23f. wie sind wir unermüdlich mit zwanzig Jahren] 20,7f. EA ‖ 20,11 wie unermüdlich sind wir mit zwanzig Jahren; 17,27 gesprochen] 20,12 EA ‖ 20,16 geredet; 18,1 die nun ich] 20,15 EA ‖ 20,18 die ich; 18,10f. den Korrekturbogen zerriß] 21,1f. EA ‖ 21,6f. die Spalten zerriß; 18,13 Meisterwerk] 21,4 EA ‖ 21,9 Meisterstück; 18,16 versuchten] 21,9 EA ‖ 21,14 suchten; 18,18 ein Korrekturbogen und eine Drucksache] 21,11f. EA ‖ 21,16f. eine Korrektur, eine Drucksache; 19,2 Fritz Hoide] 22,12 EA ‖ 22,20 Fritz Hvide; 19,3 Grabmahl] 22,13 EA ‖ 22,23 Grabmal; 19,16 dem Nippes] 23,16 EA ‖ 23,16 den Nippes; 19,17 des Divans] 23,17 EA ‖ 23,17 des Diwans; 19,19 des Weinstockes] 23,20 EA ‖ 23,20 des Weinstocks; 19,21 den Rosenbuketts] 23,22 EA ‖ 23,22f. den Rosenbuketten; 19,22 Panterfell] 23,23 EA ‖ 23,24 Pantherfell; 20,1f. das rund ist und zart] 24,20 EA ‖ 24,19 das rund und zart ist; 20,13 und ist die Kehle ihm wie zugeschnürt] 25,8 EA ‖ 25,10 und die Kehle ist ihm wie zugeschnürt; 21,8f. mehr zu sich selbst, wie es scheint, als zu ihm] 26,18f. EA ‖ 26,22f. scheinbar mehr zu sich selbst als zu ihm; 21,15 zu Mute] 27,3 EA ‖ 27,7 zumute

Miß Ellinor

S. 22–28, EA S. 30–42, ZA S. 29–41

22,4 Weihnachtslichter] 31,5 EA ‖ 29,4 Weihnachtskerzen; 22,4 entzündet] 31,5f. EA ‖ 29,4f. angezündet; 22,5 Neujahr] 31,6 EA ‖ 29,5f. neue Jahr; 22,7 Almanachs] 31,9 EA ‖ 29,8 Almanache; 22,7 haben wir] 31,9 EA ‖ 29,8 sitzt; 22,8 müssen] 31,10 EA ‖ 29,9 wollen; 22,12f. fließen über von Klagen] 31,16 EA ‖ 29,15 fließen von Klagen über; 22,13f. Wohin soll man da seine Zuflucht nehmen?] 31,17f. EA ‖ 29,16f. Wozu soll man schließlich seine Zuflucht nehmen?; 22,14 Almanachs] 31,18f. EA ‖ 29,18 Almanache; 22,21 Almanachs] 32,6 EA ‖ 30,6 Almanachen; 22,27 Papieres] 32,14 EA ‖ 30,14 Papiers; 22,28 Papieres] 32,15 EA ‖ 30,15 Papiers; 23,3 und aller Tränen wurden geboren.] 32,18f. EA ‖ 30,18f. und die Tränen aller wurden geboren.; 23,4 Jedesmal] 32,20 EA ‖ 30,20 Immer; 23,12 Ach nein – nur sie lächeln machen.] 33,3f. EA ‖ 31,5f. O nein – nur sie lächeln zu machen.; 23,13 Almanachs] 33,6 EA ‖ 31,8 Almanachen; 23,14 zu den Füßen meiner Mutter zurückzukehren] 33,6f. EA ‖ 31,8f. auf den Schoß meiner Mutter zurückzukehren; 23,16f. alsischen Mädchen] 33,10 EA ‖ 31,12 alsenschen Mädchen; 23,17f. hochgeladenen Weihnachtswagen in den Hof einfuhren:] 33,11f. EA ‖ 31,13f. hochbeladenen Weihnachtsfuhren in den Hof einbogen; 23,26 Weihnachtspsalme] 33,23 EA ‖ 31,25 Weihnachtslieder; 23,27 herabgezogen wurden] 33,24f. EA ‖ 32,1f. sich herabzogen; 24,10 Weihnachtsabendtag] 35,12 EA ‖ 33,12 Weihnachtsabend; 24,27 Piccolo] 36,10 EA ‖ 34,8 Pikkolo; 24,31 Piccolos] 36,16 EA ‖ 34,14 Pikkolos; 24,36 Piccolo] 36,22 EA ‖ 34,21 Pikkolo; 25,29 eben solche] 38,11 EA ‖ 36,13 ebensolche; 25,30 Piccolo] 38,11 EA ‖ 36,13 Pikkolo; 25,33 „Wie sind Sie gut,“] 38,15 EA ‖ 36,17 „Wie gut Sie sind,“; 25,37f. Der Wagen war voll von Paketen] 38,21 EA ‖ 36,23 Der Wagen füllte sich mit Paketen; 26,3 „Wie er traurig dreinschaut,“] 38,25 EA ‖ 37,2 „Wie traurig er dreinschaut,“; 26,25 Piccolo] 40,4 EA ‖ 38,10 Pikkolo; 27,20 6] 41,5 EA ‖ 39,12 sechs; 27,22 Impresario] 41,7 EA ‖ 39,15 Impresarios; 27,23 strich sich nur mit der Hand] 41,8f. EA ‖ 39,16 strich sich mit der Hand; 27,32 scheiden] 41,20 EA ‖ 40,3 Abschied nehmen; 27,34 so fest] 41,22 EA ‖ 40,5 so fest aufeinander; 27,37 anderen] 41,25 EA ‖ 40,8 andern; 28,8 anderen] 42,8 EA ‖ 40,17 andern; 28,8 anderen] 42,9 EA ‖ 40,18 andern

Weihnachtsgeschenke

S. 29–47, EA 44–76, ZA S. 42–76

29,19 übrig bleibt] 46,4 EA ‖ 43,4 übrigbleibt; 29,27f. Augenblick nach Augenblick] 46,15 EA ‖ 43,15 Augenblick für Augenblick; 30,8 ein stiller und trauriger Mann] 46,24f. EA ‖ 43,24f. ein stiller, ernster Mann; 30,17f. Aber so wenig ihrer auch waren, sie verblieben in meinem Gehirn oder in meinem Herzen.] 47,8ff. EA ‖ 44,10ff. Aber so wenige es auch waren, sie blieben in meinem Gehirn oder vielleicht in meinem Herzen haften.; 30,18 Sie blieben dort jahrelang.] 47,10 EA ‖ 44,12 Jahrelang.; 31,20f. mit den Tauben eigenen, halb angespannten halb wehmütigen Augen] 49,12f. EA ‖ 46,12f. mit den halb angespannten, halb wehmütigen Augen, wie sie den Tauben eigen sind; 31,31 Schrein] 50,1 EA ‖ 46,25 Kasten; 31,32 Schrein] 50,3 EA ‖ 47,2 Kasten; 31,34 Geldschrein] 50,6 EA ‖ 47,4 Geldkasten; 32,10 Hauptdruck] 50,19 EA ‖ 47,19 Ton; 32,21 eigen ist] 51,9 EA ‖ 48,8f. zu haben pflegen; 32,27 Platz im Sofa] 51,16 EA ‖ 48,16 Sofaplatz; 32,30 Schrein] 51,20 EA ‖ 48,21 Kasten; 32,35 Bücherbort] 51,27 EA ‖ 49,3 Bücherbord; 33,1f. Psalmbüchern] 52,2 EA ‖ 49,5 Gesangsbüchern; 33,17 Gendarm-Sergeanten] 52,20f. EA ‖ 49f.,25,1 Gendarmeriewachtmeister; 33,22 dem Säbel längs seiner Reiterbeine] 52,26f. EA ‖ 50,6 den Säbel an seinen Reiterbeinen; 33,24 zu gleicher Zeit] 53,1f. EA ‖ 50,8 gleichzeitig; 33,28 sein Teil an dem] 53,7 EA ‖ 50,14 sein Teil zu dem; 34,20 Sergeantenbeine] 54,15f. EA ‖ 52,1 Wachtmeisterbeine; 34,21f. die kleine Frau saß mit ihren Fingern unbeweglich über ihrem Schoß gespreizt] 54,17f.

EA ‖ 52,2f. die kleine Frau saß unbeweglich da, die Finger über dem Schoß gespreizt; 35,8 Zwiebäcke] 55,14 EA ‖ 53,1 Zwiebacke; 35,35 als er noch das Gut hatte] 56,23 EA ‖ 54,13 als sie noch das Gut hatten; 36,3f. „Wir müssen die Plätze so weit nach vorn wie möglich haben,"] 57,3f. EA ‖ 54,21f. „Wir müssen möglichst weit nach vorn Plätze haben,"; 36,4 Parterre] 57,5 EA ‖ 54,23 Parkett; 36,13 an ihre strammen Lippen] 57,18 EA ‖ 55,11 zu ihren strammen Lippen; 36,17 Bettücher] 57,22 Betttücher ‖ 55,15 Bettücher; 36,25 draußen] 58,5 EA ‖ 56,1 außen; 36,27 fünf Male] 58,8 EA ‖ 56,4 fünfmal; 36,30 wie tief es ist] 58,11 EA ‖ 56,7 wie hoch es ist; 37,5 daß es jetzt Schlafenszeit sei] 58,25f. EA ‖ 56, 24f. es sei jetzt Schlafenszeit; 37,7 sagt] 59,2 EA ‖ 57,2 sagte; 38,9 Weihnachtsabendtag] 60,22 EA ‖ 59,1 Heiligen Abend; 38,11 wurden sie] 60,25 EA ‖ 59,4 wurde er; 39,12f. über einander gebunden] 62,15 EA ‖ 60,22 übereinandergebunden; 39,19 im Roßhaarsofa] 62,22f. EA ‖ 61,5 auf dem Roßhaarsofa; 39,22 ans Haus] 62,27 EA ‖ 61,9f. am Haus; 39,23 ans Haus] 63,1 EA ‖ 61,11 am Haus; 39,30 ans Haus] 63,9 EA ‖ 61,19 am Haus; 39,31 der eine solle reisen] 63,11 EA ‖ 61,21 der eine werde reisen; 39,31 als solle er] 63,11f. EA ‖ 61,21f. als werde er; 39,32 Maler-Aff'] 63,12 EA ‖ 61,22 Maleraff'; 39,36 als ob vier reisen sollten] 63,17 EA ‖ 62,2f. als ob vier reisen werden; 40,15f. an einem heiligen Abend lieber nicht die Karten legen lassen] 64,11f. EA ‖ 62,25 am Heiligen Abend lieber nicht Karten legen lassen; 40,16 daß es am wahrhaftigsten sei] 64,13 EA ‖ 63,1f. dann sagten sie am besten wahr; 40,17 an einem hochheiligen Abend] 64,14f. EA ‖ 63,3f. an diesem hochheiligen Abend; 40,18f. heiligen Abend] 64,16 EA ‖ 63,4 Weihnachtsabend; 40,23 Öre] 64,21 EA ‖ 63,9 Ör; 40,26 Psalmbuch] 64,25 EA ‖ 63,13f. Gesangbuch; 40,26 Merkzeichen] 64,26 EA ‖ 63,14 Lesezeichen; 40,27 Psalmen] 64,26 EA ‖ 63,14 Gesängen; 41,15 er sollte um 7 Uhr 22 reisen] 66,7 EA ‖ 65,1 er mußte um 7 Uhr 22 reisen; 42,22 Lage] 68,6 EA ‖ 67,2 Schicht; 42,26 „Ja, da haben Sie mich",] 68,13 EA ‖ 67,9 „Na, da wäre ich,"; 42,34 der Verkehr ist ja groß] 68,22 EA ‖ 67,20 es ist ja so viel Verkehr; 42,36 geordnet wäre] 68,25 EA ‖ 67,23 verabredet sei; 43,2 während] 69,2 EA ‖ 68,2 wenn; 43,5 Parterre] 69,6 EA ‖ 68,6 Parkett; 43,36 Ob er glaube, daß er sie nah bekäme] 70,19f. EA ‖ 69,21f. ob er glaube, daß er gute Plätze bekäme; 44,7 gerade vor] 71,4 EA ‖ 70,9 gerade davor; 44,13 mit denen man das umfaßt] 71,11 EA ‖ 70,16 wie man das umfaßt; 44,16 Der konnte gern fertig dastehen] 71,15f. EA ‖ 70,20f. Der sollte fertig dastehen; 44,17f. Er konnte sich nicht ruhig verhalten] 71,17f. EA ‖ 70,22f. Er konnte nicht stillsitzen; 44,23 für Ellen zu kaufen und] 71,24 EA ‖ 71,4 für Ellen und; 44,37 geantwortet hatte] 72,14 EA ‖ 71,21 antwortete; 44,37 die Vorstellung] 72,14 EA ‖ 71,22 das Programm; 46,8 Sie sollte ihr Brautkleid anhaben] 74,19f. EA ‖ 74,7 Sie wollte ihr Brautkleid anziehen; 46,16 eine Freude haben sollen] 75,2f. EA ‖ 74, 19 sich auf etwas freuen; 46,27 Parterre] 75,15 EA ‖ 75,6 Parkett

Der rumänische Weihnachtsbaum

S. 48–57, EA S. 78–95, ZA S. 77–94

48,11 von allem Unglück] 79,15 EA ‖ 77,15 allen Unglücks; 48,16 es] 80,2 EA ‖ 78,2 das; 49,4 der lügenhafte Vorwand, der mich dazu zwang] 80,20f. EA ‖ 78,20f. ein lügenhafter Vorwand, der mich zwang; 49,6ff. daß jener Steinort sich meiner bemächtigen würde, sobald ich ihn wieder sähe. Der Anblick desselben würde mich dazu treiben] 80,23ff. EA ‖ 78,23ff. daß jene Steinwelt sich meiner bemächtigen würde, sobald ich sie wiedersähe. Ihr Anblick würde mich treiben; 49,9f. von dieser Insel „der Insel der Verbannten"] 80f.,27f. EA ‖ 79,2 von dieser Insel „der Verdammten"; 49,10 Joán Ujházys Lebenslauf] 81,1f. EA ‖ 79,3 Joan Ujhazys Lebenslauf; 49,15 „Die, ohne Vaterland"] 81,8 EA ‖ 79,10 „Die Vaterlandslosen"; 49,16 dazu *getrieben*] 81,9 EA ‖ 79,11 *getrieben*; 49,17 von neuem gesehen] 81,10f. EA ‖ 79,12 wiedergesehen; 49,21 Joán Ujházy] 81,15 EA ‖ 79,17 Joan Ujhazy; 49,21 seinem „Ohne Vaterland"] 81,16 EA ‖ 79,17f. den „Vaterlandslosen"; 49,23f. Diese grauen Steine hatten seine Kinderfüße betreten] 81,19f.

EA || 79,21f. Über diese grauen Steine waren seine Kinderfüße gegangen; 49,26 Ujházys] 81,23 EA || 79,25 Ujhazys; 49,27 wirklichen Werk] 81,24 EA || 80,1 großen Werke; 49,28f. Man schließt alle Gehirnräume, in denen es rumstiert, mit eisernen Läden ab.] 81,26f. EA || 80,3f. Man verschließt alle Gehirnräume, in denen es herumspukt, mit eisernen Läden.; 50,1f. immer mehr wurde ich zu dem Ort, wo Joán Ujházys Wiege stand, hingezogen] 82,12f. EA || 80,16f. immer mehr fühlte ich mich zu dem Ort, wo Joan Ujhazys Wiege stand, hingezogen; 50,5 „Die, ohne Vaterland"] 82,16f. EA || 80,20f. „Die Vaterlandslosen"; 50,18 Lichter] 83,14 EA || 81,15 Lichte; 50,18ff. Da bekam ich eine Idee und ging in die Kathedrale und kaufte den Priestern dreißig Altarkerzen ab] 83,15ff. EA || 81,16ff. Da kam ich auf den Gedanken, in die Kathedrale zu gehen und den Priestern dreißig Altarkerzen abzukaufen; 51,5 zog zurück und rollte auf, so daß] 84,21 EA || 82,21 zog sie zurück, so daß; 51,12 mit einigen mageren Rippen] 85,4 EA || 83,6 mit ein paar dünnen Rippen; 51,17f. eines Korsetts] 85,10 EA || 83,12 einem Korsett; 51,20 die älteste der beiden kleinen Mädchen] 85,13f. EA || 83,15f. das älteste der beiden kleinen Mädchen; 51,26 gefolgt] 85,21f. EA || 83,23f. geleitet; 51,32 Chevreauxstiefeln] 86,2 EA || 84,6 Chevreaustiefeln; 52,5 Silberflitter] 86,18 EA || 84,22 Lametta; 52,7 Lichter] 86,19 EA || 84,23 Lichte; 52,14 Den Silberflitter] 87,1f. EA || 85,8f. Die Lametta; 52,24 Boulevards] 87,14 EA || 85,21 Boulevarden; 52,25 Die Frau Gräfin wollte sich bei der] 87,15 EA || 85,22 Die Frau Gräfin möchte sich von der; 53,33 Weihnachtsabendtag] 89,18f. EA || 88,7 Heiligen Abend; 54,27 hinauf gestiegen] 91,4 EA || 89,22 hinaufgestiegen; 55,5 damit beschäftigt gewesen] 91,24 EA || 90,17 gerade dabei; 55,17 Briketts] 92,12 EA || 91,9 Brikette; 55,18 ins Sofa] 92,13 EA || 91,10 aufs Sofa; 55,25 Briketts] 92,22 EA || 91,19 Briketten

Geschlagen

S. 58–64, EA S. 96–108, ZA S. 95–107

58,1 Saite] 97,1 EA || 95,1 Seite; 58,3 „Die, ohne Vaterland"] 97,3 EA || 95,3 den „Vaterlandslosen"; 58,5 Joán Ujházy] 97,6 EA || 95,6 Joan Ujhazy; 58,5 nah] 97,6 EA || 95,6 nahe; 58,8f. hervorgezwungen wird: die Niederlage] 97,9 EA || 95,10 die Niederlage, hervorgezwungen wird; 58,10 Joán Ujházy] 97,10 EA || 95,11 Joan Ujhazy; 58,10 Joán] 97,10 EA || 95,11 Joan; 58,14 bekomme] 97,15 EA || 95,16 habe [...] gefunden; 58,17 als] 97,19 EA || 95,20 wo; 59,17 „Die, ohne Vaterland"] 99,3 EA || 97,10 „Die Vaterlandslosen"; 59,21 Joán Ujházy] 99,9 EA || 97,16 Joan Ujhazy; 59,24 der künstlerisch schaffende Prozeß] 99,14f. EA || 97,21f. der künstlerische Schaffensprozeß; 59,27 darüber wundern] 99,16 EA || 97,25 wundern; 59,28 episodenhaft] 99,18f. EA || 98,1 episodisch; 60,5 Joseph] 100,6 EA || 99,6 Josef; 60,5 so daß] 100,6 EA || 99,6 daß; 60,12 Joseph] 100,14 EA || 99,14 Josef; 60,19 Joseph] 100,21 EA || 99,21 Josef; 60,21 Trocadéro] 101,1 EA || 99,23 Trokadero; 60,23 Joseph] 101,3 EA || 99,25 Josef; 60,26 anderen] 101,8 EA || 100,5 andern; 60,26 anderen] 101,8 EA || 100,5 andern; 60,28 Wieviele] 101,10 EA || 100,7 Wie viele; 60,30 Joseph] 101,13 EA || 100,10 Josef; 60,31 Joán de Lonja] 101,15 EA || 100,12 Joan de Lonja; 60,32 Joán de Lonja] 101,16 EA || 100,13 Joan de Lonja; 60,33 Joseph] 101,18 EA || 100,15 Josef; 60,33f. Trocadéro] 101,19 EA || 100,16 Trokadero; 61,4 Joseph] 102,2 EA || 101,1 Josef; 61,23 Joseph] 102,25 EA || 101,24 Josef; 61,26 Interviews] 103,1 EA || 102,2 Interviewe; 61,26 Coupé] 103,2 EA || 102,3 Kupee; 61,36 Joán de Lonja] 103,13 EA || 102,15 Joan de Lonja; 62,5 Joán de Lonja] 103,20 EA || 102,22 Joan de Lonja; 62,14 Während dreißig Jahren] 104,3 EA || 103,8 Dreißig Jahre lang; 62,20 Joseph] 104,11 EA || 103,16 Josef; 62,25f. Konzertbureaus] 104,18 EA || 103,23 Konzertbüros; 62,28 Joseph] 104,20 EA || 103,25 Josef; 62,34 Joseph] 105,1 EA || 104,8 Josef; 63,1 Joseph] 105,7 EA || 104,14 Josef; 63,6 Joseph] 105,11 EA || 104,18 Josef; 63,13 Joseph] 105,21 EA || 105,3 Josef; 63,17 dessen noch] 105,26 EA || 105,12f. noch genau daran; 63,28 schneegedeckt] 106,13 EA || 105,22 schneebedeckt; 63,31 Joseph] 106,17 EA || 106,1 Josef; 63,35 zwischen] 106,21 EA || 106,5 unter; 64,4 Joseph] 107,3

EA ‖ 106,14 Josef; 64,7 Joseph] 107,7 EA ‖ 106,18 Josef; 64,11 während eines ganzen Jahres] 107,11f. EA ‖ 106,22f. ein ganzes Jahr lang; 64,16 Joseph] 107,18 EA ‖ 107,4 Josef; 64,20 Joseph] 107,22 EA ‖ 107,8 Josef; 64,22 Joseph] 107,24 EA ‖ 107,10 Josef; 64,25 Joseph] 107,27 EA ‖ 107,13 Josef; 64,32 Joseph] 108,10 EA ‖ 107,23 Josef

Eine sonderbare Geschichte

S. 65–75, EA S. 110–128, ZA S. 108–128

65,4 dasselbe] 111,5 EA ‖ 109,5 es; 66,6 wir] 112,19 EA ‖ 109,21 uns; 66,7 uns da die] 112,20 EA ‖ 109,22 uns die; 66,11 derjenige, der] 112,24 EA ‖ 110,2 wer; 66,28 alles das, was] 113,18 EA ‖ 110,3 alles, das; 67,1f. hat, das ist] 114,2 EA ‖ 112,2 hat, ist; 67,11f. wieviele] 114,15 EA ‖ 112,15 wie viele; 67,18 der Nachmittag für die Werkstatt] 114,22f. EA ‖ 112,23 am Nachmittag die Werkstatt; 67,26 hören konnte] 115,9f. EA ‖ 113,9 hörte; 67,27f. hierher gekommen] 115,12 EA ‖ 113,11 hierhergekommen; 68,3 hinaus begleitet] 116,1 EA ‖ 114, 2 hinausbegleitet; 69,30f. drauf los] 118,25 EA ‖ 117,10 drauflos; 69,35f. „es war ja mein Max, der die Leiche zuerst entdeckte."] 119,5f. EA ‖ 117,17f. „mein Max hat die Leiche ja zuerst entdeckt."; 69,37 soll] 119,7 EA ‖ 117,19 wird; 70,4f. vorbeikamen] 119,15 EA ‖ 118,2 vorbeikam; 70,22 davon] 120,9 EA ‖ 118,24 daraus; 70,22 konnte] 120,10 EA ‖ 118,25 pflegte; 71,2 dessen] 121,6 EA ‖ 119,23 daran; 71,3 mehreremale des Abends] 121,7f. EA ‖ 119,24 abends ein paarmal; 71,11f. konnte mitten aus dem Schlaf auffahren, weil er laut im Rausch sprach] 121,16f. EA ‖ 120,8ff. fuhr manchmal mitten aus dem Schlaf auf, weil er im Rausch laut sprach; 71,13 nichts anderes] 121,20 EA ‖ 120,12 nichts weiter; 71,16f. zum Schlachter heim] 121,23 EA ‖ 120,15 zum Schlächter nach Hause; 71,17 umnebelt] 121,24 EA ‖ 120,16 angeheitert; 71,21f. einen so an, als ob man das Mädchen selbst umgebracht hätte] 122,1f. EA ‖ 120,21 einen an, als ob man selber das Mädchen umgebracht hätte; 71,29 so schlimm wie noch nie] 122,10f. EA ‖ 121,5f. schlimmer als je; 71,35 Es war Max, der sie am Kleid zog.] 122,17 EA ‖ 121,12 Max zog sie am Kleid.; 72,1f. zum erstenmal aus gewesen – fuhr nur fort zu weinen oder zu jammern] 122,22 EA ‖ 121,17f. zum erstenmal ausgewesen – weinte und jammerte weiter; 72,10 zum Jungen] 123,6 EA ‖ 122,4 zu dem Jungen; 72,14f. im Sofa] 123,12 EA ‖ 122,10 auf dem Sofa; 72,16 stehen geblieben] 123,13f. EA ‖ 122,11f. stehengeblieben; 72,18 „Man hat dich all die Tage nicht gesehen,"] 123,16 EA ‖ 122,14 „Du hast dich all die Tage nicht sehen lassen,"; 72,27 ich meine so] 124,1 EA ‖ 123,1 ich meine nur so; 73,3 das eine mit dem anderen ...] 124,19f. EA ‖ 123,19f. es kommt eins zum andern; 73,3f. alle die, die] 124,20 EA ‖ 123,20 alle, die; 73,12 deren] 125,4 EA ‖ 124,6 derer; 73,17 das eine mit dem anderen ...] 125,12f. EA ‖ 124,14f. es kommt eins zum andern; 73,31 Er ist es –] 126,1 EA ‖ 125,5 Er –; 74,8 während vierzig Jahren] 126,21 EA ‖ 126,1 vierzig Jahre lang; 74,14 Tote] 127,1 Tode ‖ 126,8 Tote

Die Zaghaften

S. 76–84, EA S. 130–146, ZA S. 129–146

76,6 verblieb] 131,7 EA ‖ 129,7 blieb; 76,22 Der, der] 132,7 EA ‖ 130,7 Dem, der; 76,25 Der, der] 132,11 EA ‖ 130, 11 Wer; 76,27 zu kennen] 132,14 EA ‖ 130,14 kennen; 77,1 Blute] 132,15 EA ‖ 130,15 Blut; 77,33 hastigen Namen] 133,27 EA ‖ 132,5 schnellen Ruhm; 77,34 Geld] 134,1 EA ‖ 132,6 Reichtum; 77,36 den Hals im Orchester] 134,4 EA ‖ 132,9 im Orchester den Hals; 78,4 heraus] 135,1 EA ‖ 133,1 hinaus; 78,10 sprach] 135,9 EA ‖ 133,9 sagte; 78,24 Psalmen] 136,5 EA ‖ 134,4 Weihnachtslieder; 78,24f. was einem gleichsam das Herz löst] 136,6 EA ‖ 134,4f. dabei geht einem förmlich das Herz auf; 79,1 richtiger Fund] 136,23 EA ‖ 134,23 gefundenes Fressen; 79,3 herabsprang] 136,24 EA ‖ 134,24 hinuntersprang; 79,4 Klos] 136,25 EA ‖ 135,1 Kloß; 79,22

„Ich," sprach] 137,19 EA ‖ 135,23 „Ja," sagte; 79,23 gefunden, daß wenn] 137,21 EA ‖ 135,25 gefunden, wenn; 79,36 hinauf kam] 138,9 EA ‖ 136,16 hinaufkam; 80,4 Chrysantemum-Girlanden] 138,17f. EA ‖ 136f.,25,1 Chrysantemumgirlanden; 80,32 Troikas] 139,27 EA ‖ 138,12 Troiken; 81,13 für] 140,19 EA ‖ 139,6 auf; 81,14 Für] 140,20 EA ‖ 139,7 Auf; 81,15 puterrot im Kopf] 140,22 EA ‖ 139,9 mit puterrotem Kopf; 81,21 für] 141,2 EA ‖ 139,17 über; 81,22 für] 141,5 EA ‖ 139,20 auf; 81,26 beileibe] 141,8 EA ‖ 139,23 bei Gott; 83,10 *dritten* Mal] 144,5 EA ‖ 143,5 drittenmal; 83,16 soll] 144,12 EA ‖ 143,12 solle; 83,17 aber ernsthaft] 144,14 EA ‖ 143,14 im Ernst; 83,25 erwiederte] 144,22 EA ‖ 143,22 erwiderte

Ein Sommernachtstraum

S. 85–93, EA S. 148–162, ZA S. 147–162

85,6 Baumwollenstoff] 149,7 EA ‖ 147,8 Baumwollfaden; 85,17 Rajahs] 149,20 EA ‖ 148,2 Radschas; 86,7 Freibilletts] 150,22 EA ‖ 148,25 Freibiletten; 86,15f. Impresarios] 151,6 Impressarios ‖ 149,12 Impresario; 86,18 Konzertbureaus] 151,9 EA ‖ 149,15 Konzertbüro; 86,22 Zeitschriftredakteure] 151,13f. EA ‖ 149,19f. Zeitschriftenredakteure; 86,25 Feuilletonist] 151,17 EA ‖ 149,23 Feuilletonisten; 86,26 Impresarios] 151,18 EA ‖ 149,24 Impresario; 86,28 Albums] 151,20 EA ‖ 150,1 Albume; 86,28 Müssen] 151,21 EA ‖ 150,2 Wollen; 86,31 Konzertbureaus] 151,24 EA ‖ 150,5 Konzertbüro; 87,19 Impresarios] 153,1 EA ‖ 151,13 Impresario; 87,29 Leichdornoperateur] 153,13 EA ‖ 152,1f. Hühneraugenoperateur; 88,18 Wieviele] 154,17 EA ‖ 153,8 Wie viele; 88,19 Wieviele] 154,18 EA ‖ 153,10 Wie viele; 88,24 dieselbe] 154,24 EA ‖ 153,16 sie; 88,33 gut] 155,8 EA ‖ 154,7 ziemlich; 90,1 Piccolos] 157,6 EA ‖ 156,6 Pikkolos; 90,1 Jacketts] 157,6 EA ‖ 156,6 Jacketten; 90,2 Fracks] 157,8 EA ‖ 156,8 Fräcken; 91,27 Ophelia-Quelle] 160,3 EA ‖ 159,11Opheliaquelle

Die Raben

S. 94–146, EA S. 164–254, ZA S. 163–262

94,9 plazierte] 165,10 EA ‖ 163,10 placierte; 94,12 bereits] 165,14 EA ‖ 163,14f. eigentlich; 94,14 bereit] 165,16 EA ‖ 163,17 dabei; 94,21 Der, der] 166,6 EA ‖ 164,7 Wer; 94,24 indem] 166,9 EA ‖ 164,10 wenn; 95,14f. die Frau des Apothekers in einem Flecken] 167,7 EA ‖ 165,11 die Frau eines Kleinstadtapothekers; 95,16 während das Leben ganz linde für die Welt und für sie selbst dahinglitt] 167,9ff. EA ‖ 165,14f. während das Leben für die Welt und für sie selbst ganz sacht dahinglitt; 95,27f. aus ihren Droschken] 167,23 EA ‖ 166,3 mit ihren Droschken; 95,27f. aus ihren Equipagen] 167,24 EA ‖ 166,4 mit ihren Equipagen; 95,31 Pompadours] 168,1 EA ‖ 166,8 Pompadouren; 95,34f. von draußen aus dem Alltag, der das Leben ist, mit sich.] 168,4f. EA ‖ 166,11f. von draußen mit aus dem Alltag, der das Leben ist.; 96,11 „Öffnen Sie ihr die Tür."] 169,14 EA ‖ 167,14 „Machen Sie ihr die Tür auf."; 96,20f. grauen und weiten Handschuhen glichen sie eifrigen Klauen.] 170,3f. EA ‖ 168,1f. grauen, weiten Handschuhen sahen sie wie eifrige Klauen aus.; 96,28 Umhanges] 170,11 EA ‖ 168,9 Umhangs; 96,31 geschabt] 170,15 EA ‖ 168,13 geleckt; 96,38 fuhr nur fort zu schälen] 170,22f. EA ‖ 168,21f. schälte weiter; 97,7 Château-Etiketten] 171,4 EA ‖ 169,5 Chateau-Etiketten; 97,10f. wobei sie das zähe Mehl zwischen ihre zitternden Finger bekam.] 171,7f. EA ‖ 169,10f. wobei ihr das zähe Mehl zwischen die zitternden Finger kam.; 97,16 plötzlich sagte und ihren Kopf hob:] 171,14f. EA ‖ 169,17f. plötzlich ihren Kopf hob und sagte:; 98,8 daß Jensen] 172,24 EA ‖ 171,6 daß die Jensen; 98,22 sagte Jensen] 173,15 EA ‖ 171,25 sagte Madam Jensen; 98,35 über blondem Haar] 174,4 EA ‖ 172,18 auf blondem Haar; 100,12 da ist ja genug für] 176,12 EA ‖ 175,7 das reicht ja für; 100,14 Straßenbukett] 176,14 EA ‖ 175,9 Ansteckssträußchen; 101,6 vor Kioske] 177,26 EA ‖

176,24 vor den Kiosken; 101,12 sowohl Hausschlüssel wie Brenneisen] 178,6 EA ‖ 177,7 Hausschlüssel und Brenneisen; 101,15 kleinen und korpulenten Dame] 178,9f. EA ‖ 177,10f. kleinen, korpulenten Dame; 101,21 daß] 178,15 EA ‖ 177,16 wenn; 101,26 Wege] 178,21 EA ‖ 177,23 Weg; 101,31 sollte] 178,27 EA ‖ 178,5 konnte; 101,32f. gesalzene Heringe] 179,2 EA ‖ 178,7 Salzheringe; 101,36 vierzehn Tage lang.] 179,6f. EA ‖ 178,11 vierzehn Tage.; 102,4 Wer kennt nicht Emma, wenn] 179,13 EA ‖ 178,18f. Man müßte Emma nicht kennen, wenn; 102,7 Kappe] 179,17 EA ‖ 178,24 Haube; 102,8 hochgehoben] 179,19 EA ‖ 179,1 hochgezogen; 102,20 Kappe] 180,10 EA ‖ 179,17 Haube; 102,25 Jensen] 180,16 EA ‖ 179,23 Madam Jensen; 103,16f. hatten es doppelt so] 181,22 EA ‖ 181,8 waren doppelt so; 103,22 Fräulein Holm] 181,23 EA ‖ 181,10 Fräulein Holms; 103,24 das Entree gleich] 182,4 EA ‖ 181,18 gleich den Korridor; 103,27 Mittagsgesellschaft] 182,7 EA ‖ 181,21f. Gesellschaft; 104,2 befände sie sich einem Menschen gegenüber] 182,24f. EA ‖ 182,12f. stände sie vor einem Menschen; 104,9 sagte und lächelte] 183,5 EA ‖ 182,20f. lächelte und sagte; 104,32f. Zehn-Öre-Stück] 184,6 EA ‖ 184,2 Zehnörstück; 105,12f. schmales und ruhiges Gesicht] 184,27 EA ‖ 184,23 schmales, ruhiges Gesicht; 106,17 widerspiegelten] 186,23 EA ‖ 186,25 wiederspiegelten; 107,2 Kranium] 187,24 EA ‖ 188,5 Kranion; 108,7 plazieren] 189,22 EA ‖ 190,9 placieren; 108,12f. „Sie bringen die Tischordnung herum [...] das steht solch weißen Jungfrauhänden gut."] 190,1ff. EA ‖ 190,16ff. „Sie machen die Tischordnung [...] das steht solch weißen Jungfrauenhänden gut."; 108,30 nichts anderes] 190,24 EA ‖ 191,15 nichts weiter; 108,35 Bufett] 191,3 EA ‖ 191,22 Büfett; 108,37 Es erfreut immer die jungen Mädchen,] 191,4 EA ‖ 191,23 Es macht den jungen Mädchen immer Spaß; 109,11 sammeln] 191,18 EA ‖ 192,12 sparen; 109,13ff. Frau Lund sagte, daß sie sich noch schnell den Tisch ansehen wolle, und sie ging ins Esszimmer und band sich von den Tischblumen ein hastiges Brustbukett zusammen.] 191,19ff. EA ‖ 192,13ff. Frau Lund sagte, sie wolle sich noch schnell den Tisch ansehen, ging ins Esszimmer und band sich von den Tischblumen hastig ein Brustbukett zusammen.; 109,26 sind ja übrigens] 192,10 EA ‖ 193,5 sind übrigens; 109,27f. von Unglücksfällen, schlechten Wegen und Straßenbahnen] 192,12f. EA ‖ 193,7f. über Unglücksfälle, schlechte Wege und Straßenbahnen; 109,29 daß Leute] 192,13 EA ‖ 193,8f. daß die Leute; 109,32 wie sie dort in ihrem Kasimirtuch saß] 192,17f. EA ‖ 193,12f. wie sie in ihrem Kasimirtuch dasaß; 110,2 Oehlenschlägerstraße] 192,26f. EA ‖ 193,20f. Öhlenschlägerstraße; 110,8 Freibilletts] 193,6 EA ‖ 194,2 Freibilletten; 110,11 schlanke und dunkle Dame] 194,9f. EA ‖ 194,5f. schlanke, dunkle Dame; 110,24 Ich bin wohl] 193,26 EA ‖ 194,20 Ich komme wohl; 110,29 Cousine] 194,6 EA ‖ 195,2 Kusine; 111,1 konversierte] 194,14 EA ‖ 195,11 unterhielt; 111,26 Rings herum] 195,17 EA ‖ Ringsherum; 112,7f. sollte glauben] 196,16 EA ‖ 197,19 könnte glauben; 112,14f. bevor sie ihr Erscheinen machten] 196,25f. EA ‖ 198,3f. bevor sie zum Vorschein kamen; 112,16 zeitig] 196,27 EA ‖ 198,6 früh; 112,21 zu deinen Gesellschaften] 197,8f. EA ‖ 198,13f. auf deine Gesellschaften; 112,25f. zur Stadt] 197,13 EA ‖ 198,18 in die Stadt; 112,36f. Ihr sitzt etwas eng, aber ich finde, daß es die Gemütlichkeit erhöht] 197,25ff. EA ‖ 199,5f. ihr sitzt etwas eng, aber ich finde, es erhöht die Gemütlichkeit; 113,8 ihr Glas] 198,9 EA ‖ 199,17 das Glas; 113,23 hierher gingen] 199,1 EA ‖ 200,11 hierhergingen; 114,14 „Sie gießen,"] 200,8 EA ‖ 201,23 „Sie verschütten etwas,"; 114,18 sie fuhr fort, ihm ins Gesicht zu sehen] 200,13 EA ‖ 202,4 sie sah ihm unverwandt ins Gesicht; 114,21 Papieres] 200,18 EA ‖ 202,9 Papiers; 114,24 Heim] 200,20 EA ‖ 202,12 Elternhaus; 114,32 Wachslichter] 201,4 EA ‖ 202,23 Wachskerzen; 115,9 „Leute warten nie auf gute Konjunkturen ...] 201,25 EA ‖ 203,19f. „die Leute warten nie die Konjunktur ab ...; 115,19 besser daran täten] 202,13 EA ‖ 204,10 besser täten; 115,20 In jener Gegend] 202,13f. EA ‖ 204,11 In der Gegend; 115,21 herausgejagt] 202,15 EA ‖ 204,12 hinausgejagt; 117,8 sagte] 205,10 EA ‖ 207,16 fragte; 117,13f. Bleichplatz] 205,17 EA ‖ 207,23 Beichtplatz; 117,25 Gründe] 206,3 EA ‖ 208,11 Grundstücke; 117,34 verhüllte] 206,16f. EA ‖ 208,24f. verhüllten; 118,35 Nachlassen] 208,13 EA ‖ 210,25 Nachlässen; 119,9 Frühstücks] 209,1 EA ‖ 211,16 Frühstücke; 119,10 über den Bischof] 209,3f. EA ‖

211,18f. von dem Bischof; 119,17 wie ist es herrlich] 209,11 EA ‖ 212,1 wie herrlich; 119,23 Budoir] 209,18 EA ‖ 212,8 Boudoir; 119,28 Es gibt andere] 209,23 EA ‖ 212,14 Es gibt Menschen; 120,9 „Was wollen Sie sehen, gnädiges Fräulein?"] 210,20 EA ‖ 213,14 „Was wünschen Sie, gnädiges Fräulein?"; 120,15 „Ich finde, daß sie mutiger sind, als die Männer."] 210,27 EA ‖ 213,20f. „Ich finde, sie sind mutiger als die Männer."; 120,20 immer, daß es genügt] 211,5 EA ‖ 214,1 immer, es genügt; 120,24 „Ich finde, daß Damenbücher unheimlich sind."] 211,10 EA ‖ 214,6 „Ich finde Damenbücher unheimlich."; 120,34f. Frau von Hahn äußerte, daß man sich heutzutage fast nirgends mehr sicher fühlen könne.] 211,22f. EA ‖ 214,18f. Frau von Hahn äußerte, man könne sich heutzutage fast nirgends mehr sicher fühlen.; 120,37 Ballets] 211,25 EA ‖ 214,21 Balletten; 121,1 Balletts] 212,1 EA ‖ 214,24 Balletten; 121,7 beiseite setzten] 212,7 EA ‖ 215,5 beiseitesetzten; 121,16 gesehen worden] 212,17 EA ‖ 215,16 gesehen; 121,24 Jacobsen] 213,1 EA ‖ 216,1 Jakobsen; 121,36f. Sejer meinte, daß Vorlesen jetzt wohl aus guten Gründen aus Familienkreisen verschwunden sei.] 213,15f. EA ‖ 216,15f. Sejer meinte, das Vorlesen sei jetzt wohl aus guten Gründen aus Familienkreisen verschwunden.; 122,3 Büchermappe] 213,21 EA ‖ 216,21 Journalmappe; 122,19 wolltest] 214,13 EA ‖ 217,18 wollest; 123,15 wüßte] 216,5 EA ‖ 219,14 wisse; 123,18 Idee bekommen hat] 216,7 EA ‖ 219,17 Idee hat; 123,20f. der Rechtsanwalt hob seine etwas gekrümmte rechte Hand zum Eis hinauf – „auf dieses Bild zeigen] 216,10f. EA ‖ 219,20ff. der Rechtsanwalt zeigte mit seiner etwas gekrümmten rechten Hand auf das Eis – „auf dieses Bild weisen; 123,38 einhaute] 217,7 EA ‖ 220,20 einhieb; 124,5 „Ich konnte es wirklich nicht helfen,] 217,13 EA ‖ 221,1 „Ich konnte wirklich nicht dafür,; 124,10f. weiße Schürze mit Zwischenborte] 217,20f. EA ‖ 221,8f. weiße Schürze mit Einsätzen; 124,21 sollte] 218,6 EA ‖ 221,22 könnte; 124,26 labt so gut] 218,11 EA ‖ 222,3 erquickt; 125,1 „Man sollte wirklich glauben, daß Sie nicht recht bei Trost ist,"] 219,1f. EA ‖ 222,21f. „Man könnte wirklich meinen, sie ist nicht recht bei Trost,"; 125,4 fragte] 219,4 EA ‖ 222,25 sagte; 125,8 um ihn vorzulesen] 219,9 EA ‖ 223,5 sie vorzulesen; 125,19 anderen] 219,24 EA ‖ 223,20 andern; 126,4 hin- und herrückte] 220,22 EA ‖ 224,21 hin und her rückte; 127,20 Wahlplatz] 223,5 EA ‖ 227,13 Walplatz; 128,8 im Begriff] 224,5 EA ‖ 228,19 nahe daran; 129,28 hin und hergehst] 226,18 EA ‖ 231,16f. hin und her gehst; 130,6 und die plötzlich innehielt] 227,13 EA ‖ 232,14 sie hielt plötzlich inne; 130,8f. Fräulein Augusta meinte sicher, daß sie ihre Handschuhe hier vergessen habe] 227,15f. EA ‖ 232,16f. Fräulein Augusta meinte, sie habe sicher ihre Handschuhe hier vergessen; 130,32 Gewinnst] 228,19 EA ‖ 233,25 Gewinst; 130,33 gefolgt] 228,21 EA ‖ 234,2 begleitet; 131,27 rieb unaufhörlich seine Hände] 230,4 EA ‖ 235,17 rieb sich unaufhörlich die Hände; 132,14 in einem Geschlecht, das Achtung genießt und das außerdem] 231,4f. EA ‖ 236,19f. in einer Familie, die Achtung genießt und außerdem; 132,36 hörte es nicht] 232,4 EA ‖ 237,21 hörte nicht; 133,37 zurückgeben] 233,25f. EA ‖ 239,18f. herausgeben; 136,4 sehen] 237,14 EA ‖ 243,18 sehn; 137,24 Albums] 239,27 EA ‖ 246,12 Albume; 137,32 von jungen Jahren auf] 240,9f. EA ‖ 246,21f. von Kind an; 138,3 fragte] 240,17 EA ‖ 247,4 sagte; 138,14f. und allen denen, die du magaziniert hast, schenkst du keine Gedanken."] 241,3ff. EA ‖ 247,17ff. und für alle die, die du magaziniert hast, hast du keinen einzigen Gedanken übrig."; 138,18 meldete, daß Fräulein Hauchs Wagen da sei.] 241,9f. EA ‖ 247,23f. meldete, Fräulein Hauchs Wagen sei da.; 138,22 weiter gekommen] 241,16 EA ‖ 248,5 weitergekommen; 138,34 Fayance] 242,4 EA ‖ 248,20 Fayence; 139,4 Haarputz] 242,11 EA ‖ 249,2 Kopfputz; 139,11 anderen] 242,20 EA ‖ 249,11 andern; 139,11 handhaben] 242,21 EA ‖ 249,12 machen; 139,13 ein und ausgeht] 242,22 EA ‖ 249,13 ein und aus geht; 140,25f. Herr Schou, der noch immer mit Meyer sprach, der jetzt bis zur Vormundschaft gekommen war, sagte:] 244,22f. EA ‖ 251,18ff. Herr Schou sprach noch immer mit Meyer, der jetzt bis zur Vormundschaft gekommen war, und sagte:; 140,36 anderen] 245,8 EA ‖ 252,7 andern; 141,1 in einem Sofa] 245,11 EA ‖ 252,10 auf einem Sofa; 142,3 Cousine] 247,8 EA ‖ 254,11 Kusine; 142,24f. „ich glaube, daß die Vögel jetzt endlich die Köpfe unter die Flügel stecken wollen."]

248,5ff. EA ‖ 255,11ff. „ich glaube, die Vögel wollen jetzt endlich die Köpfe unter die Flügel stecken.“; 142,26 ins Entree] 248,8f. EA ‖ 255,14f. in den Korridor; 143,23f. Moirée antique] 249,19 EA ‖ 257,5 Moiré antique; 143,30 her gegangen] 249,25 EA ‖ 257,11 hergegangen; 143,32 hinaus zu kommen] 249,27 EA ‖ 257,13 hinauszukommen; 145,3 eine Goldlorgnette auf der Nase trug, die er] 252,1f. EA ‖ 259,22f. einen goldenen Kneifer auf der Nase trug, den er; 145,24 Schals] 252,27 EA ‖ 260,25 Schale; 145,25 buntes und eckiges] 253,1 EA ‖ 261,1 buntes eckiges; 146,2 des Bettquastes] 253,18f. EA ‖ 261,18f. der Bettquaste; 146,7f. das eine nach dem anderen] 253,26f. EA ‖ 262,1f. eins nach dem andren; 146,11 ihrer Tasche] 254,3 EA ‖ 262,5 der Tasche

Über den Ruhm (Epilog)

S. 147–148, EA S. 256–261, ZA S. 263–268

147,11 stirbt er] 257,14 EA ‖ 163,14 so stirbt er; 147,15 um beständig zu behaupten] 257,19f. EA ‖ 163, 19f. um das beständig zu behaupten; 148,6 So] 258,21 EA ‖ 264,23 Das; 148,9f. die Selbstlüge] 258,25 EA ‖ 265,2 den Selbstbetrug

Kommentar

Der Priester/Præsten

Als Bang diese Erzählung im Dezember 1879 in der *Illustreret Tidende* veröffentlichte, war er bereits ein bekannter Autor. Er hatte Skizzen und Feuilletonbeiträge in verschiedenen dänischen Zeitungen publiziert, etwa im *Morgen-Telegrafen*, in *Nutiden* und in *Billeder og Text*. Zwei Einakter waren am Kopenhagener *Folketeater* aufgeführt worden. Dennoch war sein Ruhm noch immer eher auf den bekannten Namen seiner Familie zurückzuführen (sein Großvater war ein angesehener Arzt). So ist es nicht verwunderlich, dass ihn die Bitte, eine Kurzgeschichte zu schreiben, unter Druck setzte und er einen neuen literarischen Weg einzuschlagen versuchte. Im Gegensatz zu seinen früheren Feuilletonbeiträgen, Schilderungen aus dem dänischen Kulturleben, finden wir hier eine durchkomponierte fiktionale Erzählung ohne Bezug auf das Tagesgeschehen. Im Druck erschien *Præsten* zuerst unter dem Titel *Stille Eksistenser* („Stille Existenzen") in der *Illustreret Tidende* am 7. Dezember 1879 und später in dem Erzählungsband *Tunge Melodier. Studier af Herman Bang* („Düstere Melodien") im April 1880. Als er 1886 eine Novellensammlung unter dem Titel *Stille Eksistenser* veröffentlicht hatte, wurde die Erzählung in *Præsten* umbenannt. Das dänische Wort „Præst", mit angehängtem Artikel „Præsten", bedeutet ohne konfessionelle Differenzierung sowohl „Pfarrer" und „Pastor" als auch „Priester". Julia Koppel übersetzt uneinheitlich teils „Pastor" (so stets im Zusammenhang mit dem alten Skeel), teils „Priester".
Es liegen mehrere Versionen der Erzählung vor. Die in diesem Band veröffentlichte entspricht der Fassung, die Bang auf seinen Lesereisen vorgetragen hat. Die von Bang in der Einleitung erwähnte Benefiz-Lesung fand am 3. März 1881 statt. Zum ersten Mal wird hier der ruhige, gesammelte Ton hörbar, der später für Meisterwerke wie den schmalen Roman *Ved Vejen* (1886, *Am Wege* 1898) so wichtig wird.
Der deutsche Text weist deutliche Unterschiede zu den dänischen

Vorlagen auf: Einige Passagen wurden gestrichen, an anderen Stellen wurden zusätzliche Informationen eingefügt. Insgesamt trägt der Text eine mündliche Prägung: direkte Anreden an die Hörer (und Leser), eingeschobene Erläuterungen, repetitive Stilfiguren. Die kurze Einleitung ist einer der vier Einleitungstexte, die auch ins Dänische übersetzt vorliegen: *Af Mappen. II*, in: *København*, 24.2.1909.

Fragment/Fragment

Wie die Überschrift bereits andeutet, handelt es sich um eine Skizze, ein literarisches Experiment mit offenem Ausgang. Das „Fragment" wurde wie *Præsten* in der Novellensammlung *Tunge Melodier* im April 1880 veröffentlicht und war damit Teil dieses Erzähldebüts. Wie aus der Einleitung hervorgeht, handelt es sich dabei um einen der frühsten literarischen Versuche des Autors. Die mühevolle Entstehung und genaue Planung sind dem Text anzumerken. Die vorliegende deutsche Version des Textes weicht an einer Stelle markant von der dänischen Vorlage ab: Kurz vor dem Ende, bevor die weibliche Figur den Jüngling beruhigt, stürzt er in einer pathetischen Geste vor ihr auf das Pantherfell und bricht in heftiges Weinen aus; seine Schreie klingen, als bitte er um Gnade. Ohne davon beeindruckt zu sein, nennt sie ihn ein großes Kind und tröstet ihn.

Miß Ellinor

Die Geschichte findet sich weder in der von 2008 bis 2010 herausgegebenen dänischen Werkausgabe noch in einer der dänischen Novellensammlungen Bangs. Sie ist allein in der deutschen Sammlung *Aus der Mappe* abgedruckt. Offenkundig handelt es sich um eine Skizze zu der Erzählung *Franz Pander*, die bei S. Fischer 1905 in dem Band *Exzentrische Novellen* (*Excentriske Noveller*, 1885) zusammen mit *Fratelli Bedini* und *Charlot Dupont* veröffentlicht worden war. In einem Postscriptum zur dänischen Sammlung schreibt Bang über die drei Texte, dass er der Öffentlichkeit verborgene Lebenswelten zeigen wolle. So arbeitet der Titelheld in *Franz Pander* als Kellner in einem hamburgischen Restaurant, verliebt sich tragisch in einen Gast, eben

Ellinor, und begeht nach ihrer Abreise Suizid. *Miß Ellinor* und *Franz Pander* zeigen damit zwei Seiten einer Medaille, wobei in jeweils etwas unterschiedlichen Szenarien und Umständen die namengebende Person im Mittelpunkt der Skizze steht.

Wenn die Einleitung Bangs notorische Geldnot zum Thema macht, verweist sie auch auf die zahlreichen Feuilletonbeiträge, die *Vekslende Themaer* („Wechselnde Themen"), in Zeitungen in Dänemark, Deutschland und Norwegen. Und wenn Bang betont, dass fast alle seine Frauenfiguren Züge seiner Mutter tragen, der schwermütigen Pfarrfrau von Adserballe, dann erinnert das an Texte wie die Zueignung von *Tine*: „Dieses Buch gehört dir." („Denne Bog tilhører dig.") In dieser Zueignung erinnert sich Bang unter anderem, wie seine Mutter ihn gebeten habe, ihr einmal ein Buch zu widmen. In *Det hvide Hus* (1898, *Das weiße Haus* 1902) zeichnet Bang ihr liebevolles und komplexes Porträt.

Weihnachtsgeschenke/Julegaver

Die Erzählung, die wieder mit Erörterungen Bangs über seine Arbeitsweise eingeleitet wird, ist als einzige dieser Sammlung bereits früher auf Deutsch erschienen, 1906 in der *Neuen Rundschau*. Im Dänischen wurde sie 1902 zusammen mit *Ravnene* in dem gleichnamigen Band herausgegeben; schon vorher war sie einzeln als *En Julegave* („Ein Weihnachtsgeschenk", 1901) in Ernst Bojesens *Juleroser*, einem Weihnachtsalmanach, abgedruckt worden. Der Band *Ravnene* ist das erste Werk, das Bang im bedeutendsten dänischen Verlag Gyldendal veröffentlichte; bis dahin hatte er bei Aage Hirschsprung in *Det Schubotheske Forlag* veröffentlicht. Die Kurzgeschichte über das Weihnachtsfest einer armen Krämerfamilie steht in vielerlei Hinsicht im Kontrast zu dem im gleichen Band erschienenen Romanentwurf *Ravnene*. Bang selbst begründet die gemeinsame Veröffentlichung der beiden Texte seinem Verleger und Freund Peter Nansen gegenüber damit, dass sie sich zueinander verhielten wie Licht und Schatten.

Eine typographische Besonderheit der dänischen Vorlage ist in der deutschen Fassung nicht wiedergegeben: Im Zusammenhang mit Sigwalds falscher Betonung des Namens „Aladdin" (er betont immer die letzte Silbe) wird die letzte Silbe stets kursiv gesetzt, so dass der

Fehler auch im Schriftbild sichtbar wird. Damit wird in der deutschen Fassung eine Besonderheit von Bangs Stil ausgeblendet: seine schriftliche Repräsentation sozio- und dialektaler Besonderheiten. Wie schon in *Fragment* fehlen kleinere Passagen in der Übersetzung, ohne die Textbedeutung wesentlich zu verändern. Ortsangaben werden verallgemeinert, um einem Publikum, das sich nicht in Kopenhagen auskennt, das Verständnis zu erleichtern. (Die Büfettmamsell beispielsweise, vgl. S. 32, kommt in der deutschen Version „vom Lande", in der dänischen aus Utterslev.)

Der rumänische Weihnachtsbaum/Se Juletræet

Als ein Entwurf für den Roman *De uden Fædreland* – (1906, *Die Vaterlandslosen* 1912) wurde die Skizze über eine holsteinische Familie bereits am 16. Dezember 1905 in *Julelys* unter dem Titel *Se Juletræet* („Sieh, der Weihnachtsbaum!") veröffentlicht. Die Einleitung in *Aus der Mappe* wurde allerdings erst dreieinhalb Jahre später übersetzt, am 21. März 1909 zusammen mit dem Vorwort zu *Die Raben* in der Zeitschrift *Verdens-Spejlet.* Dies ist damit der zweite Einleitungstext, der nach der deutschen Fassung auch auf Dänisch veröffentlicht wurde.
Die „Insel der Verdammten" in Bangs Roman *Die Vaterlandslosen* ist, so erläutert der Protagonist, auf keiner Landkarte verzeichnet. Die hier abgedruckte Skizze hingegen verweist noch auf den ersten Reiseeindruck einer realen Donauinsel nahe Orschowa, zwischen Serbien und Rumänien. Diese dritte „Weihnachtsgeschichte" der Sammlung schlägt einen anderen Ton an als *Weihnachtsgeschenke.* Nicht die Enttäuschung großer Hoffnungen steht hier im Mittelpunkt, sondern die Heimatlosigkeit und das Sprachproblem. In der dänischen Fassung der Erzählung verfällt der Diener Johann immer wieder ins Deutsche, ein Effekt, der in der deutschen Übersetzung natürlich verschwindet; in der Konfrontation mit dem Personal versteht er nur Mimik und Gestik.
Das mehrdeutige Motiv der Sprachlosigkeit wird in den *Vaterlandslosen* weiter entfaltet. Anders als *Der rumänische Weihnachtsbaum* enden *Die Vaterlandslosen* jedoch nicht in einer weihnachtlich-versöhnlichen Szene, sondern mit der Rückkehr Joáns auf die „Insel der

Verbannten" und somit der Besiegelung des eigenen Außenseitertums im sprichwörtlichen Niemandsland.

Geschlagen/Slagen

Diese zweite Skizze zu den *Vaterlandslosen* wurde am 15. Dezember 1905 in der dänischen Monatsschrift *Hjemmets Noveller* veröffentlicht. Verlust und Niederlage sind vor allem in Bangs spätem Werk immer von neuem variierte Themen, wie er in seinem einleitenden Text hervorhebt. Neben den autobiographischen Zügen ist auch hier seine Beobachtung gesellschaftlicher Prozesse wichtig. Personen, die er sieht und die ihn faszinieren, können zu Anregungen literarischer Figuren und Motive werden. So zeigt sich in *Geschlagen* eine deutliche Ähnlichkeit zwischen dem Protagonisten Joseph Caiz und dem gefeierten österreichischen Schauspieler Josef Kainz, dessen biographisches Porträt Bang am 5. Januar 1908, anlässlich des 50. Geburtstags, in einem großen Essay für die Zeitung *København* zeichnete.
Die Ähnlichkeit der Skizze mit einigen zentralen Szenen in den *Vaterlandslosen* ist beträchtlich, bis hinein ins Sprachliche. Nachdem er ein Konzert seines Konkurrenten Jens Lund gehört hat, beschließt dort Joán, seine Karriere als Geiger aufzugeben und unternimmt, jetzt nur noch als Zweitbester, eine letzte (und tief enttäuschende) Konzertreise, die ihn in das Vaterland seiner Mutter führt, in sein Mutter-Land: nach Dänemark. Dabei ist im Roman der Konkurrent (der dem dänischen Schriftsteller, Bang-Kritiker und nachmaligen Nobelpreisträger Johannes V. Jensen nachgestaltet ist) dem Protagonisten nicht nur als Künstler überlegen, sondern auch in seinem maskulinen, vitalen Selbstbewusstsein.

Eine sonderbare Geschichte/En besynderlig Historie

Die „sonderbare Geschichte" wurde am 15. November 1906 in *Hjemmets Noveller* veröffentlicht, also demselben Monatsblatt, in dem schon knapp ein Jahr zuvor *Slagen* („Geschlagen") publiziert worden war. Zusammen mit der Erzählung *Stærkest* („Am stärksten") wurde der Text 1907 bei Gyldendal unter dem Obertitel *Sælsomme Fortællinger* („Seltsame Geschichten") veröffentlicht. Oft sind sie mit den phantastischen Erzählungen Edgar Allan Poes verglichen worden, die 1907 in dänischen Neuübersetzungen ebenfalls bei Gyldendal zu erscheinen begannen. Derselbe Künstler Arild Rosenkrantz, der Poes Geschichten illustrierte, zeichnete auch die Umschlagillustration zu Bangs *Sælsomme Fortællinger*. (Eine Abbildung findet sich in *Herman Bang. Romaner og Noveller*, Bd. 8, hg. von der dänischen Sprach- und Literaturgesellschaft 2010, S. 437.)

Bis ins Detail erinnern in der Einleitung zu diesem Text Begriffe und Metaphern der Willensfreiheit und des Unbewussten, der Begierde und des Triebs an Bangs 1909 verfassten Essay *Gedanken zum Sexualitätsproblem* (1922 postum veröffentlicht). Zugleich gemahnt *Eine sonderbare Geschichte* an frühere Erzählungen wie die Zirkusnovellen *Fratelli Bedini* oder *De fire Djævle* (*Die vier Teufel*, 1897) und ihre pessimistische Dämonisierung eines Trieblebens, das nicht nur die Liebesbeziehungen, sondern auch die Liebenden selbst zugrunde richte, und an weitere Novellen über die Macht des Unbewussten wie *Barchan er død* (*Barchan ist tot*, 1907), *Men du skal mindes mig* (*Du sollst meiner gedenken*, 1911).

Die Zaghaften/Alle gode Gange

Die Erzählung erschien zuerst am 14. Dezember 1902 in *Illustreret Tidendes Julemorgen*, unter dem Titel *Alle gode Gange* („Aller guten Dinge").

Bangs Behauptung, er habe niemals Dramen geschrieben, ist falsch: in Dänemark waren bereits die Schauspiele *Ellen Urne*, *Brødre* („Brüder") und noch 1910 eine Dramatisierung des Romans *Mikaël* aufgeführt worden. Vielleicht veranlasste der weitgehende Misserfolg Bang, dem deutschen Publikum diese Versuche zu verheimlichen. Der Einleitungstext wurde am 25. Februar 1909 in dänischer Sprache auch in der Zeitung *København* veröffentlicht.

Ein Sommernachtstraum/Kroner: 33,00

Am 15. Dezember 1903 erschien die kurze Geschichte in der Weihnachtszeitschrift *Julelys*, unter dem Titel *Kroner: 33,00* („Kronen: 33,00"); der letzte Satz dieses Textes lautete: „Men regningen var blevet paa Kroner 33." („Aber die [Hotel-] Rechnung belief sich auf 33 Kronen.") Vor diesem Hintergrund erklärt sich der letzte Absatz der Einleitung; die Streichung des Satzes in der Übersetzung verdunkelt den Bezug und nimmt dem Text etwas von seiner Schärfe, ebenso wie die Titeländerung. Der deutsche Titel verweist auf Shakespeares *A Midsummer Night's Dream* und den populären Hochzeitsmarsch aus der Bühnenmusik von Felix Mendelssohn Bartholdy. Auch die Lokalisierung der Handlung vor dem Schloss Kronborg in Helsingør, dem Schauplatz von *Hamlet*, stellt eine Beziehung zu Shakespeare her.
Gewidmet ist diese kritische Auseinandersetzung mit dem kapitalistischen Markt und der Käuflichkeit von Ruhm und Glück der norwegischen Pianistin Erika Nissen (1845–1903). Ihr war Herman Bang auf einer Lesereise nach Kristiania (dem heutigen Oslo) und Bergen begegnet. In dem Band *Ti Aar – Erindringer og Hændelser* (1891, *Zehn Jahre. Erinnerungen und Begebenheiten*, 1919 bei S. Fischer) beschreibt Bang diese Begegnung.

Die Raben/Ravnene

Dieser letzte Text „aus der Mappe" ist zusammen mit *Weihnachtsgeschenke* in dem Bändchen *Ravnene. To fortællinger* („Die Raben. Zwei Erzählungen") am 13. Dezember 1902 in *Gyldendalske Boghandel* erschienen. Die Einleitung wurde erst am 21. März 1909 unter dem Titel *Om Romanens Kunst I. Til „Ravnene"* („Über die Kunst des Romans I: Zu ‚Die Raben'") im Kopenhagener *Verdens-Spejlet* veröffentlicht.
Das in der Einleitung resümierte Realismus-Konzept hatte Bang bereits 1879 in seinem bahnbrechenden Aufsatz *Om Realisme* („Über Realismus") entwickelt, einem Gründungsdokument des dänischen Naturalismus in engem Bezug zu den kritischen Arbeiten von Edvard und Georg Brandes.

Der Text ist ein musterhaftes Beispiel für Herman Bangs impressionistisch geprägten Stil, der durch präzise Beobachtungen von Handlungen und Außenansichten der Figuren deren Inneres (an-) deutet, ohne explizit zu interpretieren. Durch sprechende Namen wie „Viktoria Sejer“ (beide Namensbestandteile bedeuten „Sieger[in]“) oder William Ash (im dänischen Text „William Ask“, wobei „ask“ im Dänischen und „ash“ im Englischen zugleich „Asche“ und „Esche“ bedeuten) gewinnt der Text eine satirische Schärfe.

Über den Ruhm (Epilog)

Noch einmal wendet sich Bang dem Problem des Ruhms zu – auch hier, wie schon in der Einleitung zu *Ein Sommernachtstraum*, in resignativem Ton. Auffällig sind die Konnotationen mit Überarbeitung, steter Angst vor dem Verlust des Ansehens, Konkurrenzkampf und schließlich der Verfolgung des Berühmten oder Scheinberühmten bis in den Tod – Erfahrungen, die sich, ohne dass dies ausdrücklich gesagt würde, zuallererst auf Bangs lebenslange Angst vor polizeilichen Verfolgungen aufgrund seiner Homosexualität, Erpressungsversuchen und daraus folgender Geldnot beziehen. Mit diesem Text schließt sich auch der Kreis zur ersten Einleitung des Bandes.

Gedanken zum Sexualitätsproblem

Das Manuskript stammt von Bangs Berliner Arzt und Freund Max Wasbutzki und dessen Ehefrau Berta; Bang hat es handschriftlich autorisiert und zur Veröffentlichung nach seinem Tod „in einer ärztlichen Zeitschrift Deutschlands“ bestimmt. Der Text entstand von Ende April bis Ende Juni 1909 in Zusammenarbeit mit Wasbutzki in deutscher Sprache und erschien postum 1922 im für seine sexualwissenschaftlichen Publikationen bekannten Bonner A. Marcus & E. Webers Verlag, mit einem Geleitwort des Sexualwissenschaftlers Siegfried Placzek und einem kurzen Vorwort. Gleichzeitig erschien die Abhandlung in der Septemberausgabe der *Zeitschrift für Sexualwissenschaft*. Neu herausgegeben und kommentiert wurde sie von Heinrich Detering in der Fachzeitschrift *Forum Homosexualität und Literatur* 10 (1990).

Die Brücke

Die kurze Hommage an den großen Verleger und Kulturvermittler Samuel Fischer erschien im Almanach *Das 25. Jahr* anlässlich des fünfundzwanzigjährigen Verlagsjubiläums 1911. Dies war der erste Almanach des S. Fischer Verlags. Er wurde dann kontinuierlich fortgesetzt, und zwar, nach einer Unterbrechung von NS-Zeit und Exil ab 1937, bis in die siebziger Jahre.

Herman Bang aus Adserballe

Nachwort

1. „der teure, traurige Name"

Von dem dänischen Schriftsteller Herman Bang (1857–1912), so erklärte der längst weltberühmte Thomas Mann 1924 in einem Interview, habe er „alles gelesen und viel gelernt". Das war ein großes Wort, aber es war kaum übertrieben. Schon mitten in der Arbeit an der Erzählung *Tonio Kröger*, am 16. Oktober 1902, hatte Thomas Mann in einem Brief an den vertrauten Freund Kurt Martens geschrieben: „Jetzt lese ich beständig Herman Bang, dem ich mich tief verwandt fühle", und er hatte Martens namentlich die Lektüre des Romans *Tine* empfohlen – dieses großen, traurigen Buches über den dänisch-preußischen Krieg von 1864 und die äußeren und inneren Zerstörungen, die er angerichtet hatte.

Die Empfehlung war nicht verwunderlich. Thomas Manns erstes Buch, der Erzählungsband *Der kleine Herr Friedemann*, war 1898 als sechster Band ebenjener *Collection Fischer* erschienen, die im Jahr zuvor mit Bangs homoerotisch getönter Zirkusnovelle *Die vier Teufel* eröffnet worden war. Damals stand der Däne dem Deutschen noch als schwer erreichbares Vorbild vor Augen, der ungleich bekanntere Autor war er ohnehin. Der Ausblick der *Neuen Rundschau* am Ende des Jahres 1897 auf den kommenden Jahrgang kündigt in großen Lettern Neues von Herman Bang an mit den Worten, er sei „der größte lebende Erzähler in modernem Stil". In der Reihe der – in sehr viel kleineren Lettern gedruckten – Namen hoffnungsvoller junger Autoren steht dann, unter anderen, auch der Name „Thomas Mann".

Bei Samuel Fischer, also im führenden deutschen Verlag der literarischen Moderne (und in dessen Hauszeitschrift, der *Neuen Rundschau*), waren Übersetzungen aller wichtigen Erzählungen und Kurzgeschichten Bangs erschienen, von *Charlot Dupont* und *Ihre*

Hoheit (unter dem gemeinsamen Titel *Verfehltes Leben* 1887) über den Skandalroman *Hoffnungslose Geschlechter* (1900) und die Kindheitserzählung *Das weiße Haus* (1902) bis eben zu *Tine*. Und dank Samuel Fischers ausdauerndem Einsatz für Bangs Werk sollte der Stern des Autors bald noch höher steigen. 1919 erschien die erste Ausgabe der *Gesammelten Werke*, 1926 eine neue sechsbändige Ausgabe der Romane. Im Almanach zum fünfundzwanzigjährigen Verlagsjubiläum setzte Bang seinem Verleger, dem „Brückenbauer" zwischen deutscher und dänischer Literatur, ein kleines liebevolles Denkmal. Im vorliegenden Band soll diese Hommage an Samuel Fischer das Bild des dänisch-deutschen Dichters Herman Bang abrunden.

Aber Thomas Mann empfiehlt Bang ja nicht nur als einen bedeutenden Künstler, sondern auch als einen Schriftsteller, mit dem er sich „tief verwandt" fühle. Seine eigenen frühen Erzählungen bestätigen diese Behauptung auf fast jeder Seite. Verweist der *Tonio Kröger* von 1903 auf die Seelenkunst der Bang'schen Prosa (mitsamt ihren homoerotischen Subtexten), so bezieht sich der um dieselbe Zeit zuerst entworfene Hochstaplerroman von *Felix Krull* deutlich auf Bangs Dienstboten-Geschichte *Franz Pander* und die Artistennovelle *Fratelli Bedini*; der Roman *Königliche Hoheit* nimmt schon im Titel (auch dies durchaus absichtsvoll) Bezug auf Bangs Novelle *Ihre Hoheit*. Und als Rainer Maria Rilke 1902, im Jahr von Thomas Manns Brief an Kurt Martens, seine Besprechung von *Buddenbrooks* veröffentlichte, die so wesentlich zum Durchbruch des Werks beitrug, da tat er das (ein heute weithin vergessener Umstand) demonstrativ in einer Doppel-Rezension: Neben die *Buddenbrooks* stellte er die Erinnerungsprosa von Herman Bangs *Das weiße Haus*.

Für den jungen Thomas Mann war Bang mehr als ein Vorbild, er war eine Identifikationsfigur. Gerade so aber sprach er auch für eine ganze Generation, die mit Bangs sensibler, psychologisch präziser, melancholischer Prosa aufgewachsen war, von Friedrich Huch bis zu Rainer Maria Rilke, dessen *Malte Laurids Brigge*, dieser dänische Dichter im modernen Paris, auch Züge Bangs trägt. Und so vieles Thomas Mann und seinen ältesten Sohn Klaus trennen mochte, in der Liebe zu Bang waren sich beide immer einig. Kein Zweifel, Herman Bang galt in der deutschen Literatur um und nach 1900 als ein Wortführer der Frühen Moderne und als ein Muster an psychologischer

Subtilität, an impressionistischer Suggestivität, an melancholisch-ironischer Kritik der bürgerlichen Gesellschaft. Mit größter Selbstverständlichkeit sah man ihn in einer Reihe mit Autoren wie seinem Landsmann Jens Peter Jacobsen, mit Ivan Turgenev, Oscar Wilde und Guy de Maupassant, Ibsen und Strindberg.
Als 1918 Eduard von Keyserling starb, ein anderer deutschsprachiger Geistesverwandter des dänischen Dichters, da geriet Thomas Mann sein in der *Neuen Rundschau* veröffentlichter Nachruf beinahe unversehens zur Hommage an „den teuren, traurigen Namen Herman Bangs", der bereits 1912 gestorben war. An das „schmerzliche Werk des Dänen" erinnert der Autor der *Buddenbrooks* nun, an den „dänischen Patrizier", der ein „Artist und Exzentrik" geworden sei. Bang aber, das deutet Thomas Mann nur zwischen den Zeilen an, habe sein Außenseiterdasein als ein so „gequälter und extremer" Dichter erfahren, wie er selber das immer vermeiden wollte. Eben als dieser gequälte und traurige Exzentriker allerdings sei Bang, so fährt er fort, „uns näher" als selbst Theodor Fontane. Aus der Feder dieses Fontane-Bewunderers und -Nachfolgers war das ein großes Wort. Thomas Manns „uns" war vieldeutig. Auf die neue literarische Generation verwies es, für die Bang zu sprechen schien, auf die norddeutsche und dänische Kultur, die Tonio Kröger so nahe ist wie seinem Verfasser, und unausgesprochen auf die verbindende Erfahrung eines geschlechtlichen Außenseitertums.

2. Grenze und Geschlecht

Geboren und aufgewachsen als Pfarrersohn im Dorf Adserballe (heute „Asserballe") auf der nordschleswigschen, südjütischen Ostseeinsel Alsen/Als, hatte Bang durch den Krieg von 1864 als Kind mit seiner Familie nach Norden flüchten müssen. Das Trauma des Krieges und des Verlustes seiner Heimat durchzieht sein gesamtes Lebenswerk, von *Tine*, dem wichtigsten Roman über dieses Thema überhaupt, bis zu den Erinnerungen *Das weiße Haus*, deren Schauplatz ebenjenes Pfarrhaus in Adserballe ist. Und immer wieder kam diese zugleich persönliche und nationale Katastrophe in Bangs Wahrnehmung zusammen mit dem anderen Trauma seines Lebens: der Stigmatisierung und Verfolgung als männerliebender Mann.

Grenze und Geschlecht: Die beiden großen Lebensthemen Herman Bangs scheinen auf den ersten Blick durch nicht viel mehr verbunden zu sein als die Zufälle seiner Herkunft. Bang aber hat sie, je länger je mehr, auf ebenso triftige wie spektakuläre Weise verbunden. Die Grenze zwischen den Nationen, Sprachen und Kulturen, die seine Kindheit in zwei Hälften zerrissen hatte, und die Grenze der Geschlechter, auf der zu leben und die zu verbergen er sich durch seine Zeit genötigt sah: sie wurden in seinem Werk mit zunehmender Intensität verbunden zu einer einzigen großen Metapher. Was Bang in immer neuen Varianten sichtbar macht, sind die Mechanismen der Ab- und Ausgrenzung, die Möglichkeiten und das Scheitern einer Grenzüberwindung und die Utopie einer künftigen Grenzaufhebung.

Schon in *Tine* ist die verzweifelte Liebesgeschichte nicht lediglich romantische Zutat zum politischen Geschehen der dänisch-deutschen Katastrophe, so wenig wie umgekehrt der Krieg von 1864 nicht bloß den düsteren Hintergrund einer Liebesgeschichte abgibt. Vielmehr vollzieht sich in beiden zunächst parallel geführten, dann ineinander verschlungenen Geschichten dasselbe Geschehen. In beiden sieht Bang dieselben Mechanismen von Begehren und Gewalt am Werk, von Aggression und Unterliegen, Zerstörung und Selbstzerstörung. (Das bekannteste Kapitel des Romans kann man in dieser Buchreihe im Band *Klangraum* nachlesen.) Die Liebe zweier Menschen kann in dieser Dynamik ebenso zugrunde gehen wie der soziale und politische Friede, ja überhaupt die einfache menschliche Nachbarschaft. Erst recht in Bangs später, gewaltiger Wiederaufnahme des Doppelthemas, in seinem letzten Roman *De uden Fædreland* – (1906, *Die Vaterlandslosen* 1912), gehen Geschlechter- und Grenzfragen, politische Zeitanalyse und Sozialpsychologie ganz ineinander auf. Denn hier wird das geschlechtliche Außenseitertum konsequent – und ohne diesen Ursprung ganz zu verhüllen – übertragen auf dasjenige eines von Geburt an Staatenlosen in einer Welt der Nationalstaaten, in der jeder seine Identität zuerst über die Zugehörigkeit zu einer Nation bestimmt. (Die beiden Erzählskizzen, die ihm voraus- und in ihn eingingen, sind im vorliegenden Band nachzulesen, S. 48–57 und S. 58–64.)

„Wie sollte ich reden können?“ Diese Lebensfrage des dänisch-ungarischen Romanhelden mit dem romantischen Namen Joán Ujházy (der einfach ‚Johannes Neuhaus‘ bedeutet) ist auch diejenige seines

Autors. Und sie ist keineswegs nur rhetorisch gemeint. Das Unaussprechliche spricht auch er nicht aus. Dass aber sein nationaler Konflikt stellvertretend stehen könnte für einen ganz anderen, das gibt er seinen Lesern dennoch zu verstehen. Seinen Herkunftsort beschreibt der Held als eine staatenlose Donauinsel auf der Grenze zwischen Rumänien und Serbien, auf der nur Männer leben. „Die Insel hat keine Frauen. Wen sollte ich also lieben?" So hatte seine erste Frage gelautet. Daran schließt dann die zweite an: „Und wenn ich liebte, wie sollte ich dann reden können? Ich habe ja keine Muttersprache." Wer das verstehen wollte, dem legte der Text eine gewissermaßen doppelbödige Lektüre nahe – eine Lektüre des Romans als einer Geschichte von Körpern und Territorien, von Grenze und Geschlecht.

Der Außenseiter des Geschlechtlichen, die nationalen, ethnischen, religiösen Minderheiten: sie bilden in diesem kunstvollen Gebilde ein Kontinuum. Darum erkennt und beschreibt der Roman so eindringlich wie wenige Texte dieser Zeit in den ethnischen Säuberungen und der Judenverfolgung, in der Verspottung von Behinderten und der angedeuteten Homosexuellenhetze dieselben Mechanismen der Repression, dieselbe Inhumanität. So wird diese Geschichte lesbar als eine exemplarische (und beklemmende) Studie über Vorurteile, soziale Ausgrenzung und die Möglichkeiten künstlerischer Selbstbehauptung. Indem er vom Außenseiterdasein eines einzelnen Mannes erzählt, spricht er zugleich von der Lage seines Landes in einem Krieg der Nationen. Die beiden Traumata von Bangs Leben – sie werden zum sozialpsychologischen Modell.

Nur einmal noch hat Herman Bang diese intim-persönliche und kollektiv-politische Perspektive so eng zusammengeführt wie in den *Vaterlandslosen*. Eines seiner wenigen Gedichte handelt von dieser Niederlage Dänemarks gegen Preußen und vergleicht sie mit den polnischen Teilungen. *Vaterland* heißt es, und es wurde zu einem seiner bekannteren Texte. Ein vaterländisches Gedicht, von demselben Dichter, der sich traurig und trotzig zu den „Vaterlandslosen" zählte? Ja, allerdings. Denn hier wird die eigene Kindheitsheimat nicht wie in der übrigen patriotischen Lyrik dieser Zeit als das Land der männlichen Kämpfer und Helden imaginiert, sondern im Bild der Mutter. Darin lassen sich zugleich die Züge der leidenden Mutter aus dem *Weißen Haus* auf Alsen wiedererkennen und die Allegorie des zerrissenen Heimatlandes selbst:

Vaterland,
Fleck aus Erde auf der Erde;
Vaterland,
Du, unseres Jahrhunderts Polen,
im Innern zerschlissen,
von außen zerrissen;
Vaterland,
Mutter im Trauerkleid,
lehr uns:
klein zu sein,
in Alltagskleidung dein zu sein,
in Arbeitskleidung –
Mutter,
für dich allein zu sein.

(So die Übersetzung im Band *Stimmenvielfalt* in dieser Reihe.) Das Land als Mutter, dieses Motiv entspricht sehr genau dem Grundeinfall jenes Textes, den Rilke zusammen mit Thomas Manns *Buddenbrooks* besprach: der autobiographischen Erzählung *Das weiße Haus*. Bangs eigene Mutter in Adserballe auf Alsen erscheint hier, in ihren Sehnsüchten, Leiden und Enttäuschungen wie eine Verkörperung des Landes – der nordschleswigschen Herkunftslandschaft, die in seiner Kindheit zum Schlachtfeld geworden war, und des „im Innern zerschlissenen, von außen zerrissenen" Dänemark selbst. Die eigentlichen „Vaterlandslosen" seines Romans, so hat Bang in einem späten Interview erklärt, seien nicht die von der saturierten Mehrheit verlachten Außenseiter, sondern die säbelrasselnden Nationalisten: nicht die Ausgegrenzten, sondern die Ausgrenzenden.
Gegen alle nationalistischen Reden, militaristischen Prahlereien und maskulinen Machtträume setzen Bangs Schriften eine grundlegend andere Vorstellung vom einzelnen Menschen und dem gesellschaftlichen Miteinander. Vorangegangen war ihm auch hierin der bewunderte Hans Christian Andersen, dieser Dichter der Kinder, der Außenseiter des Sozialen und des Geschlechts, der wie Bang zugleich Patriot und Kosmopolit gewesen war. Schon Andersen hatte ja (wie in dieser Reihe im Band *Die fünffache Seereise* nachzulesen ist) im ersten Schleswigschen Krieg in seinen *Vaterländischen Liedern*, vor allem in der heimlichen Nationalhymne

Danmark, mit Fædreland, an die Stelle der erwarteten Kriegsgesänge die biblisch getönte Beschwörung des Mutter- als des Kinderlandes gesetzt.
Und wie Andersen selbst es zeitweise erfahren hatte, so brachten solche Positionen auch Bang bei manchen Lesern den Ruf eines nicht nur sittlich anrüchigen, sondern womöglich auch noch vaterlandslosen Gesellen ein – ausgerechnet ihm, der mit soviel zärtlicher Trauer über sein Land und den Verlust seiner schleswigschen Heimat geschrieben hatte. Im Roman von den *Vaterlandslosen* resümiert er dieses grausame Missverständnis in einer Szene, in der Joán Ujházy in der Konversation einer dänischen Abendgesellschaft einmal ein Wort nicht findet und von patriotischen Südjütländern mit dem Satz verspottet wird: „Sprechen Sie deutsch, Herr Graf, das geht besser."
Als Parteigänger des Erbfeindes galt Bang manchen Kritikern, weil er die nationalistischen Denkfiguren zu überwinden suchte, wohl auch weil er gerade im deutschen Sprachraum so erfolgreich geworden war. „Sprechen Sie deutsch, Herr Graf, das geht besser" – mindestens einmal nahm Bang die sarkastische Aufforderung beim Wort und sprach tatsächlich deutsch. Sein 1908 erschienenes Buch *Aus der Mappe* wurde das einzige Werk, das er zu Lebzeiten ausschließlich in deutscher Sprache erscheinen ließ. Und auch aus diesem Grund ist es heute, im Gegensatz zu vielen seiner mittlerweile wiederentdeckten Romane und Erzählungen, fast vollständig in Vergessenheit geraten.

3. Aus der Mappe

Weil Herman Bang das Buch *Aus der Mappe,* das hier zum ersten Mal seit Lebzeiten seines Autors wieder vorgelegt wird, ausschließlich für seine deutschen Leser zusammenstellte, ist es ein Unikum. Bang verband nicht nur eine Reihe von einzeln bereits im Dänischen veröffentlichten Texten mit eigens für dieses Buch neu geschriebenen, sondern er tat das in solcher Weise, dass alle wesentlichen Sujets seiner bisherigen Romane und Erzählungen in skizzenhaften Miniaturen vorgeführt und in den begleitenden und verbindenden Texten reflektiert werden. Einige dieser Skizzen gehen tatsächlich auf Vorarbeiten zu den großen Romanen zurück und legen ihre Grundeinfälle frei, so die Geschichten *Der rumänische Weihnachtsbaum* und *Geschlagen*, Entwürfe zu den *Vaterlandslosen*. Die bereits auf Dänisch erschienenen Texte übersetzte die bewährte Julia Koppel, die bei S. Fischer für die dänische Literatur zuständig war und schon früher Werke Bangs übersetzt hatte. Die verbindenden Texte hat Bang neu verfasst; erst nachträglich erschienen vier davon dann auch in Kopenhagener Zeitungen (einer davon trägt sogar den Obertitel *Af Mappen*). In der Form aber, in der die Sammlung hier vorliegt, wurde sie niemals in Dänemark veröffentlicht.

Aus der Mappe präsentiert einen Querschnitt durch die Facetten der Bang'schen Sujets und Schreibweisen und erläutert, mit welchen Fingerübungen er sich auf seine Romane vorbereitet. So demonstriert er etwa in *Die Raben* eindrucksvoll, wie er seine Figuren als ein Mosaik konstruiert; *Geschlagen* entfaltet geradezu modellhaft die melancholische Stimmung, die so viele seiner Romane prägt, und *Eine sonderbare Geschichte* zeigt seine psychologische Analysearbeit gewissermaßen ‚in actu'. Und bis auf die Erzählung *Weihnachtsgeschenke*, die bereits im Dezember 1906 in der *Neuen Rundschau* erschienen war, waren die Texte dieser Sammlung für die deutschen Leser tatsächlich neu.

So ist es nicht weniger als sein bisheriges Lebens-Werk, über das Bang in diesem schmalen Band Rechenschaft ablegt, und er gibt zugleich ein Selbstbildnis des Autors in diesem Werk. Das Ergebnis allen Sammelns, Komponierens und Schreibens ist ein reizvolles Misch-Genre, eine neue Art erzählend-essayistischen Schreibens: eine Verbindung von Geschichtensammlung, intellektueller Autobiographie und Selbstporträt. Immer wieder wendet sich Bang in halb höflich-distanzierter, halb zutraulicher Anrede an seine Leser; er unterhält und belehrt sie, und er wirbt unverhohlen um ihre Zuneigung. Trotz des Demutsgestus, mit dem er im Vorwort die folgenden „bescheidenen" Blätter herunterspielt, zielt er doch auf nichts Geringeres als darauf, seinen Lesern „den Künstler etwas näher zu bringen", damit sie hinter all den Geschichten – denen dieses Buches und denen der früheren Bücher – „den Menschen etwas inniger zu schätzen" lernen und er, der liebesbedürftige Verfasser, „die Freundschaft einiger Mitmenschen zu gewinnen" vermag.

Dass Bang sich so unmittelbar an seine Leser wandte, war nichts grundsätzlich Neues. Gerne und oft hatte er schon in Vorworten und Einleitungen seine Arbeiten kommentiert, Schreibanlässe und Widmungen erklärt und die Tendenzen der Rezeption zu bestimmen versucht. In *Aus der Mappe* aber gewinnt dieses Bestreben neue Dimensionen. Einzigartig sind Ausmaß, Kontinuität und Geschlossenheit der Kommentare, die eher den Charakter einer autobiographischen Rahmenerzählung gewinnen. Einzigartig in seinem Umfang ist auch der gewissermaßen handwerkliche *shop talk*, mit dem er seine Arbeitsmethoden offenlegt und immer wieder ausgreift in grundsätzliche Erörterungen seiner Autorschaft. So verbindet er seine theoretischen Ansichten mit persönlichen Erfahrungen. So gelingt es ihm, von sich selbst zu erzählen, indem er doch nur von seinem Werk spricht. Und mit all dem erinnert auch dieser Band wieder daran, dass Herman Bang, der Theaterliebhaber und leidenschaftliche Schauspieler, auch als Schriftsteller ein großer Künstler der Inszenierung war.

Vielleicht hat es mit diesem experimentellen Charakter zu tun, dass Bang mit seinem Versuch – wie sich herausstellte: vorübergehend – in einen neuen Verlag wechselte. Der kleine, literarisch ambitionierte und vergleichsweise kurzlebige Verlag Hans Bondy in Berlin gewann mit Bang einen Star des Literaturbetriebs; und Bang seinerseits hatte freie Hand für einen spielerischen Versuch. Zunächst hatte er offenbar einen anderen Verlag im Sinn gehabt, die *Literarische Anstalt* in Frankfurt. Am 25. Januar 1908 gab Samuel Fischer sein schriftliches Einverständnis für eine Veröffentlichung dort; aus seiner Sicht handelte es sich lediglich um „ein Bändchen der kleinen Skizzen". Diese Erlaubnis ging, da eine Publikation durch die *Literarische Anstalt* nicht zustande kam, im Oktober desselben Jahres auf den Verlag Hans Bondy über. Schon die zweite Auflage aber erschien dann im Jahr 1914, in einer nochmals sorgsam revidierten Übersetzung (vgl. hier das Variantenverzeichnis), wieder in Bangs altem Hausverlag, bei Samuel Fischer.

Insofern diese Erzählungen und Berichte ähnlich wie der Roman von den *Vaterlandslosen* den erotischen Untergrund des Bang'schen Werkes zu erkennen geben, gehören sie zusammen mit Bangs anderer allein in deutscher Sprache veröffentlichter Schrift: dem großen Essay über das, was er „das Sexualitätsproblem" nannte.

4. „das Seelenleben erforschen“

Erst nach seinem Tode wollte Herman Bang diese Schrift veröffentlicht wissen; zu groß war noch immer die Angst vor den sozialen und juristischen Gefahren, denen er sich mit ihr aussetzte. „Wie sollte ich reden können?“ hat Bang seinen Romanhelden fragen lassen. In gewisser Weise versucht diese Schrift eine Antwort zu geben, in einer heiklen Balance von entschlossener Selbstaussage und Unterwerfung unter die medizinischen und psychologischen Diskurse der Epoche. Unternehmen konnte Bang diesen Versuch dank der tatkräftigen Unterstützung von Freunden aus dem Umkreis der in Berlin entstehenden homosexuellen Emanzipationsbewegung um den Arzt Magnus Hirschfeld, vor allem Bangs Berliner Arzt und Freund Max Wasbutzki und dessen Ehefrau Berta.

Entstanden ist der Text „in der Zeit vom 28. April bis 26. Juni 1909“ in Zusammenarbeit mit Max Wasbutzki in deutscher Sprache. Das Manuskript von dessen Hand ist von Bang handschriftlich autorisiert und zur Veröffentlichung nach seinem Tod „in einer ärztlichen Zeitschrift Deutschlands“ bestimmt worden. Als eigentliche Adressaten seiner Schrift nennt Bang im Text selbst den Staat, die Ärzte, die „Kriminalisten“ und endlich das „allgemeine Verständnis“. Dem allgemeinen Verständnis freilich legten die abenteuerlichen Schicksale dieser Broschüre erhebliche Schwierigkeiten in den Weg; ja, für einige Jahre war zu befürchten, dass der Text überhaupt unveröffentlicht bleiben könnte. Gerade so aber liefert die Geschichte seiner Publikation die denkbar anschaulichste Illustration der Repressionsmechanismen, von denen er handelt und zu deren Beseitigung er beitragen sollte. Über ein Jahrzehnt dauerte die Fehde um eine Publikation der Schrift, an der auf der einen Seite Bangs Kopenhagener Freund, Verleger und Nachlassverwalter Peter Nansen, und Verwandte Bangs, auf der anderen die *Vossische Zeitung*, Magnus Hirschfelds *Wissenschaftlich-humanitäres Komitee* und seine Jahrbücher beteiligt waren. Vehement wurde gegen Bangs Willen der Vorwurf ins Feld geführt, die Offenheit der Schrift werde den Ruf dieses Künstlers unwiderruflich beschädigen, wenn nicht zerstören. So konnte Wasbutzki den Text erst im Jahr 1922 herausgeben, in einem Bonner Fachverlag. In Dänemark erschien eine dänische Übersetzung 1927 in einem Kopenhagener Wochenblatt (Näheres bei Kaj Erik Nielsen, siehe die Lektüreempfehlungen).

„Ich habe mich entschlossen, nachdem ich mein Leben lang darüber geschwiegen habe, was ich über die Sexualität weiß, hier mit Hilfe meines Arztes mitzuteilen.“ *Die Gedanken zum Sexualitätsproblem* handeln in einer für Bangs Werk beispiellosen Offenheit von den Bedingungen seiner Außenseiterexistenz, ihren sozialpsychologischen, physiologischen, juristischen Umständen und Folgen. Und sie entfalten zugleich seine Sicht der Beziehungen zwischen dieser Außenseiterexistenz und der Entstehung und Beschaffenheit seines literarischen Werks.

Dafür war die deutsche Hauptstadt ein denkbar geeigneter Ort. Berlin, das in der Kaiserzeit nicht nur eine ungemein lebendige Werkstatt der europäischen Avantgarden war, sondern auch einer der tolerantesten Orte Europas, wurde für Bang zeitweise ein Zufluchtsort. Fortwährend verfolgt teils von Erpressern (die zu seiner notorischen Verschuldung wesentlich beitrugen) und von jenen Gesetzen, die solche Erpressungen erst möglich machten, fand er hier eine Atempause. Und er fand Helfer wie die Wasbutzkis.

Zwar sieht Bang sich in seinem Essay noch immer angewiesen auf die Zusammenarbeit mit einem Mediziner, zwar steht er noch immer im Bann der Vorstellung, dass seine Homosexualität wenn schon nicht krankhaft, dann jedenfalls rechtfertigungsbedürftig sei, und unübersehbar haftet sein Versuch einer (stets im Singular formulierten) Charakterisierung ‚des‘ homosexuellen Mannes bis in Einzelheiten an zeitgenössischen Vorstellungen wie Hirschfelds Modell eines „dritten Geschlechts“. Und doch eröffnet sein Text eine bemerkenswerte und seine Zeitgebundenheit übersteigende Dimension, und das ist sein Selbstbewusstsein, seine Selbstbehauptung als Künstler.

Schon indem Bang den befreundeten Arzt eher als eine Art sachkundigen Mitarbeiter heranzieht denn als überlegene Autorität, kehrt er Rollen und Geltungsansprüche von Literat und Mediziner um. Und indem seine Abhandlung die Grenzen des angekündigten psychopathologisch-medizinischen Diskurses rasch und energisch überschreitet (in dem der Arzt „meine Mitteilungen ärztlich kontrollieren“ soll, „der ich nur Laie bin“), führt er neue Themen in die Debatte ein. An die Stelle der strikten Kategorisierungen von Typen setzt er eine Differenzierung und Dynamisierung von Geschlechterrollen; an die Stelle medizinischer Spekulationen setzt er die Beschreibung sozialer, juristischer und diskursiver Lebensbedingungen. Und er zeigt, wie die Bedingungen des Heranwachsens und Lebens als homosexueller Mann in Mitteleuropa um die Jahrhundertwende sich reflektieren in den literarischen Verfahren seiner Texte. Von Beginn an ist „der Homosexuelle", den Bang beschreibt, angewiesen auf Camouflage. Unablässig muss er „auf sich selbst [...] aufpassen", muss er lernen, „die Umgebung zu täuschen". Aus dem Zwang aber kann zufolge seiner Schilderung seine „geheime Lust" hervorgehen, „sich zu verpuppen, die Gestalt zu ändern – ein anderes Geschöpf selbst für Momente nur zu werden". Und so kann er „nach zwei Seiten das Seelenleben erforschen." Und so wird er als Schriftsteller „ein Beobachter seiner Mitmenschen, und zwar in den meisten Fällen ein großer Schilderer, weil er sozusagen mit vier Augen sieht".

Wie immer man das heute lesen mag, Bangs vollendete Kunst der Empathie und der gleitenden Perspektivenwechsel, seine Fähigkeit zur nuanciertesten Innensicht männlicher und weiblicher Figuren ist mit diesen Wendungen ziemlich gut beschrieben. Bang ist ein Künstler, der mit vier Augen sieht; sein Welterfolg und seine Bedeutung für Bewunderer und Nachfolger wie Thomas Mann oder Rilke hat wesentlich mit dieser Kunst zu tun.

So hoffnungsvoll Bang darum „eine Zeit" kommen sieht, in der ein homosexueller Dichter „die jetzt nötige Verkleidung überhaupt aufgeben" kann, in der er „seine Gefühle direkt auszudrücken wagt" und so „die volle Ursprünglichkeit und die vollkommene Stärke seines Talentes entfalten" wird – so subtil begreift er den erzwungenen Wechsel der Stimmen, die „jetzt nötige Verkleidung" und „Maskerade" zugleich als eine Möglichkeit, die sich in dialektischer Umkehrung ihrer repressiven Absichten literarisch produktiv ausnutzen ließe. Bang entwickelt eine neue „Sicht der Geschlechterrollen", hat die Skandinavistin Annegret Heitmann geschrieben, und neuere Studien etwa des Bang-Biographen Klaus P. Mortensen und der deutschen Literaturwissenschaftlerin Jenny Bauer zeigen, wie präzise er unterschiedliche soziale und politische Konflikte in der Darstellung der Geschlechterrollen zu analysieren vermag.

Das erzählerisch-werkgeschichtliche Experiment *Aus der Mappe* deutet dies alles nur so zart an, wie es eben zu Bangs Kunst der diskreten Winke und des Ungesagten gehört. Und doch gibt es deutlich zu verstehen, welche intimen und epochalen Erfahrungen dieses Werk im Innersten zusammenhalten. In der Tat: „Diese Skizzen gewähren

Einblick in eine Werkstatt, in eine Entwicklung und – in ein Leben.“ Es ist das Leben eines Europäers und Weltbürgers, es ist das Leben eines vertriebenen Kindes aus Adserballe auf Alsen, das selber – wie Bang es dem Verleger Samuel Fischer nachrühmte – zu einem literarischen Brückenbauer wurde. Und es ist das Leben eines Zeitalters.

Heinrich Detering

Lektüreempfehlungen

Herman Bang Werkausgaben (deutsch)

Bang, Herman: Gesammelte Werke 1–4. Berlin: S. Fischer Verlag 1919.

Bang, Herman: Romane und Novellen 5–10. Aus dem Dänischen von Dieter Faßnacht. Norderstedt: Books on Demand 2012–2014.

Bang, Herman: Wechselnde Themen. Norderstedt: Books on Demand 2011.

Werkausgaben (dänisch, neueste)

Bang, Herman: Romaner og Noveller 1–10. Kopenhagen: People's Press 2008–2010.

Rasmussen, Sten (Hg.): Vekslende Themaer. Herman Bang. Kopenhagen: Det Danske Sprog- og Litteraturselskab 2006.

Forschungsliteratur

Bauer, Jenny: Interdependenzen. Raumproduktion und Geschlechterdiskurs in deutschen und skandinavischen Erzähltexten der frühen Moderne. Kasseler Dissertation, in Vorbereitung.

Detering, Heinrich: Das offene Geheimnis. Zur literarischen Produktivität eines Tabus von Winckelmann bis zu Thomas Mann. 3. Auflage Göttingen: Wallstein 2013.

Gremler, Claudia: „Fern im dänischen Norden ein Bruder“: Thomas Mann und Herman Bang; eine literarische Spurensuche. Göttingen: Vandenhoeck & Ruprecht 2003.

Heitmann, Annegret: Noras Schwestern: weibliche Hauptpersonen in Romanen männlicher Autoren des modernen Durchbruchs. Frankfurt am Main/Bern: Peter Lang 1982.

Heitmann, Annegret/Stephan Michael Schröder (Hg.): Herman-Bang-Studien. Neue Texte, neue Kontexte. München: Herbert Utz Verlag 2008.

Kersten, Joachim (Hg.): Herman Bang – eines Dichters letzte Reise. Drei Erzählungen von Herman Bang, Klaus Mann und Friedrich Sieburg. Hamburg/Zürich: Arche Verlag 2009.

Mortensen, Klaus P.: Sonderinger i Herman Bangs romaner. Kopenhagen: Vinten 1973.

Müller, Lothar: Herman Bang. Berlin/München: Deutscher Kunstverlag 2012.

Nielsen, Kaj Erik (Hg.): Herman Bangs erotiske testamente. Kopenhagen: Zaurits 2007.

Sørensen, Peer E.: Vor tids temperament. Studier in Herman Bangs forfatterskab. Kopenhagen: Gyldendal 2009.

Quellen- und Bildnachweis

Quellen

Bang, Herman: Aus der Mappe. Novellen von Herman Bang. Übersetzt von Julia Koppel. Berlin: Hans Bondy Verlag 1908.
Zweite Auflage. Berlin: S. Fischer Verlag 1914.

Bang, Herman: Gedanken zum Sexualitätsproblem. In: Max Wasbutzki (Hg.): Herman Bang. Gedanken zum Sexualitätsproblem. Mit einem Geleitwort von Dr. Placzek. Bonn: A. Marcus & E. Webers Verlag (Dr. jur. Albert Ahn) 1922, S. 15–24.

Bang, Herman: Die Brücke. In: Das 25. Jahr. 1886–1911. Berlin: S. Fischer Verlag 1911, S.121f.

Bilder

Umschlagillustration: Herman Bang 1899 gezeichnet von P.S. Krøyer. Nach einer Fotografie der Königlichen Bibliothek in Kopenhagen.

S. 7: Titelblatt der deutschen Bucherstausgabe: Aus der Mappe. Novellen von Herman Bang. Berlin: Hans Bondy Verlag 1908.

S. 151: Titelblatt der Buchausgabe: Herman Bang. Gedanken zum Sexualitätsproblem. Mit einem Geleitwort von Dr. Placzek. Bonn: A. Markus & E. Webers Verlag 1922.

S. 168: Fotografie von Samuel Fischer. © Archiv S. Fischer Verlag.

Danksagung

Für vielfältige Hilfen bei Textkonstitution, Kommentierung und Korrekturen danken die Herausgeber herzlich Dieter Faßnacht, Marita Keilson-Lauritz, Wolfgang Rasch, Stephan Stachorski, Roland Spahr und vor allem Maren Ermisch.